MARCADOS

Publisher: Artur Vecchi
Edição: Cláudia Lemes
Revisão: Mikka Capella e Úrsula Antunes
Projeto Gráfico: Pedro Cruvinel (Estúdio O11ZE)
Ilustrações da capa: Leandro Brito de Almeida

3ª edição, 2024
Impresso no Brasil/ Printed in Brazil

Dados Internacionais de catalogação na Publicação (CIP)
(Câmara Brasileira do Livro, SP, Brasil)

R 827
Rossan, Caio
Marcados / Caio Rossan. – 3. ed. – Porto Alegre : Avec, 2024.

ISBN 978-85-5447-221-4

1. Ficção brasileira   I. Título

CDD 869.93

Índice para catálogo sistemático:
1. Ficção: Literatura brasileira 869.93

AVEC
Caixa Postal 6325
CEP 90035-970
Porto Alegre – RS
contato@aveceditora.com.br
www.aveceditora.com.br
aveceditora

3ª EDIÇÃO

MARCADOS

Caio Rossan

AVEC ROCKET

Capítulo 1

CALILA

Se eu puxar o freio de mão, o caminhão capota?

Cada placa verde da rodovia indicava que Orvalho estava cada vez mais distante e Alto Cedro, cada vez mais perto.

Se antes Calila suportava o calor dentro de um casaco de moletom com estampa da Pitty por vergonha dos seios, na nova cidade, o motivo seria o frio da chapada. Não um frio glacial, mas, para uma garota acostumada aos trinta graus do litoral sul-baiano, um frio considerável.

O caminhão de mudança não era tão desconfortável, mas Calila se remexia no banco de couro da boleia como se o assento lhe desse alergia. O odor forte de diesel fazia seu estômago embrulhar, aumentando ainda mais o efeito da cinetose.

O mal-estar conseguia ser maior do que a dor que irradiava e retorcia, pouco acima do púbis, que sentia mês a mês, pontual como os taurinos e virginianos que conhecera. Para piorar, um cheiro de cachaça era coadjuvante, vindo de uma garrafa com estampa infantil bem ao lado da porta do carona.

"Cachaça Pastoreio", ela leu, imaginando o estrago que o litrão faria contra a cabeça de alguém.

Desde a morte do seu tio Licurgo — ou tio-avô, como sua mãe gostava de frisar — até a despedida da "trupe", seu grupo de amigos desde o ensino fundamental, passaram-se apenas cinco dias. Tudo bem que o mundo havia sido criado em sete, mas a sensação era de que, naqueles cinco, viveram todas as gerações dos *Buendía.*

Não adiantou esboçar sua expressão mais

emburrada nem destilar o veneno típico dos dias de TPM. Cora e Calila, mãe e filha, estavam juntas, unidas não apenas pelo sangue, mas pela falência, pelo luto. Não o luto pelo velho Licurgo, já que sua mãe não o suportava, mas um luto mais antigo, que viviam desde que seu pai havia morrido em um acidente de carro, quase uma década antes.

— Pega aí, *presepeira*.

O motorista aproveitou o trecho pouco sinuoso da BR-101 e abriu o porta-luvas com uma mão enquanto a outra seguia no volante. Augusto aparentava ter menos idade do que provavelmente tinha, considerando que Cora e ele haviam sido colegas no ILMA, o tão falado colégio de elite de Alto Cedro. Poucos rapazes usariam uma regata branca com tanta segurança. A tatuagem de cobra começava em um braço terminava no outro e, possivelmente, serpenteava pelo seu tórax, conferindo-lhe um aspecto curioso.

Calila encheu os pulmões de ar ao ouvir aquela palavra. Presepeira. Como se não tivesse razão alguma o descontentamento que sentia por ter tido que empacotar a mobília, arrumar as malas que afetaram sua rinite e deixar sua vida inteira para trás; tudo porque sua mãe havia sido uma péssima administradora da herança do pai. Agora, uma nova herança chegara e Calila queria apenas ter dezoito e não dezessete anos.

— Olha, *Augusto*... Êpa! Humm! — Ela se conteve quando seus olhos saltaram sobre as barras de chocolate empilhadas no porta-luvas. Aquilo acalmaria seu estômago aborrecido, pelo menos momentaneamente. — Não pensa que você me compra com isso.

Ele fungou, afastando os dedos na sua direção, em leque. Mãos grandes, pelos pretos que lembravam serpentinas, pregas afundadas, marcadas, as pontas dos dedos ressecadas por uma substância escura. *Pólvora*.

Ela pegou uma barra e jogou para ele, que provou ter bom reflexo; e o caminhão, bem alinhado, não desviou um centímetro da estrada.

— Garotas da sua idade conhecem Legião?

— Você e minha mãe não têm um assunto, sei lá, mais interessante do que eu?

— Ela não me disse nada, minha prenda. — Ele indicou o rabisco no All-Star de Calila; um triângulo, uma lua, um coração bem torto e um oito deitado.

— Ahh, isso…

A garota foi abraçada por vagas lembranças. Seu pai lhe apresentara Legião, e Orvalho trouxera-lhe amigos que pareciam ter nascido na década errada.

— É, às vezes eu me sinto meio que um… ET.

— Um ET de Varginha! — Augusto riu. Calila forçou as sobrancelhas e moveu os olhos como o meme da Nazaré. — Era uma lenda urbana de quando eu era mais novo.

— E você ainda se lembra? Porque, sei lá, você deve ter uns sessenta e sei lá quantos — ela deu uma mordida no chocolate.

— Você é mesmo filha da sua mãe.

— Não somos parecidas — ela respondeu, com precisão matemática, mesmo odiando essa matéria. Rasgou o restante da embalagem e abocanhou o doce como se ele pudesse fugir da sua mão.

— Ela só quer o melhor pra você, minha prenda.

— No fundo, eu sei disso... — ela ponderou. Até o mastigar do pedaço de chocolate estava mais lento. Não que concordasse totalmente com o quarentão sarado, mas era nítido que ele havia escolhido um lado, bem longe do muro. Não adiantava gastar seu português de pós-debutante metida nem a saliva que saboreava castanhas e cacau; e não era preciso ir mais fundo para entender que, sob as ordens de sua mãe, Calila se distanciava cada vez mais dos amigos, ao passo que Cora retornava para o local onde estaria mais próxima dos seus. Ou do seu, já que Augusto era o único que recebia um nome. — É que… não me parece justo.

— As coisas vão melhorar.

— Claro que vão — Calila recolheu os lábios momentaneamente e olhou pela janela os últimos vestígios de Mata Atlântica afogados em pastos verdes com gado nelore e guzerá. — A gente quase estava sendo expulsa por não pagar o aluguel; e olha que nem chegamos aos catorze meses do Seu Madruga. Enfim, é só pensar positivo, que eu vou chegar numa escola no último ano do ensino médio e me adaptar rápido, fazer amizades e, quem sabe, esquecer o *nerdzinho* do segundo ano... Fora que a Cora tem planos de dar seguimento ao antiquário do tio Licurgo e, sabe como é, tudo que a dona Cora põe a mão vira ouro; praticamente um toque de Midas.

— Sua mãe passou por muita coisa.

— Quanto ela te paga?

— Pagar? — Ele enrugou a testa.

— Pra puxar o saco imaginário dela.

— A gente faz tudo pelos amigos — ele respondeu, após alguns segundos. Augusto havia ficado reticente, como se, por instantes, o para-brisa fosse uma tela de cinema na qual ele era o ator principal.

— Só amigos? — Algo dizia a Calila que sua mãe estaria naquela cena de cinema.

— Só amigos — ele falou, sem pestanejar.

— Acredito... — Ela desviou os olhos. Encontrou seu reflexo no retrovisor e se perguntou por que diabos os mais velhos diziam que ela era uma réplica da Taís Araújo, enquanto seus amigos insistiam que tinha semelhanças com a Iza. Calila tinha certeza de que precisava comer muito feijão para chegar aos pés de ambas e, pior, sua acne sofria da síndrome da Hidra: ao se livrar de uma espinha, brotavam outras duas. *Eu só ando com gente doida.*

— Todo mundo achava que a gente tinha alguma coisa.

— Por que será?

— A guria mais bonita da escola passava tempo demais com o sujeito que gostava de *comer água* — ele deu uma coçada no saco, que brigava com os jeans surrados —, mas a gente só era parceiro, sem maldade.

— Meu pai tinha ciúmes de vocês.

— E eu sempre achei ele um cabra bom. Era pra gente ser amigo também.

— É, ele era — ela concordou, com um sorriso meio bobo nos lábios; meneou a cabeça e deu mais uma mordida na barra. — Morreu nessa estrada. Fazendo esse percurso. Indo buscar a gente em Alto Cedro, naquela vez em que o Licurgo teve o primeiro infarto.

— Você se lembra? — Augusto quase fechou os olhos ao perguntar.

Calila notou que ele segurou o volante com as duas mãos, quase o espremendo, suas veias ainda mais dilatadas.

— Vagamente. Minha rinite estava atacada naquela época, também. Aquele antiquário era bem esquisito e aquela pirralhada que apareceu por lá me pareceu um bando de gente metida.

— Então você não tem muita lembrança do velho, né?

— Ele sempre me mandava uma nota de cinquenta no aniversário. — Ela lembrou que já fazia planos para a chegada da onça-pintada, que perdia valor ano após ano, era verdade, mas nunca tivera apreço pelo velho; talvez porque sua própria mãe, mais próxima de sangue do que ela, quase nunca falava dele. — Acredita que ele mandava a grana pelo correio? Acho que o envio era mais caro que a nota. Imagine aí, uma onça-pintada cruzando a Bahia, da Chapada ao litoral.

Ele puxou o lábio direito pelo canto da boca.

— O antiquário e a casa valem bem mais do que todas as notas de cinquenta que você já recebeu.

Calila encolheu o pescoço e mordeu os lábios.

— É a minha segunda herança, sabe. Então, olha... dê uns bons conselhos para sua amiga, senhor Augusto.

Foi naquele momento que o corpo de Calila foi impulsionado para a frente, na direção do painel do veículo. Antes que ela fechasse os olhos e tentasse se segurar, já havia voltado ao encosto do banco e mais uma vez até o painel.

Com o coração na garganta, a garota apertou o cinto de segurança com uma mão e tentou salvar os chocolates de caírem com a outra. Por mais que estivessem embalados, instintivamente ela não correu o risco de perder mais um bem precioso.

O fedor de borracha queimada conseguiu superar o de cachaça e diesel e inundou suas narinas. Com o caminhão parado na pista após um dos pneus ter afundado numa cratera do asfalto, Augusto a fitou com olhos esbugalhados que indicavam a outra mão de Calila.

Foi só naquele momento que ela notou que sua pele estava incomodada com o objeto frio que segurara ao impedir que ele fosse ao chão como os chocolates; um objeto pesado para o tamanho, com cano único e um cabo de madeira. Nunca segurara um antes, mas sabia bem o que aconteceria se apertasse o gatilho.

ORVALHO, BAHIA. CINCO DIAS ANTES.

O computador do caixa da tapiocaria desligou ao mesmo tempo em que a tela da televisão apagou, como numa finalização de apresentação em Powerpoint. As mãos de Calila começaram a transpirar. Era muito prático passar o troco quando a máquina fazia as contas por você. Elen, sua colega e fiel cliente, encarava-a com certo desafio.

— O troco, vamos...

— Ah, sim... O troco.

Calila abriu a gaveta da mesa do balcão e respirou aliviada. Havia encontrado um tesouro — uma calculadora. Seu queixo desgrudou os lábios e desceu rumo ao chão quando notou que o objeto não funcionava. *Vamos, pilhas, vamos... Não é hora de me deixar na mão, suas piriguetes...*

— Você precisa me voltar nove reais e vinte centavos — Elen declarou, baqueteando as pontas dos dedos sobre o balcão como se existisse ali um teclado.

— Fique com o troco — Calila decidiu lhe entregar uma nota de dez.

Rapidamente, Elen puxou a nota de dez das mãos de Calila e entregou-lhe algumas moedas.

— Oitenta centavos podem fazer falta — ela declarou, diminuindo o tom de voz ao olhar discretamente por trás dos ombros. — Ainda mais na sua situação.

Não era agradável saber que a vida financeira de sua família estava exposta daquela forma. Seu pai não a deixara rica, mas pelo menos Calila tinha herdado uma casa e um carro — que hoje não passavam de um imóvel alugado e de uma bicicleta. O que sua mãe ganhava como revendedora mal dava para a feira. A tapiocaria surgira como uma opção de, pelo menos, contribuir para pagar a conta de água, por mais que o serviço fosse informal. Ela fazia o próprio horário e geralmente ficava no caixa, após o almoço, até pouco depois do anoitecer.

Ao ouvir Elen, Calila forçou um sorriso.

— Parece que tá rolando um apagão — disse Faltori, aquele cujo sorriso era capaz de acalmar uma ressaca no mar de Orvalho. Ele deu um selinho em Elen, e Calila virou o rosto, como se se recusasse a presenciar a cena.

— Meu Deus! — falou Elen. — E o meu celular está sem rede. Não dá mais para viver como na idade da pedra, não é?

— E aí, feia? — Faltori deu um beijo no rosto de Calila, que notou o perfume caro do amigo; uma fragrância amadeirada que combinava com seu visual imponente. Faltori era o mais alto dos amigos... e o mais forte também.

— Fala, fedorento.

— Vingadores: Guerra Infinita mês que vem. Tudo certo, né?

— Só se eu não morrer até lá.

— Eu vou me sentar do seu lado, Cá — informou Elen, guardando o celular. — O Fal sempre me diz que você entende tudo de super-heróis e eu não quero ficar perdida. Simplesmente amo a Lois Lane. Será que ela vai aparecer no filme?

Calila e Faltori se entreolharam e, por telepatia, Calila perguntou o que ele vira em Elen. A "trupe", como Calila chamava seu grupo de amigos, ainda era formada por Cibele, Endrio e Pablo, o nerdzinho do segundo ano em quem ela dava uns pegas. Se Faltori era o metrossexual conquistador, Endrio era o rapaz alternativo, que apreciava tudo que envolvia os anos 80; Cibele era sua melhor amiga, informada sobre a vida de todos; e Pablo era de uma turma anterior, sagaz em informática e com quem Calila adorava treinar seus beijos.

— Eu duvido muito que a Lois Lane vá aparecer no MCU, Elen... — Calila forçou um sorriso.

— MC, o quê?

— A gente se fala mais tarde, feia — Faltori disse enquanto arrastava Elen para fora do estabelecimento.

Naquele ano, Calila e parte da sua trupe terminariam o ensino médio. Cada um iria para um lado. Por isso, decidiram que aproveitariam ao máximo o último ano em que sabiam que estariam juntos. Haviam feito um cronograma que incluía acampar numa praia deserta, não perder nenhuma estreia de filme de super-heróis e tirar várias fotos inspiradas em filmes dos anos 80, como o Clube dos Cinco, muito por influência de Endrio.

A tapiocaria fechou antes do horário, logo ao entardecer. Calila foi liberada por questões de segurança e só então teve noção do quanto os sinais vermelhos desligados tinham trazido um alvoroço a Orvalho; alguns acidentes de carro, alguns atropelamentos... Ninguém morreu. Saberia, horas depois, que vários estados haviam sido afetados por aquele apagão, no terceiro mês de 2018. Torceu, com todas as forças, para que algo semelhante não acontecesse quando fosse ao cinema com os amigos.

No caminho para casa, a típica brisa litorânea do início da noite a fez fechar os olhos por instantes e ela se imaginou em outra vida, na qual sua maior preocupação seria qual camiseta preta usar. Sem a luminosidade dos postes da via pública, e mesmo pedalando em sua bike com pressa, Calila passou em frente à loja de adereços, onde, vez ou outra, namorava lenços e turbantes. A gorjeta que recebera, contudo, teria outro destino e ela sabia disso.

Quando chegou na sua casa, exausta após aquela tarde de brigas com a calculadora, deixou a gorjeta sobre a mesa de centro, próxima a alguns boletos propositalmente expostos. Seu estômago rosnava como animal acuado e ela mal podia esperar pelo miojo de cada dia ou pela sopa de pacote. Foi nesse instante que se deparou com a silhueta da mãe no escuro, o rosto iluminado por uma vela, encarando-a.

— Licurgo infartou. Mais uma vez. E, dessa vez, ele não volta mais.

Capítulo 2

CALILA

Não havia dormido nada naquela noite, mesmo cansada pela arrumação das malas e da mobília.

A maresia de Orvalho dera lugar ao frio serrano de Alto Cedro. Respirar pela boca era terrível e Calila já estava viciada no spray de fluticasona, que auxiliava no retorno do cheiro. Um vento fino rondava o quarto dos fundos, seu novo habitat. Recolhida no edredom do Pikachu, encarou a janela de vidro. Trincada. O frio de Alto Cedro lhe dava as boas-vindas através daquela rachadura.

Foi então que notou um embrulho de presente em cima de uma sapateira, com laço e tudo. Sim, Cora sabia que os dias tinham sido difíceis. A mudança repentina; despedidas; planos que não seriam cumpridos; a insegurança com a nova cidade; e estavam ruins de bolso. Calila levantou-se e fez uma das coisas que mais gostava — rasgar o embrulho de um presente.

Um sorriso bobo, meio impossível de conter, surgiu em seus lábios quando viu o lenço de ankara em tons de palha. Combinaria com um vestido que ganhara da avó e que nunca usara. Escovou os dentes, arrumou os cabelos com o novo lenço e foi até a cozinha, onde colocou água numa caneca para fazer o café. Afundou flocos de milho em leite de coco e viu, pouco a pouco, mais um dia nascer.

A casa de Licurgo — agora a sua casa, visto que Calila fora escolhida pelo tio-avô como herdeira — havia sido construída num terreno estreito e longo. Ao lado da casa, parede com parede, estava o antiquário Vitória-Régia, um lugar onde era impossível caminhar sem esbarrar numa estátua, jarros de cerâmica, animais empalhados e fotos antigas.

Celina, avó de Calila e irmã de Licurgo, era a herdeira por direito, mas Licurgo redigira um testamento, uma espécie de carta, em que manifestara o interesse de que Calila herdasse a casa e o antiquário. Ele dispunha de outras opções, como os sobrinhos, filhos de Celina, Cora e Plínio. Plínio também tinha filhos, sobrinhos-netos de Licurgo tal como Calila, mas era ela quem recebia cinquenta reais a cada vez que ficava mais velha.

A carta facilmente poderia ter sido questionada, mas ninguém contestou.

Sua avó jamais se oporia a algum benefício que ela fosse receber, mas seu tio, bem, ela sempre tivera a imagem de Plínio como um homem avarento; do tipo que, sabendo dos direitos de sua mãe, faria questão de que os imóveis estivessem no nome dela, na esperança de, futuramente, herdar a metade. Talvez a pressa de Cora com a mudança não fosse apenas pela ameaça de despejo, mas para inibir uma possível contestação de Plínio, que, numa situação financeira aparentemente melhor, teria que pensar duas vezes antes de promover um movimento que causasse constrangimento para a sobrinha e a irmã.

Cora chegou horas depois de Calila e Augusto, após o exaustivo trajeto de ônibus. "Você estará mais segura com Augusto do que nesses ônibus caindo aos pedaços", declarara a mãe, decidindo que a filha acompanharia seu amigo de infância com a mudança. Quando Calila sentiu nas mãos o frio e o peso do revólver, questionou a sanidade da mãe por ter lhe permitido viajar por quase dez horas com um quarentão tatuado apalpador de saco.

Naquele momento, porém, Calila não contestou. Pedaços por pedaços, ela também estava. Em poucos dias, tudo havia desabado. Não assistiria mais a estreia do novo Vingadores com os amigos, muito menos concluiria o ensino médio com eles. Deixara o time de futebol e o bico na tapiocaria; o nerdzinho do segundo ano, que beijava muito bem, e as aulas de violão com Endrio.

Calila se sentia como uma peteca, à mercê de um jogador; e, o pior, mesmo sentindo que seu pé estava sendo pisado, não conseguia nem poderia gritar. Ninguém entenderia. Ela era apenas uma *presepeira.*

— Filha, já acordou? — Cora perguntou, recolhida em um roupão bege de seda. Foi quando Calila foi chamada à realidade.

Não, mamãe. Sou sonâmbula.

— Daqui a pouco, o café está prontinho — Calila respondeu, lavando uma garrafa térmica. — Adorei o presente, dona Cora, mas não precisava. Você sabe que a gente não…

— Oxe… Não posso dar um mimo para minha menina? Pare com isso, deixa de besteira, Lila. — Cora se aproximou da filha e ajeitou o lenço, apertando o nó. Não mudou em nada o visual, mas a mãe pareceu satisfeita pela sensação de ter ajudado.

— Por que não volta para a cama?

— Você é que poderia ficar mais um tempo no quarto, filha — Cora abriu a geladeira e pegou uma caixa de leite. — Viagem cansativa… Eu é que deveria fazer café para você.

Não me lembro quando foi a última vez que isso aconteceu, mamãe.

— Fica sussa. — Calila colocou duas colheres de pó de café no coador e virou o caneco de água fervente, derramando-o aos poucos.

— Sussa… — Cora repetiu. — Alunos do ILMA não falam assim.

— Eu vou para uma pública, já falei. — O cheiro de café fresco se apossou da cozinha e, por instantes, ouviu-se apenas o barulho do líquido enchendo a garrafa. — A senhora já tomou o remédio da pressão?

— Verdade, vou tomar agora. Minha cabeça está tão…

— E o da ansiedade também, não esquece.

— Claro — Cora falou, dirigindo-se até a caixa de remédios sobre o balcão. O celular dela tocou e Calila mal percebeu o vulto da mãe correndo para o quarto.

Esqueceu o café, esqueceu os remédios…

Calila completou a xícara com o café e misturou com leite. Pegou as duas cartelas de remédios para pressão e uma para controle de ansiedade, e seguiu até o quarto de Cora, porta a porta com o seu. Antes de bater e girar a maçaneta, buscou sentido nas palavras que ouvia:

— Eu já fiz o que você me pediu... Sim, Augusto preparou tudo. Antes de chegarmos aqui... Agora é sua vez de cumprir sua parte no nosso acordo... Eu recebi o depósito, sim, e isso vai ajudar um pouco, mas você sabe que não basta... O que eu quero não é nada para alguém como você, principalmente com o que está me forçando a fazer... Trato é trato, eu já disse... Diga para ela não se preocupar. Se depender de mim, ninguém vai saber como aquele velho imundo morreu.

“Como aquele velho imundo morreu.”

Então Licurgo não morreu de um infarto mais agressivo do que o que teve alguns anos antes. Se tivesse sido um infarto, por que o segredo?

A casa estreita pareceu se afunilar em torno de Calila, que foi tomada por uma sensação de vertigem; uma tontura que se misturou com azia e uma dor de cabeça que golpeava suas têmporas.

Enquanto pensava em voltar para a cozinha, desistiu ao observar o corredor estreito que parecia ainda mais comprido. Acabou por atirar-se quarto adentro, seu novo refúgio, e olhar para um ponto indeterminado na parede, em busca de respostas. Balançando os cachos rapidamente para espantar mosquitos ao redor, jogou-se na cama, pegou a mochila e tirou dela seu velho notebook.

Numa página de pesquisa, digitou o nome de Licurgo da Silva.

Não encontrou nada relacionado ao tio. Acrescentou o nome “Alto Cedro” à busca, refinando-a. Deparou-se com fotos do Vitória-Régia e de várias visitas de crianças e adolescentes ao local. De fato, o antiquário seria o mais próximo de um museu que Alto Cedro conhecia.

Entre tantas fotos, encontrou uma consigo mesma, anos antes, quando Licurgo havia infartado. Nada encontrou sobre sua morte, no entanto. Perguntou-se se, em Alto Cedro, não existiria um desses sites carniceiros e conspiradores.

Virou um gole do café e fechou a tela do notebook sobre o teclado. Abriu a porta do quarto e girou a maçaneta do quarto da mãe. Estava vazio. Cora já havia saído.

Calila enfrentou o corredor, ainda com a sensação de que ele se fechava sobre si, e seguiu ruídos indecifráveis, vindos da cozinha. Foi quando se deparou com Augusto encostado numa cristaleira, com o mesmo jeans surrado e a regata branca, sua tatuagem quase ganhando vida própria. Os dois, Cora e Augusto, entreolhavam-se.

— Bom dia.

— É... Oi, Augusto.

— Filha, fique atenta ao seu e-mail — Cora falou enquanto servia o cuscuz à mesa; depois, virou-se de costas, lavando um copo aparentemente já limpo. — Soube que vai ter uma seleção para uma bolsa de estudos. Eu te inscrevi, porque sei que você vai ganhar. Seria um orgulho se você estudasse no ILMA, onde mamãe estudou.

— Tanto faz, dona Cora. — Calila balançou os ombros. — Pelo que pesquisei, a Bonifácio e a Cecília são ótimas escolas, também; o melhor, não vamos pagar nada.

— Mas é do ILMA que saem os melhores — a mãe declarou, impassível.

— Os melhores... Bem... temos aqui dois exemplos disso: um caminhoneiro e uma dona de casa falida. — Calila indicou ambos, como se fossem produtos de uma vitrine.

— Calila! — Cora repreendeu enquanto Augusto pareceu não se importar.

— Fala sério, mamãe... A senhora nem terminou o ensino médio aqui. Fez o caminho contrário que a gente fez se mudando para Orvalho.

— Ela tava grávida de você, menina — Augusto completou, coçando o cavanhaque.

— E você acha que eu não sei? Ela engravidou e fugiu na garupa da moto do meu pai, com uma sacola de supermercado na mão... e sabe o que tinha dentro? Duas calcinhas! Minha avó me contou tudo.

— Você tá impossível...

— É a falta de conversar com a Cibele. — Calila encarou o celular da mãe sobre a mesa. — Me empresta?

Rapidamente Calila pegou o aparelho da mãe e apontou para a rosto dela.

— Meu pacote de dados expirou. Prometo que não vou gastar todo o seu.

Ao ver a tela desbloqueada, e antes que Cora esboçasse qualquer reação contrária, Calila deslizou por sobre a mesa e rodopiou ao final dela, dando uma tesourada no ar com as pernas, como se imitasse uma ginasta.

Com o coração acelerado, retornou ao seu quarto e fechou a porta. Jogou-se na cama e abriu o aplicativo de mensagens. Ligações para Fátima, mãe de Cibele, e para Augusto. Nenhum histórico de conversa com ele, o que lhe pareceu estranho. Eram amigos. Ele cuidara do enterro de Licurgo, empacotara o que a mãe tinha chamado de quinquilharia e abrira espaço para os móveis de estimação, dando total apoio durante a mudança.

E se foi ligação, como antigamente?

Calila abriu os registros de chamada telefônica e notou que, tanto na chamada mais recente como nos últimos dias, a mãe conversara bastante com uma pessoa de número desconhecido. Antes de bloquear a tela e voltar à cozinha para devolver o aparelho, o ícone da galeria chamou sua atenção. Clicou nele, e foi então que seu estômago embrulhou como na viagem de Orvalho a Alto Cedro; havia fotos de um homem negro, deitado numa cama ensopada de sangue.

Buracos estavam no lugar dos olhos, que pareciam ter sido arrancados por alguma fera; seu tórax e abdome pareciam uma peneira devido à quantidade de perfurações. Sobre sua pelve, havia algo intrigante... Uma planta. Uma Vitória-Régia, como aquela estampada na fachada do antiquário; e como tantas outras no pequeno lago artificial em frente ao estabelecimento que Calila tinha herdado.

A planta repousava sobre o quadril de Licurgo como um envelope; e ela pouco a pouco percebeu que ele fora assassinado ali, naquele quarto. No seu novo quarto.

Eu faço o que ela quer, mas ela terá que abrir o jogo o comigo.

Entrar no ILMA era mais uma pauta de Cora do que de Calila. Algo como ver a filha sendo alguém na escola em que ela reinara ou realizando feitos que não conseguira. Calila, no entanto, não acreditava que ser aceita num colégio de elite no último ano fosse lhe ajudar com o ENEM; muito menos que chegar a uma sala de aula com o ano letivo já iniciado, embora há pouco mais de um mês, fosse fácil.

Sabia, no entanto, que era preciso baixar a guarda e adquirir munição. Com Cora, era necessário negociar. Se não fizesse a prova para conseguir a bolsa, ela teria mais um motivo para implicância, e até mesmo o assassinato de Licurgo seria balela frente ao teatro que armaria.

Cora não mentiu quando falou do e-mail. O ILMA era um colégio de elite, uma instituição criada por um pedagogo que acreditava no ensino integral e valorizava atividades complementares em artes, política e esportes. De fato, dezenas de deputados tinham o ILMA no currículo e os últimos quatro prefeitos de Alto Cedro, também. Algo devia ter dado muito errado para Augusto e para Cora... Bom, Cora engravidou.

Calila se culpou quando se deu conta disso. *Por minha causa, ela não teve a vida que merecia ter.*

Não era difícil conseguir informações sobre o ILMA. Calila se lembrou de que, desde que chegara a Alto Cedro, havia visto os ônibus plotados com a propaganda da escola. Uma moça estampava a imagem, apertando o caderno contra o próprio corpo; a mesma moça que praticamente saltou na tela do computador quando Calila acessou o site do ILMA.

Seu nome era Soraia Lino e a propaganda fazia questão de frisar que ela estudara lá desde sempre. Provavelmente tinha uns dezessete também, mas com algumas graduações em maquiagem. Seus olhos azuis contrastavam com a pele amarronzada e brilhante. Seus cabelos faziam ondas perfeitas e imitavam o brinco de pena curvado, pendurado numa única orelha.

Cora também havia sido garota-propaganda em seu tempo. A mãe de Calila guardava panfletos numa caixa de recordações de um período que parecia ter sido mais leve. Talvez também sonhasse com o rosto da filha num ônibus, como o seu estivera um dia, ou num outdoor e em redes sociais, para ser mais atual.

Calila sabia que fora a sua existência que limitou o futuro que Cora um dia planejara. A mãe não seguira para as passarelas. Em vez disso, mudara-se para uma cidade distante e terminara o ensino médio um ano depois que os colegas da antiga classe.

Diante da tela do computador, havia uma prova. Cinco horas de duração. Conhecimentos básicos sobre as principais matérias. Como se não bastasse a sensação estranha de estar num quarto onde, dias antes, seu tio havia sido assassinado, Calila precisava lidar com o fato de que sua mãe estava escondendo algo grave. Seu tio tinha sido morto e Cora preferira o silêncio.

"Trato é trato... Se depender de mim, ninguém vai saber como aquele velho imundo morreu."

A garota balançou a cabeça e iniciou a seleção para a bolsa de estudos. Não teve receio algum das questões biológicas e humanas, mas as exatas a fizeram roer unhas e arrancar cutículas. Matemática nunca fora seu forte.

Desistiu de tentar responder os cálculos e marcou "C", de Calila, em todas. Havia alguma chance de aquilo dar certo, mas não seria ela quem calcularia a probabilidade. Contava que, no mínimo, pudesse acertar cinco questões das trinta. Além disso, a internet estava mais lenta do que uma lesma sambando em cola de sapateiro, e a paciência não era sua melhor amiga.

Prova encerrada, o resultado pouco importava. Fez porque, aí, Cora não poderia utilizar nada contra ela.

Calila tomou um banho quente e desapressado, aproveitando cada centímetro do próprio corpo por saber que, após o último enxágue, seria necessário colocar cartas na mesa. Secou os cabelos encarando a própria imagem no espelho. Aquele banheiro, aquele quarto, aquela janela trincada, tudo parecia ter adquirido um estranho cheiro metálico. A cada piscar, via o homem estendido na cama, inerte, com buracos no lugar dos olhos.

— Calila? — Cora chamou, batendo uma colher no prato.

A garota deu-se conta de que estava sentada à mesa com o cheiro de carne cozida entrando por suas narinas. Era para ser um cheiro agradável, mas qualquer lembrança boa que a feijoada proporcionasse foi reduzida a quase nada.

— Augusto te perguntou sobre a prova.

— Ela foi… boa.

— Com certeza. Você é muito inteligente.

— Mãe…

— A feijoada vai esfriar — Cora a interrompeu, enchendo o prato de Calila com uma concha generosa de feijão preto, carne cozida e pedaços de banana e mandioca. — Como você gosta, bem recheada.

— A menina tem bom gosto — Augusto respondeu, com a boca cheia. Ele fazia barulho a cada mastigada e sua boca não ficava completamente fechada. — Tá muito bom. Já pode casar!

Calila viu o momento em que a mãe fez um bico como se estivesse zangada, mas logo entendeu que era pura teatralidade. Augusto continuava comendo com a boca aberta. Sua camiseta branca começava a ficar salpicada de caldo de feijão.

Augusto, o amigo de infância. O apoiador, o servil... o comparsa.

— Eu fiz o que você quis — Calila falou, mas notou que o gosto da feijoada e a casa de boneca que sua mãe estava construindo eram mais interessantes. — Mudei de cidade e parei aqui como qualquer outro móvel.

— Hora do almoço é hora sagrada — Cora avisou e piscou para Augusto, atirando um pano de prato na direção dele.

— Com que cabeça a senhora acha que eu fiz aquela prova?

— Tudo vai passar — Cora apertou a mão de Calila. — Estamos onde deveríamos estar.

— Se você não comer, eu vou comer por você, viu? — Augusto passou o pano na boca como um servente esfregando o chão de cimento.

— Vocês dois estão juntos nisso — Calila acusou, ignorando o homem por completo.

— Bem, enquanto você fazia a prova, o Augusto...

— Não estou falando da feijoada.

Calila conseguiu a atenção de Cora. Augusto não parou de comer.

— Você não fez questão de que o tio Licurgo tivesse um velório — Calila permanecia reflexiva, olhando do prato ao armário de cozinha.

— Lila, olhe a distância que percorremos para nos mudar e...

— Disse que o corpo dele já tava fedendo e que não adiantava se deslocar... que ninguém faria esforço para ver ele; que o Augusto cuidaria de tudo.

— Seria tão bom se fosse diferente... se nós pudéssemos ter nos despedido dele com dignidade e...

— Mas não pensou duas vezes em passar a mão no que ele deixou.

— Menina, respeite a sua mãe — Augusto jogou garfo e faca no próprio prato.

— Não enche o saco, seu bêbado! — Calila o encarou.

— Filha, o que está acontecendo com você?

— Eu só quero a verdade, só isso.

— Não mereço isso, Augusto, não mereço...

Ela começou. Sempre teatral. Sempre uma vítima.

— Merece, sim — Calila vociferou, sua voz ecoando pela casa. — É só dizer na minha cara o que aconteceu com o Licurgo!

— Fale baixo! Os vizinhos vão ouvir...

— Ouvir que Licurgo foi assassinado?

— Não fale isso em voz alta, menina! — Calila sentiu a mão da mãe apertar seu queixo como uma garra de guaiamum. Com olhos que quase saltavam do rosto, Calila sentiu cada célula do seu corpo congelar. — Nunca fale isso de novo! Nunca repita!

Augusto tocou no braço de Cora, que suavizou a garra e liberou uma Calila que uniu as costas ao encosto da mesa sem desviar o olhar da mãe.

— Se você quer a verdade, se acha que já é adulta o suficiente, pois bem... Seu tio foi assassinado. Muito provavelmente por uma das putas que trazia pra dentro de casa. Licurgo era um homem sujo, e esta casa perde grande parte do valor se todos souberem que foi palco de um homicídio... Então, por isso, seu tio infartou e é assim que tem que ser; para o bem do seu futuro; para que não sejamos apontadas por vizinhos. Por isso, minha filha, antes de julgar as atitudes da sua mãe, que só quer o melhor pra você e não quer errar de novo com o que você herdou, aceite que o que criamos foi o melhor caminho. É essa a verdade que importa, aquela que não nos traz prejuízo. Você entendeu, Calila?

— Sim, mamãe — ela respondeu, com a voz rouca e as mãos trêmulas. — Eu entendi.

Cachaça Pastoreio.

Um leve gosto de banana que lembrava muito uma das temperadas que bebia escondida com sua trupe. Calila não conhecia muito de bebidas alcóolicas, mas a garrafa, que criara pernas e fora parar dentro de sua mochila, não era das piores. Após três, quatro goles, a garganta já se acostumava com o ardor. Se não se acostumasse, ela pouco se importava. Sua mãe nunca tocara em sua pele com tanta força e rispidez; nem quando discutiam sobre a evaporação do que seu pai deixara.

Sentada com as costas contra a porta, lembrou-se de se certificar que estava trancada. Levantou-se e tentou girar a chave. Havia feito aquilo umas três vezes antes. Olhava para os símbolos no All-Star, para a estampa na garrafa, para o violão — seu casco — escorado próximo à cômoda... olhava para a cama. Aquela cama.

A imagem do tio-avô aparecia como num flash. Algo rápido, mas que a perseguia a cada piscada. Aquele cheiro metálico no quarto deveria ser sangue; e o colchão, tão confortável, agora lhe trazia repulsa. Dormira por tanto tempo numa cama de solteiro que ter uma de casal era um dos pontos positivos da mudança.

Cora e Augusto estavam juntos naquilo. Por dinheiro.

Calila se deu conta do laço que ganhara e o retirou dos cabelos. Teve certeza de que não conhecia as duas pessoas com quem mais convivera nos últimos dias; e, por um instante, desejou ser matriculada logo e se livrar daquela casa... de sua mãe, de Augusto. Passaria o maior tempo que pudesse longe deles e das suas mentiras; das suas verdades não ditas. Longe daquele quarto e daquele cheiro.

O celular vibrou. Várias mensagens não lidas. Mais de cem só no grupo da trupe.

Preferiu não abrir e ter a obrigação de responder. Pelo que conhecia dos amigos, Endrio estava compartilhando alguma matéria da Carta Capital, Faltori estava pedindo likes para mais uma foto de sunga no Instagram, Cibele dava a atenção que cada um queria e Pablo não falava nada porque estava ocupado demais jogando LoL.

Como Cibele enviara algumas mensagens no privado, Calila decidiu ler. Antes que terminasse a leitura, recebeu uma chamada.

— Oi, Ci.

— *Tá viva?*

— Tô, eu acho.

— *Não tá vendo o grupo, doida?*

— É mais uma foto do Faltori de sunga com o pinto meia-bomba?

— *Antes fosse* — disse Cibele, e Calila quase foi capaz de ver a amiga mordendo o lábio inferior. — *Ele adicionou a Elen no grupo da trupe. Vê se pode isso? A Elen! Daqui a pouco, ele vai querer que aquela vaca acampe com a gente também, antes da gente ir para a Uni. Se bem que, até lá, o galinha do Fal vai ter enjoado daquela patricinha metida.*

— Meu...

Deus. Meu Deus, Cibele.

— … deixa o Fal… na moral.

— *Tá doida? Aquele grupo é nosso. Da gente, sabe?*

— Você não reclamou quando eu coloquei o Pablo, então sossega. — Calila evitou olhar para a cama e se culpou por querer evitar Cibele também. Não poderia contar nada para ela. Eram amigas, mas não poderia correr o risco. Boa ou não, Cora era sua mãe; e Cibele poderia falar demais.

— *O Pablo entra mudo e sai calado, a gente quase nem sabe que ele está lá; e, sabe, sem você…*

— Vocês prometeram cuidar dele.

— *Mas eu sou só uma pra dar conta de tudo. Os meninos dependem muito de mim... e, enquanto o Endrio quer deletar todas as redes sociais por conta de alguma besteira que andou lendo, o Faltori está iludido com a quantidade de seguidores que tem ganhado. Inclusive, faz um tempão que você postou uma foto nova. Aquele seu insta tá meio morto.*

— E vai continuar assim.

— *Nem duzentos seguidores?*

— Só aceito quem eu conheço.

— *E não conheceu ninguém novo?*

— Eu nem saí de casa direito, sua coisa!

— *Olha… se você continuar assim, vai entrar em depressão. Sua mãe bem que poderia ter te deixado morar comigo e com meus pais. A gente ia passar a noite conversando e dando zoom naquelas fotos.* — Cibele riu alto, como sempre. — *O que você tem, hein?*

— Nada, ué.

— *Nada…*

— Nada, já falei. Oxe...

— *Tá bom, então...* — Cibele ficou calada por alguns segundos. Calila encolheu os lábios. Teve vontade de gritar. — *Hein, você deveria conversar com o Fal sobre a Elen.*

— Ok... — Os fonemas mal saíram.

Calila desligou a chamada antes que Cibele desconfiasse ainda mais. Colocou o celular em modo avião. O frio de Alto Cedro lhe causou um arrepio e ela se deu conta de que era noite. Talvez tarde da noite. Quanto tempo se passara enquanto digeria aquela conversa? Tempo suficiente para seu estômago roncar.

Destrancou o quarto com sutileza, tomando cuidado para não chamar atenção. Sentiu-se como uma intrusa dentro de sua nova casa. Bem, era isso, de fato. Uma intrusa. Em sua casa. Colocou o ouvido na porta da frente e respirou aliviada ao constatar que a mãe estava dormindo; não ouviu nenhum ruído vindo do quarto. Olhou o corredor e tomou impulso para seguir por ele, sem acender a lâmpada. O que menos queria era ter um encontro com Cora.

Ouviu um barulho na sala. Na ponta dos pés, seguiu até o portal e espiou. Foi quando viu que a mãe olhava fixamente para a estante de TV. Estranho, já que a televisão estava desligada. Porta-retratos, um aparelho de som antigo, vasos de flores, miniaturas de resina, alguns livros... Para onde ela estava olhando como se hipnotizada?

Mesmo com a temperatura baixa, a mãe não vestia uma blusa. Cora vagarosamente inclinou um ombro para a frente e desceu a alça do sutiã. Fez o mesmo com o outro ombro. Pouco a pouco, inclinou a cabeça para trás e levou uma mão a um seio enquanto a outra se mantinha abaixada, escondida pelo encosto do sofá.

— Tá bom para você? — Cora perguntou.

Calila retirou a cabeça do portal e grudou as costas na parede, com olhos esbugalhados. Ninguém respondeu e ela não teve coragem de olhar de novo. Voltou para o quarto com fome, frio e ainda mais perturbada.

Capítulo 4
MARTA

Marta parou o carro um pouco à frente do portão do cemitério. Outros carros estacionados denunciavam que mais uma pessoa estava indo para o eterno repouso e que os que ficaram passariam por momentos de solidão, negação, culpa e desespero.

— Mainha, que lugar é esse? — o menino perguntou.

Marta olhou para o filho, no banco de trás.

— É o lugar onde os pais da mamãe estão — ela respondeu, tirando as mãos do volante e se libertando do cinto de segurança. — O que combinamos?

— Não sair do carro e não falar com ninguém. — O garoto levantou um dedo, depois o outro enquanto respondia.

Marta fez uma careta para ele, enfiou seu tórax entre o banco do motorista e o do carona, e pegou o boné caído no piso do carro, aos pés da poltrona de trás.

— E...?

— Não ficar sem boné. Tá bom, tá bom...

Marta colocou o boné do Homem-Aranha na cabeça do filho com a certeza de que teria que comprar outro em breve. Era assustador como o menino crescia. Seus olhos, azuis como uma água-marinha, pareciam ainda mais intensos naquela manhã nublada e cinzenta. Mesmo depois de alguns anos, ela se perguntava como aquela criança havia saído de dentro de si. Via nele uma pureza que pensara não existir mais; e era ele, o menino, o responsável por ela não ter desistido; por não ser, também, uma pessoa repousando para sempre.

— Você vai demorar?

— Claro que não — disse, girando a manivela do seu lado e subindo o vidro. Deixou dois dedos para entrada de ar. — Você não vai faltar à escolinha hoje, mocinho.

— Eu não gosto da escolinha. — Ele afastou a mochila que estava ao seu lado e cruzou os braços. — O Henrique fica falando do meu cabelo... e eu não gosto do Henrique.

— É só falar para a tia e ela vai dar um jeito nele, Guga. — Marta se lembrou de quando era professora e do quanto era exaustivo, dia após dia, mediar os atritos normais daquela idade. Também sabia que as crianças podiam ser cruéis. — Quer saber? Se o Henrique te perturbar, eu mesma vou dar um jeito nele.

— Aêêê! — Guga deixou de abraçar o próprio corpo e ergueu os dois braços, mostrando a janela formada pela queda recente de um dente de leite. Marta puxou os cantos da boca para os lados enquanto seus olhos cintilaram. — Melhor mãe do mundo.

Ela olhou para o garoto e abriu a porta do carro.

Melhor mãe do mundo.

Quando seguiu pela calçada na direção do portão, olhou para trás, para ver se Guga estava bem. Foi quando sentiu um frio no estômago. Na janela do vidro de trás estava escrito aquilo, mais uma vez. Não tinha como saber por quem.

Tinham se passado vários anos, mas aquela nódoa parecia não sair de sua reputação. Perdera o emprego, enfrentara a prisão, fora renegada pelos pais, e ambos se foram pouco depois; ainda ouvira das tias malcomidas que eles "tinham morrido de desgosto". Foram apenas quinze dias entre os sepultamentos. Complicações do diabetes para um, derrame para o outro.

Ela recuou a manga da blusa, antes de esfregar o braço no vidro e apagar aquele "PUTA", escrito por um dedo que se aproveitara da poeira, do sereno e de sua ausência perto do carro.

Pouco antes, havia abastecido. Entrara na conveniência por nada mais que dez minutos. Pelo jeito, havia sido o suficiente.

Às vezes, pensava no quanto o ILMA a perseguia. Sempre virava o rosto quando passava em frente ao imponente instituto, com seus quatro prédios sobrepostos como uma Semiesplanada dos Ministérios, e, por vezes, quis entender qual tinha sido o pecado pelo qual estava pagando. Isto é, além daquele pelo qual fora acusada e de que era parcialmente culpada; daquele pelo qual não conseguira conter o impulso, pois, por mais que sentisse ódio das próprias ações, ela se lembrava... Lembrava-se daquele desejo incontrolável e, na sua mente, não surgia outro nome para o responsável pelo tormento, pelo início do trajeto pela via dolorosa...

Licurgo.

Tudo que lhe aconteceu havia sido por causa do velho. Marta fora omissa. Fora comparsa... e Deus tratou de castigá-la. Se não fosse pela chantagem que fizera com Rosalba de Alencar e Francisco Lino, para que ambos mexessem seus pauzinhos junto aos contatos na política e na justiça, estaria apodrecendo na cadeia como uma ratazana, e seu filho continuaria num orfanato qualquer.

Marta fez o sinal da cruz e adentrou pelo portal. Seguiu pelos caminhos irregulares e terrosos, arrependendo-se de ter calçado tênis branco. Desviou das pessoas que se aglomeravam num mausoléu. O morto havia sido alguém de posses. Pela quantidade de pessoas que usavam preto, pensou se, no informativo do sepultamento, haviam estampado o *dress code*. Por ali, geralmente só gente pomposa usava a cor esperada para o luto.

Quando notou que estava sendo observada, elevou o queixo, estufou o peitoral e seguiu, orando para não estourar a canela num túmulo.

Quando se afastou do mausoléu, maneirou o passo e respirou com mais calma. Chegou a parar atrás de um acaiacá, encostou uma mão nele e fechou os olhos. Seguiu em frente ao se lembrar do horário da escolinha.

Lembrava-se do lugar onde Licurgo havia sido enterrado, dias antes, quando espiara Augusto e Rosalba próximos ao coveiro. Se um dia tinham sido próximos, esse dia havia ficado no passado. Pensou que veria Cora novamente, mas certa fora ela de manter-se distante do enterro do tio. Não era surpresa aquela atitude de Cora.

Anos antes, depois do ocorrido que gerou sua demissão do ILMA, Marta ainda se ressentia por não ter recebido nenhuma mensagem de celular dos antigos amigos. Todos a haviam excluído do Facebook antes de ela mesma ter decidido deletar a rede social que se tornara uma extensão dos insultos.

Sobreviveu sem eles e estava em pé. Guga estava saudável e cada vez mais inteligente. Marta tinha medo do que a maldade pudesse fazer com ele e decidiu, enquanto chegava ao túmulo de Licurgo, que Alto Cedro não mais lhe cabia.

Seus olhos rolaram da data de nascimento ao dia de sua morte, e o resultado surgiu rápido em sua mente — sessenta e oito anos. Marta sempre fora boa com números. O túmulo daquele homem, ainda com o elevado de terra vermelha, não destruído pela chuva, formava uma cúpula; uma espécie de proteção para o resto do que já era resto. Letras e numerais escritos à mão na cruz de madeira estavam tortos como o travessão que pendia para a esquerda, preso no poste principal por um prego frouxo.

Uma coroa de flores amarelas estava jogada na beira da cúpula, solitária. Próximo ao túmulo, havia outros, dispostos irregularmente. Naquele cemitério, no qual adentrara tantas vezes em seus quase quarenta anos de vida, a mesma música era ouvida bem ao fundo:

"Andando triste aqui, na solidão;

Paz e descanso, a mim, Teus braços dão;

Eis, meu constante orar: Mais perto quero estar.

Mais perto quero estar, meu Deus, de ti."

Com punhos cerrados rente ao corpo, Marta afastou a coroa de flores com o pé. Olhou para ela por alguns segundos e a pisoteou, como se fosse alguém que ela tivesse decidido linchar. Uma descarga de adrenalina tomou seu corpo e ela continuou pisando com um pé, depois com o outro, disposta a exterminar cada vestígio do amarelo. Na garganta, seu coração batia forte. Dobrou o corpo e colocou as mãos nos joelhos. Sua barriga se contraiu uma, duas vezes, e, na terceira, ela despejou um líquido esverdeado no chão, que saiu queimando sua garganta.

Quando levantou o rosto e ergueu novamente o corpo, notou que estava sendo observada.

Pouco a frente, a oito ou nove corcovas, uma figura a assustou. Calça jeans, moletom preto fechado, um capuz que cobria a cabeça e a face escondida numa máscara que lembrava uma carranca.

Marta se lembrava bem do trecho do livro do fundador do ILMA que falava sobre a escultura que afugentava maus espíritos. Não era muito de acreditar no sobrenatural, mas a princípio questionou se aquilo era humano.

Com gosto amargo na boca, virou-se e seguiu por entre os túmulos até se esconder completamente atrás de um acaiacá. Com os pensamentos em ordem, constatou que se tratava de mais um engraçadinho. Alguns a insultavam, outros coagiam e havia também os que assustavam.

Não precisava temer. *Queixo erguido, sempre, Marta. Sempre.* Deixou a proteção da árvore de supetão, olhando na direção do imbecil. Ele andava passos à frente, com as mãos para trás. Ela ergueu os dedos do meio das duas mãos para cima, tremulando-os na direção dele. Só parou quando a pessoa sutilmente estendeu a mão que segurava um boné. Um boné vermelho e preto. Um boné do Homem-aranha.

— Guga?! — balbuciou, olhando para os lados à procura do garoto. Passou as mãos nos cabelos e notou que a pessoa seguia na sua direção a passos firmes. — Não faça nada com ele. Ele não tem culpa de nada. De nada!

Naquele momento, a outra mão do indivíduo revelou uma faca de lâmina ligeiramente curvada, cujo metal parecia um espelho. Marta deu passos atrás e escorregou no próprio vômito. Bateu a cabeça no chão de terra e, após alguns segundos de breve lapso, apoiou-se nos cotovelos e chutou o ar enquanto via a lâmina perfurar sua panturrilha.

Soltou um grito agudo, que foi abafado por um novo corte, desta vez no pescoço. A música pareceu mais distante do que antes, seu ruído diminuindo aos poucos. Instantaneamente, o sangue inundou sua goela e seu reflexo foi tossir à procura de ar. Seus olhos pareciam saltar das órbitas, como se quisessem abandoná-las. Como num curto-circuito, seu cérebro relampejava, e ela mal percebeu quando sua cabeça foi puxada para trás, seus cabelos, quase arrancados pela raiva, e a lâmina passou mais uma vez por sua garganta, serrando-a.

Capítulo 5

CALILA

Não fosse pelo fato de ser uma garota, Calila teria estacionado a bike no alambrado e pedido aos meninos para entrar na próxima partida de futebol. Desistiu tão logo notou que parte deles estava sem camisa; um típico jogo formado pelos "com" e os "sem a parte de cima". Mesmo se não fosse por isso, seria loucura demais. Faltori, seu único amigo que também jogava futebol, não estava ali para que ela se sentisse segura.

Sentiu falta de imediato da ciclovia de Orvalho, à beira-mar; e de sua grande piscina sem ondas, pela qual a cidade se tornara bastante conhecida. Acontecia em virtude de uma barreira de corais mar adentro, que impedia a formação de grandes oscilações na água. Era algo que só tinha visto em Corumbau, quando conhecera a vila com Cibele e os pais dela.

Já Alto Cedro seguia acinzentada, com nevoeiros que demoravam para se dissipar. Suas ruas principais eram amplas e planejadas, mas também havia ruas estreitas, calçadas por pedras que denunciavam que a cidade era antiga.

Viu alguns ônibus durante as pedaladas, com a imagem estampada de Soraia, aquela que apertava os livros contra os seios, sempre sorridente. Passou em frente a hotéis, restaurantes e bares movimentados, todos com a mesma logomarca de joão-de-barro. Algumas placas dos carros denunciavam que eles não eram da cidade. Chegou a ver alguns de fora da Bahia. Alto Cedro também recebia turistas, tal como Orvalho, embora por atrações diferentes.

Imensos acaiacás seguiam por toda a avenida principal. A árvore, símbolo da cidade e que lhe dava nome, só não era tão presente quanto o cânion que dividia Alto Cedro em duas partes. Uma ponte em construção seguia por um braço da avenida principal, e Calila freou a bike pouco antes de despencar pela fenda. Ela se lembrou da conversa com Endrio, dias antes:

— Pô, isso é perto da Chapada Diamantina, né? — ele perguntara.

— Você quase parece feliz porque não vai mais me ensinar a tocar violão.

— Qualé, morena…

— Morena, Endrio?

— Foi só jeito de falar, você sabe, pô.

— Ok — ela respondera, encerrando o assunto. Já estava cansada de falar que não gostava de ser chamada daquela forma. Era preta, não morena. — Continua, vai…

— Pensa no ponto positivo. Cê vai tá perto do Morro do Pai Inácio, da Cachoeira da Fumaça, do Cemitério Bizantino, do Poço Encantado...

— Isso nem é tão perto assim de Alto Cedro.

— Eu tô ligado — ele a envolvera com um braço. — Eu só queria que você percebesse que pode não ser tão ruim assim.

Olhando do alto do cânion e se lembrando da frase do amigo, Calila pensou que realmente não poderia ser tão ruim. Sobreviver àquela queda seria improvável. Não sentiria dor. Não seria tão ruim assim.

— Alguma outra coisa ficava pendurada nesses ganchos ou isso é um suporte para roupas? — Calila perguntou a Augusto, sem anúncio prévio de chegada ao Vitória-Régia.

— Um sabre — ele informou brevemente, após uma olhadela para ela.

Augusto continuou empilhando algumas caixas num canto, enquanto Calila avaliava cada centímetro de seu campo visual. Ela seguiu até uma caixa semiaberta e se deparou com uma relíquia — vários livros da série Vagalume. Augusto estava dedicado a documentar cada objeto e, às vezes, parecia que aquilo pertencia a ele, não a ela.

— Licurgo dizia que um antepassado seu desarmou um capitão do mato e tomou a arma para si. Certeza de que esse capitão tinha roubado a arma de uma casa grande... Seu tio deve ter vendido por uma grana boa.

— Sabragem — Calila acrescentou.

Augusto apertou os olhos num esboço de mínimo interesse, mas não parou com a tarefa de organização.

Estática, Calila evitou qualquer movimento, ora por medo de atrapalhar, ora pela sensação de sufocamento que aquele monte de tralha exercia sobre si.

— Minha mãe me contou uma vez que o Licurgo tinha uma arma antiga que ele usava para abrir garrafas. Ele fez a sabragem para comemorar o nascimento da minha mãe e fez o mesmo quando eu nasci. Pelo menos, foi o que ouvi.

— Velho maluco.

— É assim que chamam os autênticos — Calila retrucou. *Você acoberta a morte dele e ele é o maluco? Augusto… não brinque com fogo.* — Ele fazia essas… estátuas?

— Não são estátuas — Augusto corrigiu, com aparente irritação, enquanto empurrava a escultura de madeira para um canto do antiquário. — Isso é uma carranca.

Calila encarou a imagem, que ora lembrava uma pessoa, ora um cachorro, com certo temor e desprezo.

— Bem carrancuda mesmo.

— Seu tio já fez muitas delas. — Augusto ergueu uma, seus bíceps quase saltando para fora do corpo.

— Por que o tio gostava dessas coisas?

— Ele vendeu durante muitos anos para barqueiros do São Francisco, mas sempre mantinha algumas aqui. Dizia que elas espantavam maus espíritos... — Ele seguiu colocando uma carranca ao lado da outra, a camisa enxarcada de suor. — Mas há quem diga que a carranca surgiu depois que um padre se engraçou com uma moça.

— Coitados dos padres — Calila comentou, com as mãos dentro da jaqueta. — Acho que eu já ouvi que a mula-sem-cabeça surgiu porque uma mulher se apaixonou por um.

— Se eles se apaixonam dá errado... Se uma mulher se apaixona por eles, dá errado do mesmo jeito, minha prenda.

Calila não se sentia bem dentro do antiquário. Desde que passara pelo portão de ferro, que rangeu como se gritasse por óleo em suas dobradiças, o Vitória-Régia trouxera-lhe a mesma sensação de pouco pertencimento que tivera quando soube que Licurgo havia sido assassinado no quarto em que estava dormindo.

Era tanta bugiganga espalhada pelo estabelecimento, que Calila teve certeza de que Licurgo era um acumulador. Não havia parede sem quadro ou cabeças de animais, ou piso sem jarros, móveis antigos, caixotes ou carrancas. Não havia organização, tudo competia por espaço.

A fachada do antiquário fazia jus à proposta dele; era antigo, com pintura desbotada, uma imagem de Vitória-Régia que um dia pode ter sido verde, mas agora não passava de uma planta acinzentada e com filetes de sujeira preta, decorrentes da chuva. O pequeno lago que se seguia ao portão de ferro era foco para reprodução do mosquito da dengue. As vitórias-régias, em compensação, estavam lá.

Como aquela sobre a pelve do Licurgo.

Calila pensou como, mesmo com o menor senso de limpeza, alguém visitaria o Vitória-Régia. Nem sempre o lugar fora sujo e abandonado, no entanto. Antes, recebia até mesmo estudantes das escolas da cidade, como uma espécie de centro cultural excêntrico. A própria Calila se lembrava, mesmo que vagamente, de uma dessa visitas, anos antes, quando Licurgo sofreu o primeiro — e, agora ela sabia, único — infarto.

A visitação dos estudantes do tão famoso ILMA coincidiu com a presença de uma Cora preocupada com o tio e de uma Calila zangada e desgostosa por estar ali. A mudança de ambiente ou a diferença de temperatura entre Orvalho e Alto Cedro devem ter sido responsáveis pelo retorno da rinite. Foi naquela semana que sua menstruação veio pela primeira vez, de forma precoce.

Mesmo com Licurgo infartado e o medo de perder seus cinquenta reais, uma dor insuportável no pé da barriga, que o ginecologista de Calila chamaria de dismenorreia primária, com uma cachoeira escorrendo do nariz e a frustração por não estar numa sessão de cinema em casa programada por Cibele, nada a irritou tanto quanto a presença dos outros jovens trazidos pelo ILMA.

Um bando de pirralhos falando inglês para mostrar que sabiam. Muito barulho e competição sobre quem sabia o quê. Sua mãe até insistira que Calila se enturmasse com um garoto loiro de cabelos longos e a obrigou a sair numa foto com o grupo, como se ela participasse de tudo aquilo.

Emburrada, Calila passou a maior parte do tempo preferindo a companhia das vitórias-régias flutuantes no pequeno lago na frente do antiquário. Aquilo só piorou a imagem de Alto Cedro, um lugar que ela entendeu como uma cidade nada bacana para se morar.

Uma lembrança um tanto desconexa e sem sentido foi a de Cora em prantos enquanto lavava uma roupa tingida de vermelho.

Pouco depois, ambas souberam que Evaristo, pai de Calila, havia sofrido um acidente de carro enquanto dirigia até elas. Lembrar daquilo fez Calila pensar que seu pai poderia estar vivo, se Licurgo não tivesse infartado.

— Pra você ver o que inventam para colocar medo — Calila respondeu, após espantar os pensamentos.

— Então você é daquelas que não acredita nessas histórias, minha prenda?

São tão reais quanto a causa da morte do Licurgo. O que minha mãe quis dizer com "Augusto preparou tudo?", hein, quarentão? O enterro? Pela sua reação no almoço, duvido muito, meu caro.

— Sabe que eu não sei? — Ela segurou o próprio queixo. — Assim como tanta coisa que a gente escuta, a gente só finge que acredita e segue a vida.

Se Augusto respondeu, Calila não ouviu. Felizmente ele não tocou no ocorrido durante o almoço indigesto, mas a cobra tatuada no braço parecia hipnotizá-la; e, quando seus olhos conseguiram fugir daquela espécie de encanto, notou que as carrancas a encaravam, prontas para o ataque.

De volta à casa, tão estreita quanto o antiquário, pelo barulho de panelas, constatou que sua mãe estava na cozinha.

Calila olhou para o sofá e seguiu até ele, sentando-se na mesma posição em que a mãe estivera na noite anterior. Para não chamar sua atenção — e constrangê-la, pois sabia-se lá o que Cora estava fazendo —, Calila encontrou o controle remoto enfiado no estofado e ligou a TV. Estava passando um noticiário. Um repórter entrevistava a prefeita de Alto Cedro, que falava sobre a ponte em construção e o crescimento do turismo local, graças à parceria entre a prefeitura e o Grupo João-de-Barro. Calila não deu a mínima, mas aumentou o volume.

"Está bom pra você?"

Calila se lembrou da frase dita pela mãe. Observou a estante de madeira, os livros, vasos pequenos, porta-retratos, as miniaturas de resina... Não viu nada de anormal. Balançou a cabeça e se deu conta de que sua mãe poderia gostar de imaginar a presença de alguém consigo. De todo modo, os fetiches dela não tinham a menor importância frente àquilo com que Calila precisava lidar. Ela se imaginou num jogo de xadrez, com todas aquelas peças à sua frente. Tinha medo de não ser capaz.

Seu tio havia sido assassinado. Sua mãe sabia disso e preferira ignorar o crime com o argumento de que a casa não podia ser desvalorizada. O pior era que, por vezes, Calila culpara a mãe pela péssima administração do que Evaristo, seu pai, deixara para ambas após o fatídico acidente de carro. Por isso, além da mudança de cidade e do segredo em torno da morte de Licurgo, ainda tinha que lidar com a culpa de ter sido por ela que sua mãe decidira pela atitude questionável de camuflar um assassinato.

A questão que martelava a cabeça de Calila repentinamente era se Cora teria poder suficiente para encobrir um assassinato... e até que ponto Augusto estaria envolvido naquilo.

— Lila, filha! — Cora falou, em tom alegre. — Saiu cedo. Fiquei preocupada.

— Estava conhecendo a cidade — Calila respondeu, ao virar a cabeça sobre um ombro.

Cora estava fingindo que aquele almoço não tinha acontecido, obviamente, mas Calila não conseguia encarnar o papel como a mãe. Não estava tudo bem entre elas nem havia uma bandeira de trégua estendida.

— Que ótimo! — Cora pareceu empolgada. — Vou fazer uns ovos para você enquanto o almoço não sai. Nem sei se tomou café. Gema mole ou dura?

Cacete, você é minha mãe! Como, depois de dezessete anos, não sabe? Isso é pra fingir cuidado ou demência?

— Mexidos, mainha — Calila respondeu, voltando a atenção para a TV. Pelo menos Cora não havia lhe oferecido bolo, o que sempre detestara. — Ovos mexidos.

O barulho das panelas denunciou que Cora voltara para a cozinha. Calila mantinha os olhos na TV, mas sua mente viajava com as possibilidades. Pelo que sabia, era necessário apresentar uma certidão de óbito para enterrar alguém, fora os demais trâmites para acesso aos bens. A causa da morte deveria constar na certidão... e a polícia? Como deixariam passar um assassinato, numa cidade com pouco mais de cem mil habitantes?

O teor da reportagem mudou. As obras e locais turísticos deram lugar para uma repórter em frente a um cemitério. Calila inclinou o corpo para a frente e semicerrou os olhos enquanto ouvia:

— O corpo decapitado de uma mulher foi encontrado aqui — a câmera focou no letreiro do local e retornou para a repórter —, no Cemitério Municipal de Alto Cedro. Populares informaram que a vítima era ex-professora do Instituto Luís Mário de Alencar, o ILMA. A vítima se tornou conhecida após a divulgação de um vídeo íntimo em um site de conteúdo adulto, no qual molestava dois pré-adolescentes. Diversos livros de ocultismo foram encontrados na residência da vítima, e a polícia trabalha com a hipótese de que, numa espécie de ritual, Marta Coimbra de Souza tenha sido sacrificada...

Um prato estilhaçou atrás de Calila.

A garota se virou e seus olhos encontraram os da mãe, vidrados na televisão e com uma mão cobrindo a boca. Cora se abaixou após alguns segundos e juntou os cacos de vidro engordurados de manteiga. Calila se levantou para ajudá-la e também se agachou.

— Você conhecia ela?

— Do ILMA — Cora declarou. — De vista, só. Odeio essas notícias. Parece que o sangue escorre pela TV.

Calila observou a mãe minimamente enquanto catava os estilhaços.

— Mãos cheias de óleo. Se sua avó estivesse aqui, diria que é sinal de boa sorte. Um prato não é tão útil assim. Antes ele se quebrando do que nós.

Enquanto isso, a reportagem seguia:

— Ela deixa um filho, uma criança de cinco anos.

— Não é todo dia que a gente tem um quarto só pra gente.

Caetano sabia que Carol se esforçava. Ela insistiu e fez menção de beijá-lo, mas desviou dos lábios do rapaz, decidida a sentir o gosto do pescoço dele.

Carol estava certa. Dificilmente conseguiam privacidade, fosse na casa dele, com seus pais superprotetores e enciumados, ou na sua, com uma madrasta falastrona e pouco amistosa.

Em partes, Caetano fora relutante em participar da social na casa de Soraia exatamente por saber que um encontro íntimo com Carol seria inevitável num dos quartos de visita da mansão, à beira do cânion, que competia no quesito exagero com a casa de Fred; e ele se martirizava por não estar ali por inteiro, na mesma *vibe*.

Dez minutos tinham se passado, mas a ansiedade fazia parecer que a tentativa já durava duas horas. O rapaz fechou os olhos, concentrou-se, mas a ação foi em vão. Desde a notícia da morte de Marta, Caetano não pensava em outra coisa além da cena que era barreira constante em seu namoro com Carol — a seleção de músicas do CPM 22 no volume alto, cadernos e notebooks espalhados pelo chão e dois garotos brancos como lesmas numa cama com uma mulher madura.

Seis anos haviam se passado, mas ele ainda sentia o cheiro de chiclete do lubrificante. Sentia o mesmo gosto mentolado da bala que revezara entre as bocas. Caetano se sentia tão submisso aos dezessete como fora aos onze.

— Tá tudo bem — ele falou, puxando a namorada pelos cabelos, para perto de seus lábios. — Eu tô cansado. Virei as últimas noites estudando pra seleção da bolsa e tem o lance do estágio na prefeitura, você sabe...

Caetano gostava dela; e sentia que era recíproco. Carol era sua primeira namorada de fato, já que as outras eram imaginárias ou ficantes de uma noite. Fora Carol quem estivera ao seu lado quando a bomba estourou, mesmo sendo tão jovem quanto ele. De certa forma, era ela quem preenchia o espaço deixado por Danilo, seu melhor amigo na época.

Enquanto Carol se tornou mais próxima, passando de amiga à namorada nos anos seguintes, Danilo não soube lidar com a exposição do vídeo de Marta, nua na cama com os dois recém-chegados à puberdade; um vídeo enviado para toda a escola, incluindo o corpo docente e o conselho de pais; um vídeo enviado pelo e-mail de Caetano.

— Então vamos aproveitar — ele respondeu, segurando a garota pelos ombros e se colocando sobre ela.

Aquilo sempre dava certo. Sutilmente, ele iniciou uma sequência de beijos suaves entre os seios da namorada, mordiscou os mamilos cor de amora e, pouco depois, estava lá embaixo. Caetano sabia que era bom naquilo. Além da amizade e respeito que nutriam um pelo outro, Carol já lhe havia confidenciado o quanto ele era bom com a língua.

— Espera. — Ela puxou os cabelos ruivos do rapaz. — É ela, não é?

Caetano desviou o olhar e desistiu de prosseguir. Sentou-se na cama e cobriu as partes íntimas com uma camisa. Carol se sentou ao lado dele, encarando-o.

— Eu juro que já tava quase esquecendo, mas aí... Você viu que bizarro? — Ele se referia à notícia da morte de Marta.

— Ela se envolveu com gente estranha, meu gatinho. Ela plantou, ela colheu. Olha o que ela fez com você e com o Danilo! Vocês dois eram moleques. Tanto tempo se passou e você continua se culpando por algo de que não teve culpa.

— Mas... será que ela mereceu passar por tudo o que passou?

— Ela abusou de vocês, cacete. Para de aliviar a barra daquela puta.

— Tava todo mundo drogado — ele ponderou, embora não entendesse o motivo daquele impulso de encontrar uma justificativa que amenizasse as ações de Marta. — Até mesmo ela.

— Olha, a gente já conversou sobre isso umas mil vezes, Caetano. O filho da puta do João Paulo vendeu as drogas para aquela mulher. — Carol se levantou e vestiu um *cropped* rosa do tom do seu cabelo ondulado, recém-tingido. — Achei foi pouco ele ter sido expulso no ano passado. A justiça tardou, mas chegou.

— Ele era o contato do irmão dentro do ILMA. Aquelas drogas só poderiam ter chegado pelas mãos dele — Caetano ponderou. — Você nunca achou estranho ele ter vacilado com as drogas na mochila depois de todos esses anos? Sei lá, pareceu tudo muito armado.

— João era bem mais velho. Repetente. O irmão dele era metido com tráfico, e eu me lembro bem do bullying que ele fazia com você. João chegou a acusar você de armar pra cima dele com o lance das drogas na mochila. — Carol soltou o ar pausadamente dos pulmões.

Caetano notou que podia estar perdendo até mesmo ela, sua pessoa. Sua pessoa de confiança.

— Marta drogou você e o Danilo com o GHB e ainda injetou *crystal* nos dois. João facilitou o acesso às drogas. Demorou demais pra ele pagar pela parcela de culpa que teve no abuso que você sofreu. Era pra ser só uma aula de reforço, caramba, mas virou uma sessão de iniciação sexual nojenta! Você e o Danilo, eu entendo, já que os dois mal tinham pelos no saco; agora ela? Uma mulher feita, que vivia postando fotos com os peitos quase à mostra?

— Você não tem vocação pra fiscal de peito — Caetano comentou —, mas alguém filmou a gente e postou aquele vídeo...

— Você sabe que eu sou a única pessoa nesse mundo que acredita que não foi você mesmo, né? — Carol deu passos à frente, ajoelhou-se e apertou as mãos dele. — Você tem que voltar para a terapia... e, não esquece, esse ano a gente termina o ensino médio e vamos recomeçar nossa vida. Longe de tudo. Você vai ver… tudo vai ficar bem.

— O Danilo também não ficou legal.

— Não é o que parece — ela se afastou. — Danilo tá de rolo com a Miste, e os dois querem aquele estágio na prefeitura tanto quanto você; então, enquanto você fica aí, cheio de neura, os dois tão estudando pra cacete pra serem escolhidos.

— A gente nunca mais foi amigo como antes...

— Então já passou da hora de vocês conversarem. — Ela passou as mãos nos cabelos. — Olha, amigos vão e vêm... e o Danilo troca de melhor amigo como troca de cueca. Lembra que ele era grudado na Glenda quando a gente era criança? Morria de ciúme dela. Depois veio você... e o Dado... e agora o novo preferido dele é o Roque; ou a Miste; ou o Fred, sei lá.

Carol não estava mentindo. Danilo tinha fluidez entre os amigos, tanto que, aos oito, era apegado à Glenda, quando ela ainda atendia por Gláuber. Depois dela, vieram três anos intensos, com Caetano sendo seu melhor amigo. Sim, três anos. Ele comemorava cada ano de amizade como se fosse aniversário, até que Marta avançou o sinal, e Caetano nunca superou o afastamento que o episódio com a professora pedófila provocou.

Danilo e Caetano estudavam juntos, nadavam juntos, dormiam um na casa do outro com frequência, mas veio aquela aula de reforço e nada entre eles foi a mesma coisa; por mais que Danilo nunca tivesse tratado Caetano mal. Ele era apenas… distante.

— Eu acho que ele… se lembra.

— E daí que ele lembra que rolou algo entre vocês também? — ela afrontou e Caetano não conseguiu encará-la. Carol andava de um lado para o outro. — Vocês dois estavam drogados, cheios de hormônios e de curiosidade. Poderiam ter tido, sei lá, uma overdose! Se é que parte da sua vida não morreu naquela loucura... É com isso que você deveria se preocupar, não com uma mamada.

Caetano sentiu seu rosto queimar. Carol fez uma pausa enquanto enfiava uma perna, depois a outra dentro de um short jeans, dando uma rebolada até que a roupa se encaixasse nos quadris.

— Olha, aquela mulher teve sorte de ter ficado tão pouco tempo na prisão... e sobrou pro filho da puta do João também; os dois foram expulsos do ILMA e ele entrou de vez no mundo das drogas. Agora ela está morta. Eu não vou mentir... tô aliviada. Então supera isso... por nós dois.

— Tudo bem... — Caetano forçou um sorriso. — Eu vou superar.

Do topo da escadaria da mansão dos Lino, Caetano viu Soraia, a anfitriã, e sua baba-ovo número um, Miste.

As duas cantarolavam "A Lenda" num cover desafinado.

Ele não se lembrava de ter visto ambas sem os cabelos escovados e maquiagem, até mesmo quando jogavam os dois tempos de uma partida de futebol. Enquanto Soraia aparentava certa pureza, Caetano não conseguia enxergar a outra de mesmo modo.

Miste podia estar sempre à disposição de todo mundo, mas Caetano sabia que era o único a ver maldade por trás de seus olhos bem delineados, das risadas nada espontâneas e da cansativa habilidade de ser boa em tudo; dos campos de futebol às aulas online de maquiagem; do puxa-saquismo à liderança.

Aquele ranço não era apenas porque Miste flertava com Danilo incansavelmente, mas também porque ela não era adequada para ele. Caetano via em Miste um animal feroz à espreita, enquanto Danilo era uma presa perdida... Como ele.

Nem Fred, nem Glenda estavam ali, o que era minimamente estranho, já que os dois eram ligados à Miste, Danilo e Roque, formando um quinteto capaz de revirar seu estômago.

Os Lino levavam muito a sério o joão-de-barro como símbolo da família. Havia uma escultura gigante do pássaro no meio da sala, cujas paredes tinham detalhes de madeira e piso de taco. As luminárias amarelas faziam do ambiente um lugar mais receptivo do que a residência de Fred, cuja família competia em poder, riqueza e influência com a de Soraia. Os dois riquinhos, no entanto, sempre se deram bem, mas a ausência de Fred ali aos poucos se mostrava adequada para a queda de braço invisível que se seguia. Soraia era a líder estudantil, mas também um pedaço de carne prestes a ser dilacerado por dois grupos, o de Miste e o de André. O primeiro defendia a tradição, já o segundo, a revolução; e aquela social que unia representantes dos dois lados era tão melindrosa quanto uma corda bamba.

Normalmente, aquele tipo de encontro aconteceria longe dos pais, exceto se estes pais fossem os de Soraia. Influentes na cidade, eles faziam questão de que a filha se divertisse em casa, trazendo seus convidados para a residência construída para recebê-los.

Antes isso do que virar a noite na Serraria, a rua que aglomerava bares e danceterias, ou na casa de algum colega. O ponto negativo das reuniões na casa de Soraia era que o famigerado "jogo da metralhadora" não poderia acontecer com os pais dela por perto.

A mesa da sala de estar cedeu lugar para uma competição de *beer pong* entre Roque e Danilo.

O primeiro, ex-namorado de Soraia, mal cabia numa regata branca, que contrastava com sua pele escura e hidratada. Roque era um valentão, mas nada comparado a João. Danilo se tornou amigo dele em algum momento durante as aulas de natação, mas Caetano não via aquela amizade com bons olhos. Desde que João expôs conversas com Roque, nas quais Roque se mostrava explicitamente interessado em João, Caetano teve certeza de que Danilo era uma espécie de amor platônico do valentão.

Antes de Roque, Danilo teve outro melhor amigo... Carol tinha razão, Danilo trocava de amizades com frequência assustadora.

Aquele que ocupara o lugar de Caetano na vida dele, e com o qual permanecera grudado com Super Bonder dos onze aos quatorze anos, era Eduardo, a quem todos chamavam de Dado. Eram como uma dupla sertaneja — Dado e Danilo. Era com Dado que Danilo combinava o horário do treino na piscina; era Dado a companhia no cinema e na atividade extracurricular.

Cada vez que Caetano os encontrava juntos, a cena da aula de reforço se manifestava em suas lembranças, junto com a memória do suco de laranja batizado; o batidão do CPM 22 em seus ouvidos. Uma culpa incontrolável tomava conta de si. Por vezes, viu-se sentindo algo ainda mais obscuro — ódio. Não de Danilo, mas de Dado.

Assim como a temporada de Caetano passou, contudo, a de Dado também findou. Seja lá o que tiver acontecido depois das atividades extras no Vitória-Régia, Caetano teve prazer ao vê-los distantes como se fossem estranhos; como se Dado fosse o novo Caetano e sentisse o que ele sentiu.

Agora, Caetano queria que Roque sentisse o mesmo.

— André! — berrou Carol, descendo os degraus rapidamente para encontrar o colega do Labareda, o jornal estudantil. Ela deu um salto e ele a segurou nos braços, rodando-a algumas vezes.

Observando o jogo, Caetano notou que era a partida decisiva; havia apenas um copo no lado de Roque. Apoiou os braços no corrimão e atentou-se para a jogada de Danilo.

— Aêê!!! — Danilo gritou, quando a bolinha arremessada entrou no último copo do desafiante.

Era para Roque ter ficado chateado, mas, em vez disso, abriu os braços e Danilo pulou entre eles, erguido pelo mais musculoso entre todos ali. Roque comemorou a derrota... ou a vitória do fruto dos seus desejos nada ocultos.

Caetano desviou o olhar quando Danilo percebeu que ele os observava. Foi surpreendente para Caetano notar que Danilo seguiu na sua direção, subindo degrau após degrau com um copo na mão.

— Elas estão mesmo cantando músicas mais velhas que elas? — Danilo indicou para Soraia e Miste, imitando Caetano ao apoiar os braços no corrimão, um degrau acima.

— Eu não julgo. Também prefiro as antigas.

— É melhor as duas cantando do que brigando por um passe errado no campo de futebol... Ou testando minha paciência.

Danilo cochichou a última frase. Os dois, contidos, sorriram. Depois ficaram em silêncio. A música seguinte foi "Evidências".

— Quer um gole? — Danilo indicou o copo. Caetano olhou para a mão do colega e demorou para responder. — É guaraná. Você sabe, os pais da Soraia ficam de olho.

— Valeu, mas eu passo — disse Caetano, treinando um sorriso pelos cantos dos lábios. — Seria um *guaraná-pong*, então.

— Pois é, bem isso mesmo. — Danilo balançava uma das pernas continuamente. — Você tá de boa com o que aconteceu... Com a professora Marta, sabe?

— Claro que tô — Caetano mentiu. — E você?

— Tô suave — falou, mudando o ponto de equilíbrio de uma perna para a outra. — Boa sorte lá na bolsa.

— É, tô ansioso pelo resultado, Dan.

Dan. Era como Caetano o chamava.

— Já não digo o mesmo do estágio na prefeitura... — Danilo comentou, descendo as escadas enquanto batia continência. — Aquela vaga é minha, *cumpadi*.

De fato, Danilo era um concorrente à altura. O estágio na prefeitura era uma espécie de mola propulsora para ter acesso ao primeiro escalão da cidade. A própria prefeita de Alto Cedro havia ganhado aquele estágio, vinte anos antes. Ela também fora líder estudantil e sabia-se lá o que mais.

Os pais de Caetano, assim como os pais de muitos, acreditavam que o sucesso no ILMA refletia de forma positiva no status em Alto Cedro e, até mesmo, além de suas fronteiras. Caetano sabia também que, a depender da visibilidade que conseguisse, seus próprios pais também alcançariam patamares mais altos na sociedade. Ganhar a vaga de estágio na prefeitura era considerado superior até mesmo ao posto de líder estudantil ou o primeiro lugar no processo seletivo para a bolsa anual completa... e Caetano não estava disposto a perder; em nenhuma das opções que concorria.

Carol colocou uma Halls na boca e lascou um beijo em Miste, sem cerimônias. Era assim que começava a *beijatona*, uma brincadeira que Carol adorava fazer quando estava entediada.

Miste, para fugir de polêmicas, passou o Halls para Danilo, que surpreendeu André ao escolhê-lo. Talvez Danilo pensasse que seria menos polêmico beijar um garoto do que outra garota, até para protegê-la de uma Miste ciumenta.

De onde estava, o olhar de Caetano cruzou com o de Roque, que, com os lábios afastados, parecia babar enquanto via a língua do amigo dentro da boca de outro. Caetano sorriu de canto e não escondeu o ar de deboche quando Roque o encarou.

André, meio cambaleante com o beijaço, escolheu Carol. Os dois se beijaram e, desta vez, Caetano virou o rosto. O ex-melhor amigo beijara André, o filho da puta que fez o mesmo com sua namorada. O militante responsável pelo jornaleco do ILMA só podia estar de brincadeira.

Pouco depois, Soraia levou uma caixa de som portátil para a beira da piscina e apagou as luzes da área externa. Aquilo era para amenizar um pouco o clima que Caetano criara, mesmo sem querer. Soraia ligava e desligava uma lanterna, entretida com a réplica capenga de um globo de discoteca. Miste até que dançava bem, mas Carol era incomparável.

— Vi uma coreografia massa de "Never Let Me Go" no YouTube — Carol disse, chamando a atenção. — Parece que um dos dançarinos até já foi BBB.

Com seus cabelos raspados numa lateral e o restante jogado por sobre os ombros em ondas soltas, ela mostrava que sabia *fitdance* como ninguém. Caetano não percebeu o tempo passar enquanto a observava. Sentiu uma calma, do tipo que apenas a presença dela era capaz de lhe causar.

— Carol é uma figura — André comentou, ao se aproximar.

Caetano olhou para o lado e confirmou com a cabeça. Aquele era o rapaz com quem Carol passava boa parte do tempo, muito por conta das edições do Labareda. Jamais admitiria, mas tinha certo grau de ciúme; bem antes de ver aquele beijo.

— E você? Não dança?

— Não, eu não — respondeu Caetano, balançando as mãos.

— Você tá bolado com o beijo.

— Deveria?

— Não — André respondeu sem pestanejar. — Foi só zueira... Se bem que o Danilo fez minha heterossexualidade dar uma leve tremida.

Caetano achou graça, mas escolheu o silêncio. Más lembranças invadiram sua mente, como se urubus bicassem seus miolos.

— Você viu a pesquisa recente? — André mudou de assunto.

— Da liderança? — Caetano perguntou.

André confirmou com a cabeça e olhou para os lados como se fosse um agente secreto. Caetano declarou:

— Soraia leva de novo.

— E o que você acha disso?

— Que suas chances são mínimas — Caetano respondeu.

Soraia estava em primeiro; André, em segundo. Uma sequência de outros nomes eram citados num empate técnico em terceiro, inclusive o de Caetano, que continuou:

— Soraia estava no primeiro ano quando desbancou os veteranos da época. Você não lembra porque veio do Cecília, chegou depois daquele frenesi. Ela é o rosto do ILMA desde que eu me entendo como gente, cara... e a mulherada em peso vota nela. Sem falar do cerco da Miste e das armas que ela tem. As duas são mais próximas devido ao time de futebol feminino. Roque e Danilo influenciam a escolha da galera da natação e o mesmo acontece com o Fred, no futebol masculino. Sem falar que a Glenda é o chaveirinho da inclusão, que eles precisam pra fingir que são desconstruídos. Ela tem tentáculos de influência.

— Você não faz parte dos tradicionais. Você é da revolução, meu caro. Não te incomoda saber que são sempre os mesmos rostos?

— Como assim?

— Soraia é quase tudo ali, como se não existisse outra opção... mas existe. Você sabe. Tem você, tem eu. Você tá em terceiro na pesquisa e eu estou em segundo.

— Ela joga muito. Tem respeito das meninas do time. É uma das melhores alunas do ILMA. Colocou o Roque na linha. É absurdamente linda e, cá entre nós, é gente boa.

— Os Lino são os Albuquerque da vez, cara; ou os de Alencar, ou os Madureira. Você é inteligente... Nossos pais trabalham para eles, como nossos avós antes deles. Não vê que nós temos a oportunidade de quebrar esse ciclo?

Caetano encarou André, medindo-o dos pés à cabeça, e se aproximou dele; tão próximo que sentiu seu hálito de menta.

— Você está na casa dela, bebendo a bebida dela, então tá ficando feio pra você... Só pensa um pouco... Se ela te chamou aqui, mesmo sabendo que despontou como concorrente dela, é porque está pensando em te chamar pra ser vice, o que não chega a ser tão ruim.

Caetano ajeitou a gola da camisa de André, tirou alguns fios de cabelo dos ombros dele e seguiu para o banheiro externo.

Era um banheiro amplo para usuários da piscina, com espelho que cobria toda uma parede, pia com três torneiras, mictório e uma divisória onde ficava o sanitário. Quando Caetano abaixou o zíper da calça e urinou, notou que mais alguém entrou no banheiro. Era André, que fez o mesmo, urinando ao seu lado.

Instintivamente, Caetano deu uma conferida. Não estava passando vergonha. Notou que André fez o mesmo, uma manjada até mais demorada. Chegou a ser engraçado por alguns segundos, e Caetano encheu o peito de ar, orgulhoso; depois se deu conta de que estava sendo perseguido.

— Você é charmoso e tudo, mas eu só tenho olhos para a Carol — brincou, balançando o pinto e guardando-o.

— É sério, cara... — André terminou a mijada e seguiu Caetano até a pia. — Eu posso ter chegado aqui bem depois de todo mundo, mas já saquei como a coisa funciona. São sempre as mesmas histórias. As pessoas que hoje estão no poder fizeram do ILMA um reinado quando tinham nossa idade. A gente vive numa monarquia disfarçada, com pouco ou nenhum espaço pra gente como eu, pra gente como você; mas, se a gente se unir, podemos mostrar que não é preciso ter dinheiro nem um sobrenome conhecido, nem ser filho de fulano de tal.

— Não dá pra ganhar deles, André — Caetano admitiu, enxugando as mãos numa toalha de papel.

Ele olhou por sobre os ombros e, de certa forma, concordou que o que André dizia tinha certo sentido. Cansara de ver seus pais balançando bandeiras e sendo perseguidos por opiniões políticas.

— Não no voto — Caetano continuou. — Por isso eu sigo por outros caminhos e acho que você devia fazer o mesmo. Eu vou ganhar a bolsa de estudos e também o estágio na prefeitura. Mérito meu, não de um sobrenome nem de uma indicação. Na boa, esquece isso de presidência estudantil... e aceite ser vice, se ela te propuser isso.

Caetano deixou o banheiro e, desta vez, André não o seguiu, porém lhe deixou com uma pulga atrás da orelha. Se sua intenção era atirar uma semente, André fora tão certeiro quanto Danilo, ao mirar a bolinha de pingue-pongue no copo de guaraná.

A música estava alta. A maioria da galera tentava aprender os passos de Carol, e não demorou muito para Caetano sentir um vulto atrás de si, seguido do som de alguém caindo na piscina.

Aquilo era normal. Estava demorando para começarem a empurrar uns aos outros. Caetano, porém, arregalou os olhos quando notou a quantidade de sangue que tingia a água... e um André de bruços, sem se mexer.

Capítulo 7

SORAIA

— Não!

Soraia soltou um berro agudo e apertou o pingente de joão-de-barro, presente de seu pai. Viu o momento em que Danilo saltou na piscina, instantaneamente. Agradeceu a Deus por ele estar ali, já que era um excelente nadador.

Roque também não ficava atrás, mas parecia abobalhado, sem ação diante do sangue que se misturava com o cloro.

Ela desligou o aparelho de som JBL que ganhara no último Natal e se lembrou de que a Páscoa estava próxima. *Será que não é um castigo?*, pensou. *Tanta diversão em plena semana santa.*

— Chama a mamãe! — Ela pediu para o ex-namorado, atarantado como se não soubesse se devia ajudar Danilo ou obedecer-lhe. — Anda, vai!

Roque correu para dentro da mansão, descalço.

Soraia amarrou os cabelos para trás, aproximando-se de Carol, que recebia André fora da piscina. Ajudou a colocar o rapaz no gramado. Vendo o corte em seu supercílio, tirou a própria blusa, não se importando em ficar apenas de sutiã.

Comprimiu a lesão com o tecido de algodão. Era apenas uma peça básica da Lacoste, não faria falta.

— Ele não tá respirando, gente... — falou Carol, balançando as mãos como se estivessem queimadas.

Soraia ouviu uma sequência de murmúrios desesperados e soube que nada daquilo seria de ajuda. Foi então que Danilo, encharcado, posicionou-se de joelhos próximo a ela e ambos assentiram. Ela sabia, por puro instinto, o que ele se propunha a fazer.

Danilo procedeu a respiração boca a boca e Soraia fez compressões torácicas. Ela não sabia se estava fazendo certo, mas talvez sua mãe estivesse correta e ela tivesse que ser médica, como ela, e seguir o mesmo caminho do irmão mais velho. Quem não gostaria nada disso seria seu pai, que confiava em Soraia para tocar os negócios da família.

Miste abraçava uma Carol em prantos, que se desvencilhou numa recusa grosseira do afago e se jogou no gramado, com as mãos na cabeça.

Caetano parecia congelado. Em pé, olhava de André para a borda da piscina, onde ele batera a cabeça.

— Ele vai ficar bem — Soraia falou e sorriu amigavelmente.

Caetano apenas confirmou com a cabeça, mas parecia incrédulo.

Miste e Danilo se entreolhavam e, naquele momento, Soraia fitou o céu, pedindo intervenção divina. Foi quando André abriu os olhos e tossiu.

Ela sentiu um alívio indescritível, como se o peso do universo saísse de suas costas. Ajudou André a se sentar e Carol se jogou sobre o amigo, abraçando-o, decidida a não esconder as lágrimas. Foi difícil para Soraia conter suas próprias. Olhou novamente para o céu e agradeceu.

André levou seis pontos. Soraia viu a mãe puxar a pele abaixo dos olhos dele para examinar sua mucosa.

— Não foi uma perda relevante — sua mãe declarou e Soraia entendeu, pelo olhar dela, que era o momento de se despedir dos *amigos*.

Amigos... Bem, alguns nem tanto. Ela havia convidado André a conselho de Miste, sua melhor amiga. Achava incrível como ela era sagaz no planejamento político, mas nem sempre concordava com seus pensamentos. Por exemplo, Soraia não acharia de todo ruim um debate com André, seu concorrente à liderança estudantil. Estava interessada em conhecer as ideias dele, seus planos... Isso faria bem à democracia e daria aos demais outra opção.

Miste, no entanto, preferia minar qualquer risco. Após a pesquisa de intenção de voto para presidente estudantil, ela foi a primeira a sugerir a presença de André no encontrinho semanal. Com ele, foram Carol e Caetano, um casal estranho formado por um depressivo e uma devassa, embora Soraia não tivesse nada contra eles. Pelo contrário, por serem colegas desde o maternal, nunca deixara de convidá-los para suas festas de aniversário.

— Essa roupa é do meu irmão — Soraia falou, entregando um short e uma camisa para André, mas algo lhe dizia que aquela camisa era de Fred, que paquerara seu irmão meses atrás. Entregou também um moletom para Danilo, seu parceiro socorrista, e voltou a atenção para André. — Se seca e troca de roupa... Você pode se resfriar.

— Não precisa, de verdade — André estendeu a mão para Soraia. — Valeu mesmo.

— Que isso, para... — Soraia segurou a mão dele rapidamente, sorriu e indicou para Danilo. — Se não fosse por ele, nem sei o que teria acontecido.

André olhou para Danilo e balançou a cabeça como forma de agradecimento. Soraia notou que Caetano virou o rosto e Carol roía as unhas. Já Miste, não tirava os olhos de Caetano, como se fosse uma onça prestes a agarrar uma presa.

— Meu hálito estava bom? — André perguntou, rindo.

— Eu já havia conferido antes, seu babaca — Danilo falou e depois deram um breve abraço.

Soraia viu a cena e sentiu o coração aquecido. André havia recebido uma nova chance. Ouviu os burburinhos enquanto sua mãe dava os pontos, sobre André ter escorregado na borda molhada, mas Miste sugeriu que ele fora empurrado.

Não deu muito ibope para a última opção, afinal não acreditava que alguém ali fosse capaz disso. Quando o grupo seguia pelo jardim, em direção à saída, porém, Miste parou de caminhar, abraçando o próprio corpo com os olhos cintilantes.

— O que foi? — Soraia perguntou, tocando o ombro da amiga e notando que todos paravam de caminhar e se viravam na direção delas.

— Eu vi quem empurrou ele — Miste declarou, com a voz chorosa. — Foi o Caetano.

Capítulo 8
CALILA

Calila teve cuidado para não se permitir ser atropelada por alguém. Principalmente dentro de uma delegacia.

Durante os últimos dias, enraivecera-se em silêncio com a tranquilidade com a qual Augusto e Cora se comportavam, como se ela, Calila, não soubesse de nada. Quis desabafar com algum de seus amigos, mas teve receio de que não guardassem segredo.

Bem, de certa forma havia algo diferente. Vira a mãe voltar a frequentar um salão de beleza, as refeições não eram mais miojos e procurar um emprego não era mais algo urgente.

Sua mente, porém, perecia por uma martelada que não a deixava sossegar — seu tio-avô havia sido assassinado. Ele poderia nem ter expressado formalmente o desejo de deixar seus bens para alguém, mas o fez... Talvez por saber que poderia partir. *Daquela forma*. E, por algum motivo, escolheu Calila.

Tomada por um desejo de retribuir uma dívida, a garota decidiu acessar o Google. Verificou como poderia fazer um boletim de ocorrência. Havia sido frustrante se deparar com a informação de que, para fazer o registro da ocorrência na delegacia virtual, era necessário ser maior de dezoito anos e efetuar cadastro na plataforma Gov.br. Na hipótese de vítima menor de idade, a ocorrência deveria ser registrada por seu representante legal.

Merda. Nada de anomimato para menores de idade. Foi então que decidira pesquisar outra coisa... o endereço da delegacia local.

— Ei, garota — chamou a atendente, colocando-se em pé atrás de uma grade de proteção. Calila entendeu que não havia mais volta. — Você está procurando alguém?

— Sim — Calila respondeu, fechando as mãos. *Dê meiavolta. Vamos. Você quer fazer justiça para o cara que te considerou, mas sua mãe pode se foder com isso,* uma voz lhe dizia. — O delegado... Eu quero falar com ele.

— Ah, claro... — A atendente voltou a se sentar e a olhou por sobre os óculos. — Onde estão seus pais?

— Diga a ele que é a sobrinha de Licurgo da Silva — Calila informou, ignorando a pergunta da mulher e dando o xeque-mate. Apertou ainda mais os dedos contra as palmas das mãos. — Aquele que foi esfaqueado dentro da própria casa.

Viu a mulher semicerrar os olhos e fazer uma ligação prontamente. Dedos nervosos batucaram o teclado do telefone antigo. Pouco depois, Calila estava cara a cara com o delegado da cidade; Madureira. Dr. Afonso Madureira, na verdade, como ela ouvira um investigador chamá-lo. Seu bigode tinha as cores de uma zebra e havia pelos demais saindo de suas orelhas e do seu nariz.

— Por favor, senhorita, vamos, sente-se. — Ele indicou a cadeira. Calila se sentou e olhou para os papéis e canetas espalhados sobre a mesa. Em cima dela também havia um computador velho, daqueles com a bunda enorme. — Desculpe, seu nome é?

— Calila. Calila da Silva Azevedo.

— Ah, sim, claro... — Ele desenhou um boneco numa folha de papel. — E como posso te ajudar?

— Meu tio foi assassinado.

— Aquele que era dono do antiquário, estou certo?

— Que bom que o conheceu.

— Mas é claro... — O delegado tirou o paletó e jogou sobre a mesa. — Um velho conhecido nosso. Uma pena ter infartado. Ainda muito jovem, eu diria.

— Assassinado — ela insistiu e colocou as mãos sobre os joelhos, para evitar que tremulassem.

— Você me lembra minha filha mais velha... Ela faz Direito na capital. É uma mulher que defende com todas as forças aquilo em que acredita.

— Eu acredito naquilo que vejo — Calila respondeu, colocando seu celular sobre a mesa do delegado. Na tela do aparelho, ele conferiu as fotos de Licurgo, que Calila, antes do confronto com a mãe e sabendo que seria necessário levar uma prova consigo, havia enviado do celular de Cora para o seu.

— Isso é muito sério. — O delegado pegou o celular. — Posso?

— Por favor — ela permitiu.

— Isso nunca chegou até nosso conhecimento, mas será apurado. — Ele se levantou com o celular nas mãos e saiu da sala.

Calila o seguiu com o olhar e fez menção de se levantar, mas a porta se fechou atrás de Madureira. Ela ouviu claramente a chave girando e, quando se levantou e girou a maçaneta, percebeu que estava mesmo trancada. Sua garganta ficou seca repentinamente. Ela fechou os punhos e esmurrou a porta.

Após alguns minutos, a chave girou novamente. Calila deu alguns passos para trás e viu o delegado retornar, acompanhado de Cora.

— Como eu estava lhe dizendo, senhora Cora, sua filha é uma garota muito especial... uma menina de ouro, cheia de imaginação! É importante para a memória do tio de vocês que ele possa descansar em paz, sem calúnias e acusações que façam a polícia perder tempo... ou algo que venha a manchar a tranquilidade da nossa Alto Cedro.

— Um homem é morto em sua própria casa e uma mulher tem a cabeça arrancada num cemitério, em plena luz do dia — Calila comentou, encarando-o. — Parabéns pelo seu trabalho.

— Calila! — Cora a repreendeu.

— Mãe...

Cora ergueu uma mão, sem encará-la.

— Eu agradeço, senhor delegado. Isso não se repetirá.

— É o mínimo que esta cidade espera da senhora. — O delegado voltou a encarar Calila e devolveu-lhe o aparelho telefônico. — Sua mãe continua a mesma mulher bonita de anos atrás, quando estampava as propagandas do ILMA.

— Duvido — Calila retrucou e moveu o tronco para a frente, colocando as mãos na mesa. — O que tem a dizer sobre os crimes?

— Que nossa criminalidade é quase zero... e eu me orgulho muito disso. Seu tio infartou e aquela mulher no cemitério, bem, ela era uma coitada. Malvista na cidade. Uma abusadora, que molestou dois molecotes. Ex-detenta. Envolvida com ocultismo. Encontramos provas na casa dela que nos fazem crer que ela se ofertou em sacrifício. Mesmo com isso, a segurança está em ordem, porque eu estou à frente dela; e uma cidade segura é uma cidade que recebe bem seus turistas. Sem o turismo, essa cidade não sobrevive.

Calila abaixou a cabeça, contendo o impulso de segurar a cadeira e jogá-la contra Madureira. Contentou-se em pegar o celular e verificar que a galeria estava vazia. A lixeira também. Cora lhe estendeu a mão e Calila entendeu o que ela queria. Enfiou o celular no bolso, mas o delegado limpou a garganta e a encarou.

Antes que retirasse o aparelho da calça, Calila sentiu a mão gélida, magra e rápida de Cora competindo com a sua, tomando para si o celular. Antes de sair, voltou a olhar para o desenho que o delegado havia feito. O boneco que ele desenhara estava suspenso numa forca.

— Greve de fome não me comove — Cora declarou, quando Calila disse que não queria comer. Viu a mãe responder à garçonete após uma rápida olhada no cardápio: — Moqueca de tilápia... com bastante dendê, claro.

Estavam num restaurante do tipo intermediário; nem pomposo demais, a ponto de os clientes se sentirem obrigados a usar roupas de grife, mas também longe de ser fechado pela vigilância sanitária.

Agora entendia por que diziam que tal sensação era um vazio. Seu corpo parecia oco, como se seus órgãos fossem minimizados a quase nada. Não havia nada dentro de si, mas até o nada era incômodo. Assim era a impotência.

— Não tem a mínima curiosidade sobre quem matou seu tio? — Calila perguntou, após a garçonete anotar o pedido e se afastar para outra mesa.

— Filha… como você é afrontosa.

— Não fugi de casa com uma sacola com duas calcinhas.

Cora quase sorriu.

— Se você quer respostas… eu te darei. Não, não quero saber como aquele velho morreu. A morte dele evitou que fôssemos para um cortiço... e as pessoas que mandam nessa cidade pagam bem pelo nosso silêncio.

Calila se viu nauseada. Concentrou-se no pássaro estampado no guardanapo. Sentia-se como a fêmea do joão-de-barro, enclausurada em seu ninho.

— Você dorme bem, mamãe?

— Com você não tendo que ralar o bucho num balcão? Sim. Pode me julgar, mas, sim, eu tenho dormido bem. Seria diferente se eu fosse sua heroína.

— E que heroína você acha que se tornou?

— Tá, ok, me afrontar ou afrontar o sistema faz correr adrenalina, mas você precisa ter colhões pra seguir em frente; e nós não temos esses colhões, sabe por quê? Porque somos pobres. Tudo sempre sobra pra gente como nós... Principalmente quando somos ameaça para quem dita as regras.

Cora olhou pela janela de vidro do restaurante, que tomava quase toda a parede, única barreira entre elas e a calçada. Calila apostou que ela quase se via caminhando ali, por aquela travessa, anos antes.

— Eu reconheço esse senso de justiça, filha — continuou, sem tirar os olhos da janela. — Essa vontade de matar a curiosidade, de romper com o sistema, de ser, sei lá, uma disruptiva... mas quem faz isso tem que estar disposto a sofrer, porque, para confrontar as coisas, é preciso também sujar as mãos; e, ao fazer isso, você não seria diferente.

— Isso é cruel.

— Não... Isso é ser adulto. — Cora a encarou.

Calila observou a mãe atentamente.

Então é isso que a vida faz com as pessoas? Ser adulto é ser cruel, fazer concessões sobre o certo e o errado, abraçar os benefícios e esquecer os valores? Talvez tivesse sido melhor puxar o freio de mão do caminhão e vê-lo tombar e explodir... Ou que a bicicleta perdesse os freios e meu corpo se transformasse em salame ao se esparramar no chão, entre os paredões do cânion.

Ela teve o desejo de sumir. Ouviu um chamado lá no fundo, titilando em seus miolos — “presepeira”. A mão de Cora sobrepôs a sua, e Calila quase a ouviu chamá-la de boba, imatura e sem compreensão.

Cora afastou os lábios e Calila esperou um afago, quando um som seco e alto estilhaçou o vidro da janela. Gritos de desespero e surpresa se elevaram num coro que fez o coração de Calila acelerar. Já no chão, ela não sabia como havia chegado lá.

Sua mãe também estava agachada, coberta de cacos de vidro.

— Um tiro! — constatou um cliente, também no chão, com as mãos nos ouvidos.

Calila não conseguiu imaginar outro motivo para o barulho.

Segundos se passaram num silêncio sepulcral. Funcionários e clientes procuravam por feridos. Cora a puxou para si com braços que pareciam ter ganhado superforça, como se quisesse retorná-la novamente ao seu ventre.

Calila entendeu a pior das lições — que a justiça, às vezes, silencia para proteger a quem ama.

Quem não faria diferente?

Capítulo 9

FRED

Apenas com uma toalha cem por cento algodão e uma corrente de ouro no pescoço, Fred fazia uma *selfie* na frente do espelho com luzes de LED, após gravar um tutorial de skincare e cuidados com o platinado dos cabelos. Postou a foto nos *stories* e, pronto, sorriu com a sequência de notificações de curtidas e comentários.

Era um bom começo para aquela manhã de domingo.

“Fredelícia”, escreveu Danilo, sendo o palhaço de sempre.

“Brocou! Avisa que o pai tá on!”, escreveu Roque, com sequência de emojis de fogo.

“Biscoiteiro lindo do meu coração!!!”, comentou Miste, com a necessidade de expor que eles eram próximos.

Fred curtiu esses comentários e os demais, decidido a responder cada um mais tarde. Enfiou-se num short de tecido fino que valorizava suas coxas. Vestiu uma regata azul e rosa, e seus pés encontraram mocassins de cores diferentes. A corrente de ouro de textura lisa foi depositada com delicadeza sobre a regata.

De frente para o espelho que ia do teto ao chão, fez algumas poses, como se fotografado para um *book*. Ficou de lado e deu uma empinada na bunda, que ganhava mais destaque que as coxas moldadas pelo futebol. Sabia que geral manjava sua bunda avantajada. Era só comparar a quantidade de likes que recebia quando postava os reels de agachamento ou nas fotos em que estava de costas, precisamente com jeans *skinny* claro. Nem se surpreendia quando, ao beijar qualquer um, as mãos da pessoa sempre descessem para aquela região arredondada e firme sem rodeios.

O iPhone vibrou e ele verificou que se tratava de um e-mail do ILMA. Conferiu, com certa descrença, o resultado da seleção da bolsa anual. Pouco depois, mais rápida do que um viral no Tik-Tok, Miste enviou uma mensagem:

"Tenho uma missão para você."

Fred deu de ombros e enviou um "ok" ao ler o pedido. Nem se deu o trabalho de perguntar o porquê daquela missão, afinal fazer o que ela pedia podia até ser divertido... e ele sabia que Miste nunca errava na estratégia.

Foi justamente por isso que entendeu quando ela pediu para ele não ir à social na casa da Soraia. Queria que André se sentisse incluído, não acuado. Como Danilo já iria e Roque não desgrudava dele, Miste achou que a presença de Carol e Caetano deixaria André com a falsa sensação de que estava de igual para igual com Miste.

Se ele, Fred, pouco se importava com o jogo político, já que o futebol e os cuidados com o próprio corpo já lhe roubavam muito tempo, Miste surgia como uma espécie de assessora; e não parecia ter o intuito prejudicá-lo. Quando se tratava dos outros, porém, Fred não tinha tanta certeza dos limites da garota.

Seguiu do quarto para a cozinha, onde o cheiro do bolo do aipim era convidativo. Deu um beijo no pescoço de Zélia, das mãos de fada, e viu a mulher, que tinha idade para ser sua avó, ouriçar. Ela virou para ele com falsa raiva, não conseguindo alcançá-lo ao tentar lhe bater com um pano de prato.

Fred pegou uma fatia do bolo com uma mão e colocou a outra embaixo do queixo, para evitar vestígios de farelos pelo chão. Notou que a porta do escritório de sua mãe estava entreaberta. Pela greta, viu sua genitora acochada num tail-leur, andando de um lado para o outro com o celular na mão.

— Isso não é problema meu, Madureira. Que tipo de desculpa é essa? Sulfeto de níquel, é isso mesmo? E isso quebra vidro espontaneamente? Nunca ouvi falar... e se alguém encontrar uma bala ou buraco de projétil no restaurante? Você vai ter que se virar sozinho pra encontrar outra desculpa. Já chega de querer bancar o mocinho a todo custo e...

Sorreila notou que Fred a espiava pela greta e empurrou a porta com força na cara do filho.

— Feliz Páscoa para a senhora também! — ele gritou, alto o suficiente para que ela escutasse.

Voltou a aproveitar o bolo de aipim, perguntando-se que diacho era sulfeto de níquel. Deu de ombros e conferiu, no celular, que o engajamento da foto estava bom. O tempo estava mais aberto, adequado para um banho de piscina, e ele decidiu chamar a galera para passarem o dia juntos.

"Piscininha agora, já é?", enviou no grupo de *Whats* com os amigos mais próximos.

"Não rola, *man*. Vou dar um pulo com a família da Miste em Conquista. A irmã dela tá tratando do câncer e tá bem mal, mas valeu por ter lembrado do seu mano velho aqui", Danilo justificou.

"O negócio tá sério mesmo... Tá arriado."

Roque nem fez questão de respondê-lo. Tirar sarro do *affair* de Danilo com Miste era mais interessante.

"Meu pai não vai me deixar ir aí, Fred... e ele encheu a cara logo cedo. Tá todo mijado. Vou evitar uma briga, por isso vou deixar pra depois. Não fica chateado comigo, viu?", Glenda explicou.

Era foda a situação que ela passava com o pai, um sujeito preguiçoso e entregue ao álcool.

"Hoje não, gato, e o Dan já explicou o motivo", Miste enviou, suscinta. Ela nunca comentava absolutamente nada sobre a irmã.

Naquele momento, Fred se lembrou de Soraia. Sabia que ela iria, se ele a chamasse, mas, depois do flerte com o irmão dela, os dois acabaram se afastando. Se sentia falta de algo de sua última relação mais significativa, esse algo era a proximidade com Soraia. Tinham jurado que se tratariam para sempre como cunhados, mas a porra do "pra sempre, sempre acaba" era real, não só um trecho de música.

Chegou a pensar em Carol e Caetano, mas chamá-los seria um suicídio social. Soube do bate-boca do casal com Miste e sabia que era melhor manter certa distância de Caetano, principalmente depois que ele empurrou André na piscina daquela forma. Aquilo poderia ter matado o cara.

Entendia perfeitamente por que Danilo mantinha distância segura daquele de quem um dia fora tão próximo, inseparável como um hidratante de uma pele. Caetano tinha sérios problemas, e não adiantava se fazer de vítima pelo que tinha rolado há não sei quanto tempo, com a professora que morreu.

O pior era que, enquanto Fred estava cheio de dedos com Caetano, achava Carol divertida. Gostava dela de graça e não entendia o que ela via em um cabra ardiloso como Caetano. Até estava combinando com ela de, no Festival da Cultura Brasileira, apresentarem algo sobre o folclore, ou melhor, como Carol o corrigira certa vez, sobre a mitologia brasileira.

Através do vidro da janela que separava o *living* da área da piscina, viu João Paulo, sobrinho-neto de Zélia, que um dia fora seu colega de turma. Com a mensalidade paga por Sorreila, João parecia empenhado e disposto a ter um destino diferente dos outros netos e sobrinhos de Zélia, mas acabou viciado em álcool e envolvido com drogas, como o irmão. Por mais que não gostasse de pensar muito naquilo, Fred sentia certo desconforto ao reencontrar o colega como um piscineiro.

João acenou para Fred com uma levantada no queixo e Fred fez o mesmo, surpreso por ter sido visto. João era mais um que culpava Caetano por armar para cima dele. Por vezes, ouvira comentários de Caetano sobre o fato de João não ser digno de ter a mensalidade paga pela família Albuquerque, visto que já havia até repetido de ano. Na verdade, Caetano sempre quisera ser o sabichão da turma, e Fred sabia que os pais dele ralavam muito para mantê-lo no ILMA.

Imaginou, então, que o colega estivesse possesso com o resultado da seleção da bolsa de estudos, na qual amargara o terceiro lugar. Sabia que não havia sido Caetano a colocar drogas na mochila dele, o que causou sua expulsão, mas, após o ocorrido na casa de Soraia, ninguém nunca mais teria dúvida sobre essa questão.

— Topa um mergulho depois da limpeza? — perguntou ao ex-colega, empostando a voz.

— Sua mãe taí, cara — João respondeu, apertando o cabo da peneira cata-folhas e continuando a limpeza.

— Deixa ela comigo — insistiu. Talvez assim sua mãe prestasse um pouco mais de atenção nele.

— Não rola, irmão. — João levantou a cabeça e o encarou. — Sua mãe liberou a tia e, daqui a pouco, vamos pro bairro. Vai ter um junta-panelas lá.

Fred apenas assentiu e se virou, decidido a voltar para seu quarto.

— Ô! — João chamou e Fred olhou de volta para ele, notando que o rapaz apertava o volume entre as pernas. — Deixa pra outra vez...

Fred não esperava por aquele gesto e, por mais que fosse uma massagem no ego se sentir desejado, aquela não havia sido a intenção. Aos poucos, percebia que ele era reduzido àquilo, um troféu, um pedaço de carne.

Não contestou. Apenas sorriu, constrangido.

O que queria era algo mais que sua própria companhia, apenas, mas todos estavam ocupados. *Normal, é Páscoa.* Deu de ombros e voltou para o quarto, com os braços caídos e pesados.

Ativou a câmera do iPhone e o ergueu na frente do rosto. Abriu um sorriso largo. Depois do flash, o sorriso se desfez.

Franziu a testa. Sentiu que seus músculos faciais perdiam o tônus e se perguntou se existia algum *skincare* que melhorasse aquela sensação.

Capítulo 10
CALILA

Aquele abril começou diferente.

O domingo havia sido de Páscoa, mas também era o Dia da Mentira. Datas comemorativas, geralmente passadas com a família, haviam perdido o sentido há anos para Calila.

Ela seguiu pela casa como um zumbi, ainda com um curativo na mão esquerda, onde um caco de vidro encontrara abrigo. Sua mãe teimava em esconder o resultado do riscado de um estilhaço em sua face, passando camadas e mais camadas de base na lesão; e foi naquele domingo, após um silencioso almoço com Augusto e Cora, que Calila notou o e-mail do ILMA ao abrir a caixa de mensagens pelo computador.

O assunto não poderia ter causado mais temor: "Resultado da Bolsa de Estudos".

Calila acessou o conteúdo sem nenhuma expectativa, mas seu nome estava lá, em primeiro, com aproveitamento de noventa e oito e meio por cento.

Abriu a boca e arregalou os olhos, descrente do que estava na tela. Aquela havia sido a melhor notícia desde que chegara àquele lugar, tirando o aborrecimento de outra notícia, o novo celular com que teria que se contentar — um modelo antigo, que mal servia para receber e atender ligações.

Tá podendo ainda, Calila, pensou.

Precisava acreditar mais em si, nas certezas que tinha, nas matérias nas quais era excelente... e também nos chutes. Como fizera a prova apenas para evitar mais um desajuste com a mãe, nem se atentara em copiar o gabarito, por isso não o conferiu, o que ajudou ainda mais na surpresa.

Isso não importa.

Ela havia passado em primeiro, e a bolsa era sua!

O e-mail era assinado por Rosalba de Alencar, a diretora, e era direto; Calila teria que se apresentar na manhã seguinte.

— Pegue o 4040 — sugeriu Augusto. — Você segue na direção da pracinha, no final da rua, e espera na farmácia. Não tem erro.

Ela epenas assentiu. Estava decidida a ir de ônibus até se acostumar ao trajeto, para, enfim, ir de *bike*.

— Estou tão orgulhosa de você, filha — Cora falou, com os olhos brilhando e as mãos unidas como se fosse Maria, mãe de Jesus.

Calila forçou um sorriso e passou a noite vasculhando informações sobre o ILMA e seu conglomerado de quatro prédios dispostos em paralelo, onde estudavam alunos do ensino fundamental, médio e técnico.

A escola era um dos maiores institutos de ensino do interior da Bahia e suas instalações incluíam laboratórios de ciências, ginásio poliesportivo, piscina semiolímpica, anfiteatro e uma nada modesta biblioteca. A fachada, que remetia facilmente ao período colonial, contrastava com a diversidade tecnológica do seu interior.

Cada aluno era incentivado a participar de atividades extracurriculares, que incluíam esportes, artes cênicas, línguas como espanhol, inglês, francês e mandarim, além de aulas de reforço para quem pudesse arcar com elas.

O site também estava cheio de editais para monitorias, estágios na comunidade e vagas para colunistas do Labareda, o jornal estudantil. Notou, também, informações sobre o grêmio, cujo prazo final para inscrição das chapas estava próximo. Foram, porém, as fotos do time de futebol feminino que quase fizeram seus olhos saírem das órbitas. Estava decidida a brigar por uma vaga.

É... Até que dona Cora não exagerou quando falou sobre o ILMA.

No Google, deparou-se com o tal Labareda. Na primeira página, havia uma postagem recente sobre Marta Coimbra, a ex-professora envolvida numa seita. Nada muito explicativo e, por algum motivo, os comentários estavam desabilitados.

Também se deparou com as fotos da equipe de natação — um bando de rapazes com minúsculas sungas azuis-claras. Calila sentiu o coração palpitar e aumentou o zoom da tela do monitor. Certificou-se de que... a água realmente estava limpa!

Com a mesma convicção de que tentaria uma vaga no time de futebol, estava determinada a não perder os treinos e competições na piscina... Para mostrar que torcia pelo sucesso do time, claro.

Outra coisa que chamou sua atenção foi uma espécie de queridômetro, bem *Big Brother Brasil*, no qual era possível curtir fotos dos estudantes. Não se assustou pelo maior destaque ser para Soraia Lino; atleta, garota-propaganda do ILMA, líder estudantil... Em seguida, aparecia Roque Ferraço, um nadador marombado que vira em fotos anteriores. Pouco depois, Miste Tardanape. Frederico Albuquerque. André Godoy, Glenda Monte Belo, Danilo Cáster, Carol Fagundes e Caetano Valente.

Leu brevemente a minibio de cada um, mesmo sabendo que esqueceria facilmente o rosto da maioria deles. Imaginou que terror seria viver naquele tipo de competição.

A história do ILMA também era interessante.

O fundador, o professor Luís Mário de Alencar, investira todo o dinheiro que herdara dos pais no instituto, que se tornaria referência para Alto Cedro e as cidades vizinhas. Com mais de setenta anos de fundação, o ILMA era dirigido pela única herdeira do educador, sua neta, Rosalba de Alencar. O fundador, por sua vez, morrera já bem idoso, num incêndio com a esposa, duas filhas e um neto, há quase vinte anos.

Era no ILMA, também, que ocorria o Festival da Cultura Brasileira de Alto Cedro, um evento que, anualmente, movimentava a cidade com apresentações teatrais, competições de danças típicas, homenagens a artistas, desfiles de fantasias, representações de personalidades históricas, entre outras coisas.

Calila se animou, porque parecia ser um ambiente cheio de comida.

Um ônibus dobrou a esquina com tudo. Parecia um Fenemê descontrolado. Calila apertou os olhos para enxergar o número...

4039.

Ainda não era o do ILMA.

O veículo parou, pessoas desceram, outras subiram. Aquele mesmo vaivém de rostos que se cruzam no ritual de sobrevivência, no qual um minuto de atraso já muda todo o ciclo. Um bodum de desodorante vencido acabou com toda a recente falta de olfato de Calila, e era impossível saber de onde vinha aquele fedor.

A azia deu sinais. Sua boca ficou amarga e, com aquele gosto, veio a sensação desagradável da exclusão.

Não era a única que aguardava o 4040, mas os demais estavam uniformizados. As meninas se conheciam, sorriam e cochichavam. Calila teve a impressão de que também era pauta. Sim, ela, a menina-macho, enfiada num casacão preto e calças folgadas; que normalmente estava pouco se lascando para a opinião dos outros, mas se via dominada pela necessidade de encontrar um lugar para habitar sem retaliações.

Parte sua não queria ceder, mas outra parte queria a melhor sombra, sem ventos capazes de envergar bambus. Talvez aquela bolsa de estudos fosse uma dádiva... e uma desculpa para se manter distante de Cora e do cachorrinho de colo dela.

Por um momento, perguntou-se como Pablo estaria se virando sem ela; e respondeu para si mesma — *treinando beijos com outras garotas e jogando LoL.*

Nunca pensou que fosse sentir falta das fofocas diárias de Cibele, das loucuras de Endrio ou da autoconfiança de Faltori. Chegou a lembrar até mesmo da Elen, o que a fez ficar ainda mais preocupada.

Será que eles sentiam sua falta? Nem o *WhatsApp* poderia amenizar a saudade, já que aquele celular era mais antigo do que sua própria avó.

Mãos frias, respiração ofegante.

Calma, Calila... Qual é? Você não está voltando para casa com o resultado do Beta-HCG positivo em mãos, gata!

Viu-se obrigada a ouvir Anitta, já que um garoto sem-noção parecia desconhecer a existência de um objeto tecnológico e útil chamado fones de ouvido. O uniforme do ILMA estava a ponto de ser rasgado pelo seu peitoral e ele tinha um sorriso despretensioso. Seus lábios — puta que o pariu! — pareciam frutas esperando para ser mordidas. Sua pele brilhava naturalmente e, naquele momento, a mente de Calila lhe lembrou, era Roque, o nadador bombadão.

Cantarolou "Primeiros Erros" consigo mesma, até que, enfim, o 4040 apareceu.

Quase a última da fila, torceu para não ficar em pé. Cacete, estava indo para uma nova escola, novos colegas, mas longe de Cora e Augusto! Apertou as alças da mochila e aguardou a entrada no *expresso de Hogwarts*, torcendo para encontrar a Hermione e reivindicar o vira-tempo. Colocou os dois pés no último degrau da escada e sentiu a porta se fechando às suas costas, enquanto o motorista arrancava na velocidade da luz.

Ela se segurou no painel, mantendo a expressão fechada e pouco amigável. Agarrou os suportes superiores como se fossem cipós e pagou a passagem para o cobrador. Usou as pernas para girar a catraca e notou figuras fúnebres a caminho do trabalho; uma garotada com os hormônios à flor da pele, um ti-ti-ti aleatório, risadas, gente calada, gente que falava demais... e o inferno do garoto corpulento continuava ouvindo Anitta no volume máximo!

Mais alto que ela e com músculos bem desenvolvidos, o *anitter* encostava demais nos rapazes que passavam. Parecia querer irritá-los, numa forma nada adequada de mostrar superioridade. Ainda bem que poupava as meninas, mas, na dúvida, o cotovelo de Calila já estava pronto; foi aí que, agarrada ao suporte metálico como se fosse uma *pole dancer*, ela ouviu uma voz:

— Quer sentar aqui? — um rapaz falou e cutucou um de seus flancos.

Ele retirou a mochila do assento e bateu a mão três vezes nele. Calila se sentou, no ímpeto.

— Valeu! — agradeceu, sem sorrisinhos.

— Roque é um babaca.

Ela franziu a testa. O grandalhão zombeteiro que obrigava todos a ouvirem seu gosto musical era um dos queridinhos do ILMA; ou, pelo menos, um dos mais conhecidos.

Calila ergueu uma sobrancelha enquanto recordava certos detalhes protuberantes e intimidadores da foto no site.

— Até que ele encontre alguém como eu — ela disse, abrindo um zíper da mochila, pegando óculos escuros e escondendo os olhos com as lentes vampíricas.

— Que coisa mais... *over*! — O garoto sorriu após o comentário. Um sorriso tímido, mas que denunciou seus dentes alvos, a gengiva amarronzada, como a de Calila, e lábios inferiores com duas cores, do preto ao vermelho.

Ela o examinou melhor. Sua pele era ressecada e com marcas de expressão. *Ou ele não toma água, ou fica exposto ao sol sem se proteger.* Magro, braços finos como a cauda de um rato e pernas que sambavam no jeans surrado. Seu uniforme, assim como o de Roque, denunciava que também ia para o ILMA.

— É.

— É o quê? — ele indagou.

— Pensei que você não fosse tirar essa mochila do meu lugar — Calila respondeu, e o garoto a olhou com espanto, como se uma arma lhe tivesse sido apontada. — É brincadeira, criatura! Você foi gentil. Obrigada, de verdade.

Enquanto isso, o alvoroço não diminuía. Os mais velhos pediam silêncio e alguns mais jovens também. Tudo em vão, claro.

O 4040 parou de novo. Desde a calçada, Calila acompanhou Soraia. Cabelos brilhantes e ondulados, olhos cor de turquesa e pele um pouco mais clara do que a sua, porém mais hidratada. Apertava os livros contra os seios e interagia com outros três ou quatro da mesma faixa etária, como se fosse o centro do universo.

Um deles chamou a atenção de Calila pela cabeleira platinada, sorriso fácil de trezentos dentes e o uniforme personalizado com uma manga azul e outra rosa.

— Você desce onde? — o rapaz magrelo perguntou; seus olhos, negros como a noite, atentos à resposta dela.

— No purgatório — ela respondeu, mais para causar. Ele levantou as duas sobrancelhas. — Ou seja, no ILMA.

— Essa foi a melhor descrição que já ouvi de lá. — Ele apertou um pingente com uma pedra de ônix, preso a um cordão preto. — Sou o Eduardo, mas, com o tempo, se a gente se tornar amigo, você vai poder me chamar de Dado.

— Calila — ela pronunciou, após um suspiro e um meio-sorriso. — E você vai continuar me chamando assim, mesmo se nos tornarmos mais... próximos.

Ele tirou a mão do pingente e Calila notou uma cicatriz que iniciava no esterno; sabia-se lá onde terminava. Foi quando seus olhos encontraram os dele e, ajeitando-se na poltrona, ele levantou a gola folgada da camisa.

— Foi mal.

— Tranquilo — ele disse. — Cada um tem uma marca, não é?

— Com certeza. — Calila abriu o casaco de moletom, mostrou um braço e arregaçou a manga da camisa. — Queloide de BCG.

— Que coisa mais feia, credo! — Ele levantou o uniforme e mostrou a cicatriz, que terminava pouco antes da barriga. — Só perde pra isso.

Calila deduziu que se tratasse da cicatriz de uma cirurgia cardíaca. Antes, porém, de fazer a pergunta que o confirmaria ou não, foi interrompida pelo garoto de cabelos platinados, cujo perfume com certeza era mais caro do que todo o guarda-roupas da garota.

— Que corpão gostoso, hein, Dado?

Calila esperava uma voz mais suave e, talvez, aveludada, mas ouviu um timbre empostado, grave, do tipo que se esperava de um homem maduro e cheio de testosterona. A pele dele aparentava ser ainda mais clareada por uma base corretiva. Suas mãos grandes exibiam pulseiras e dedais de ouro.

Sim, ela sabia quem ele era. Frederico Albuquerque.

O loiro abraçou Dado por trás da poltrona e acariciou o peitoral esquelético.

— Vai te lascar! — Eduardo abaixou a camisa e se desvencilhou, fazendo um bico enorme; foi quando o loiro-platinado olhou fixamente para Calila, com a mão estendida.

— Oi! Eu sou o Fred, e você?

— Eu não. Com certeza não — Calila meneou a cabeça e colocou fones de ouvido, deixando-o no vácuo. Fingiu prestar atenção no caminho, nos pássaros voando e na imprudência do motorista. Teve vontade de lixar as unhas naquele momento, mas acabara por esquecer os instrumentos de manicure. De soslaio, notou que o garoto, cansado, apertou um dos ombros de Dado e seguiu para o fundão, zoado pelos demais.

Dado falou algo que Calila não entendeu.

— Você disse alguma coisa? — Calila tirou um dos fones.

— Você é carne nova, do jeito que ele gosta.

— Pode deixar. — Ela fez um sinal positivo. — Não sou carne, sou um magarefe.

Dado rolou os olhos de um lado para o outro. Claro que ele não sabia o que significava aquela palavra. Calila sempre fora meio metida a falar, vez ou outra, uma palavra incomum.

Ao olhar de relance para trás, observou Fred dar alguns soquinhos nos bíceps de Roque. Cada detalhe no loiro "nevou" parecia milimetricamente desenhado. Até o que não era natural parecia ter sido feito sob medida para ele, numa sincronia de cores e harmonia com o conjunto; do brilhante em um dos lóbulos da orelha ao uniforme justo; do jeans claro ao coturno tão branco quanto seus cabelos. Fred seria capaz de deixar a beleza de Faltori para trás em segundos.

O ônibus foi levado bruscamente para a calçada e Calila apertou o encosto da poltrona da frente. Com o solavanco, acompanhou a velocidade diminuindo enquanto notava a construção que aparecia no lado direito. Com seus prédios sobrepostos, lá estava ele, o ILMA.

Sua arquitetura em muito lembrava os casarões antigos de Salvador, erguidos em bases altas de concreto, com calçadas e escadarias típicas da época colonial. O muro, possivelmente erguido bem depois da construção dos prédios, não era capaz de podar sua imponência.

Sem os efeitos luminosos de Photoshop das imagens da internet, o ILMA parecia sombrio. Calila julgou que, antigamente, os janelões de vidro fossem de madeira. O verde-escuro dos acaiacás combinava com a tonalidade marrom e avermelhada dos tijolos da fachada. Bem diferente da sua escola em Orvalho, com térreo alongado e pés de manga e jaca ao redor dos muros que justificavam sua fome constante durante as aulas. Lembrou o quanto era gostoso passar o recreio subindo em um pé de manga, dividindo os melhores frutos com seus amigos, principalmente com Cibele, que jamais subiria numa árvore.

— Você não vai? — Dado resgatou Calila dos seus pensamentos.

Ela confirmou e direcionou os joelhos para o corredor. Dado passou por ela e levantou sua mochila, que fez o trajeto até o ILMA nos seus pés.

Calila observou as dezenas de jovens passando pela guarita e respirou fundo, enchendo os pulmões de uma força que não sabia de onde vinha. Caminhou pelo corredor de maneira lenta e fúnebre. O motorista fez menção de arrancar com o ônibus e ela o fuzilou com olhos furiosos.

Entre xingá-lo e não perder o horário, ficou com a última opção; porém, antes que descesse o último degrau, o filho da mãe arrancou.

Calila deu um salto para a calçada e saiu trombando em algumas pessoas. Sujou a sapatilha numa poça de lama formada por um vazamento de água e todos a olharam no exato momento em que menos queria ser vista.

Uma das amigas de Soraia levou uma mão ao peito, com o queixo caído. Seu nome era incomum, mas a semelhança com Cora fez com que fosse difícil esquecer quem era — Miste Tardanape.

Calila se sentiu uma aberração. O valentão, fã de funk, soltou uma risada nada contida, mas alguns esboçaram olhares preocupados, como Dado. Foi Soraia, porém, quem se aproximou:

— Tá tudo bem? — Calila sentiu o toque em seu cotovelo. — Adorei sua sapatilha.

— Errr... Oi. Tá tudo bem, sim... errr... Sorai... digo, moça. Tá tudo bem. Tudo bem.

Soraia deu um passo para trás e sorriu com lábios selados.

— Não te enviaram o uniforme?

Calila balançou a cabeça negativamente.

— Não vão te deixar entrar, então. Vem comigo!

Calila balançou a cabeça positivamente e foi arrastada em meio à multidão. Levou os ombros para a frente, tentando esconder os seios.

Soraia passava e o mar vermelho se abria diante dela. Calila, protegida atrás dos óculos escuros, notava que seria difícil ser invisível no meio de todos aqueles uniformizados e padronizados. Era o sangue novo, a desajustada, a menina-macho. Começou a questionar se deveria ter alisado os cabelos para ter maior passabilidade, já que todas as meninas pretas, como Soraia e sua amiga aparentemente mais próxima, estavam com cabelos lisos.

Rapazes sorriam e ela teve certeza de que era deboche. As meninas cochichavam e ela teve certeza de que era sobre a barra de sua calça enlameada. Sentiu o corpo gelar ao temer que o absorvente estivesse vazando.

— Ela é novata — Soraia anunciou ao guarda. — Ligue para a direção e diga que... Qual seu nome mesmo? Eu sou tão esquecida...

— Calila — respondeu, com a certeza de que não havia dito seu nome anteriormente.

— Adorei esse nome — Soraia comentou, enquanto Calila observava a lentidão do guarda ao procurar o contato da diretora. Após um gesto rápido com a cabeça e um longo suspiro, Soraia sacou seu celular e enviou uma mensagem. — Pronto! Liberada.

Soraia entregou o celular para o guarda, que resmungou algo indecifrável e liberou a catraca. Ambas passaram para as dependências do ILMA, Calila se sentindo pequena diante da fachada imponente e dos olhares curiosos.

— Olha, a diretoria fica no primeiro prédio, no segundo andar. É só subir os lances de escada até o fim e dobrar à direita. Não tem erro. Parece ser grande, mas logo você se acostuma. A gente se vê por aí.

Soraia se despediu com um beijo na bochecha de Calila e seguiu seu caminho, ao encontro do namorado e dos amigos. Calila queria odiá-la, mas constatou que seria difícil.

Os ruídos de passos e conversas paralelas deram lugar a uma música instrumental. Saía dos alto-falantes, quase imperceptível nos andares inferiores, mas mais audíveis na antessala da diretoria.

Calila ergueu o dorso da mão e, em riste, preparou-se para bater na porta de madeira. A porta, porém, abriu-se antes disso.

— Vagabunda! — xingou um senhor bigodudo e calvo.

Ele passou, empurrando Calila para o lado com o peso do corpo, e a garota se sentiu como uma bola de papel atirada para o lado.

Enquanto o homem sumia pelos corredores jogando pragas, Calila caminhou com cautela de volta à porta e enfiou a cabeça para ver o interior da sala da direção.

— Vamos, entre — Rosalba ordenou. — Não tenho o dia todo e acredito que nem você.

Calila se aproximou da mulher imensa, de bochechas rechonchudas e olhar desafiador, apertada num terninho roxo. Notou a tela do computador virada para ela e um porta-retratos virado para baixo. Sentou-se numa poltrona de couro marrom e se arrepiou com o vento gelado que escapava pela saída de ar atrás de si.

Rosalba deu um clique no teclado e a música instrumental parou.

— Liguei para seu antigo diretor e ele te elogiou. — Rosalba seguia analisando alguns papéis. — Sua transferência já está comigo, inclusive. Notas excelentes em português e humanas. A melhor da turma em Biologia. Uma negação em exatas.

— Pra senhora ver... — Calila balançou as pernas e coçou o couro cabeludo. — Recuperação no ano passado, em Matemática. Tenso. — Fingiu pesar.

— Me assusta alguém com essas notas ter tido um rendimento tão alto. — Rosalba a encarou.

— Cá entre nós, Rose — disse Calila e a diretora levantou uma sobrancelha. — Logaritmo, função e todas aquelas equações... não vou precisar daquilo na minha vida adulta.

Rosalba puxou os lábios para o canto esquerdo da boca; uma ruga quase microscópica, mas talvez aquilo fosse o mais próximo de um sorriso que ela conseguiria arrancar daquela mulher. A diretora retirou os óculos e analisou Calila fixamente.

— Você passou, isso é o que importa. — Rosalba se levantou. — Não entre em encrencas e não me decepcione.

— Aham — Calila anuiu.

— Sua turma é o terceiro ano A — falou, abrindo um armário de madeira, de onde retirou uma sacola, que entregou nas mãos de Calila. — Entre no banheiro e vista isso.

Calila pegou a sacola e seu tato reconheceu que se tratava de um tecido. Era o uniforme. Olhou o tamanho. M.

Calila encarou Rosalba e baixou a cabeça. Rosalba pareceu entender a mensagem, pois tomou a camisa de volta e a substituiu por uma tamanho G. A garota não escondeu o sorriso. Pegou o uniforme e seguiu para o banheiro.

Poderia ter despejado pelo ralo a coleção de perfumes que viu sobre a pia, mas se conteve. Olhou-se no espelho por segundos que pareceram eternos. Tirou o casaco e amarrou na cintura. Vestiu o uniforme sobre o camisão e constatou que estava perfeito. Folgado e confortável. Girou a maçaneta e saiu, encontrando uma Rosalba que esboçou outra ruga no canto da boca ao vê-la com o nome ILMA no peito.

Sem falar nada, Rosalba abriu a porta e saiu com Calila; parou diante de uma sala, bateu na porta e foi recebida por um simpático e sorridente professor; entrou na sala, e Calila continuou escondida atrás dela.

Não adiantou, já que a diretora deu um passo para o lado, revelando a ganhadora da bolsa de estudos como se apresentasse um cristão à Nova Jerusalém.

Calila continuou aflita com o sorriso largo do professor e ficou perdida quando notou a sala de aula cheia.

Respira garota, não surta...

— Eu acho que essa garota vai passar mal.

Calila sentiu suas bochechas arderem. Seu coração estava batendo rápido demais. Tentou controlar a respiração e procurou um lugar para se sentar. Não podia desmaiar. Não daria esse gostinho para o rapaz sardento, primeiro ruivo que via pessoalmente.

— Vai se lascar, Caetano! — mandou Dado.

O ruivo balançou a cabeça em reprovação.

Calila se viu aliviada. Mais uma vez, o rapaz franzino lhe salvara.

Ele apontou uma cadeira vaga e Calila caminhou até ela, mal sentindo o chão sob seus pés.

— Qual a chance de estarmos juntos na mesma sala? — Calila cochichou, ainda se acomodando. *Não, pera... Eu estava falando sobre probabilidade? Merda de matemática persecutória.*

— Cem por cento. — Dado piscou. — Letra A até a letra F — explicou, voltando a atenção para o professor.

Uma pena que Soraia não é uma Flávia... Pelo menos, tenho o Dado. Nossa, essa frase ficou estranha.

— É legal ter você por aqui — Calila falou, tirando um caderno da mochila.

Dado sorriu e piscou.

— Piscada sexy, hein?

Calila reconheceu aquela voz; aquela voz de homem maduro no corpo de um desses playboys que fazem fama em redes sociais.

Dado ergueu o dedo do meio para Fred enquanto Calila observava o restante da turma.

Um garoto, acenando com cortesia, chamava-se André, aquele que assinava a maioria das reportagens do Labareda. Já outro garoto, com vidros azuis no lugar dos olhos, era Danilo, uma das estrelas do time de natação. A garota de cabelos cor-de-rosa, que mascava chiclete durante as aulas, era Carol. Parecia saída de um clipe da Cindy Lauper que Calila cansara de ver Endrio assistir.

O professor falou mais alto, tentando recobrar a atenção que a chegada de Calila roubara:

— Seguindo o conteúdo, qual lei de grande importância foi criada em 1850?

Aula de História.

Na projeção do *datashow*, estava a temática — Período Abolicionista.

Ótimo! Estudei isso ainda no fundamental.

Calila buscou coragem para levantar a mão, mas o máximo que conseguiu foi abrir a boca e se irritar com a voz que não saía.

— Pode responder, Frederico.

Calila olhou para trás e viu o loiro com uma mão erguida.

— Lei Eusébio de Queiroz.

— Muito bem, isso mesmo! — O professor passou o *slide* e pegou um pincel atômico, fazendo algumas anotações no quadro branco.

— Vai começar a competição — Dado cochichou.

— E qual o objetivo dessa lei? — o professor perguntou, em seguida.

Era óbvio que Calila sabia, mas algo lhe dizia que era melhor observar um pouco mais como as coisas se estabeleciam naquele ambiente. Não era do tipo que corria de um desafio, porém, se sua casa já parecia um núcleo de *Game of Thrones*, seria mais adequado observar o movimento das peças no ILMA; até mesmo porque, se quisesse, Calila seria um percalço para qualquer sabichão de humanas.

— Extinguir o tráfico de escravos — Caetano falou de uma só vez.

Ele olhou para trás e Calila o seguiu, encontrando Fred com uma mão estendida ao teto, em vão.

— De pessoas escravizadas — ela murmurou. Ninguém pareceu ouvi-la.

— Muito bem, Caetano! — enalteceu o professor. — Última pergunta. Quem era o imperador do Brasil quando essa lei foi elaborada?

Assim já é demais. Que se danem os competitivos, eu sei a resposta. Eu poderia ter respondido as três perguntas em sequência.

— Dom Pedro I, *fessor.*

Calila não escutou nenhum ruído após sua resposta. O clima parecia de expectativa ou de surpresa, ela não soube definir.

Caetano quebrou o hiato com um sorriso engasgado. A garota sentiu o sangue ferver e encarou o ruivo. Foi quando notou que o professor a observava com um dedo na frente dos lábios. Notou que ele parecia decepcionado e um tanto quanto cuidadoso.

— Ela errou. Diz logo, professor — falou Caetano, rolando os olhos.

— Não, eu acertei, não foi? — Calila procurou apoio em Dado, que olhou para baixo. Virou para trás e encarou Fred, que recolheu os lábios e negou com a cabeça.

— Dom Pedro II, *bolsista* — Caetano esclareceu.

Calila afundou na cadeira, braços e pernas encolhidos. Evitou olhar para os lados, por mais que desejasse o mínimo apoio que fosse, mas não poderia correr o risco de encarar Caetano e seu deboche.

A aula seguiu e, em determinado momento, Calila encarou o ruivo de soslaio. Viu seu sorriso sádico, como se cada erro de um colega lhe proporcionasse um orgasmo. Outros poderiam até esquecer, mas não ela. Foi quando Caetano notou seus olhares e mandou-lhe um beijo no ar.

Daquele momento em diante, Calila sabia que o odiaria.

Capítulo 11
CALILA

Num dos murais da escola, ao lado da pesquisa para presidência estudantil, Calila leu o anúncio do Festival da Cultura. O tema seria "Brasil, Mostra a sua Cara".

Decidiu, sem muita dificuldade, como iria vestida. Viu a foto do troféu "Rei da Piscina", na forma de um humanoide anfíbio, esculpido e tingido de dourado. Levaria o troféu quem ganhasse uma competição de natação.

Enquanto seguia com o *skimming*, deparou-se com a foto de André, seu colega de sala, que ensaiara acenos breves durante as aulas finais. Notou que, na foto, ele ainda não tinha os pontos no supercílio. Além disso, pelo que vira pela internet, André investia muito tempo no "Labareda", que era tão visualizado quanto o outro site sangrento que visitara. Nas pesquisas sobre quem venceria as eleições para o grêmio, o rapaz perdia para Soraia.

"Prefiro ser o louco da criticidade solitária ao escravo da ditadura disfarçada", Calila leu abaixo da foto de André.

— Esse curte frases de efeito — disse em voz alta.

— Passe meia hora com ele e ele te fará levantar a bandeira da URSAL — comentou Carol. A garota de cabelos cor-de-rosa e lateral raspada usou uma chave para abrir o vidro que protegia o mural. Em seu pescoço, pendulava uma máquina fotográfica. — E aí? Está gostando do ILMA?

— Dá pro gasto — Calila falou, enquanto Carol pendurava um informe sobre os estágios extracurriculares. — Depois de ter que aguentar aquele ruivo entojado, estou me sentindo a Irmã Dulce.

Carol fez uma pausa dramática e fechou o mural.

— Ele não é do mal — defendeu. — É só meio… incompreendido.

— E o que você é, uma espécie de advogada?

— Quase... Sou a namorada dele.

Calila olhou para os lados e enfiou as mãos nos bolsos do jeans.

— Foi mal... mas ele é entojado, sim.

— Ele pegou no seu pé porque queria muito a bolsa que você ganhou — Carol explicou, andando pelo corredor. Calila a seguiu. — Virou madrugadas estudando, mas, que boba eu sou, você também deve ter feito isso.

— Verdade... — Calila olhou para o lado. — Mas tem a presidência. Vi o nome dele na pesquisa. Vai que ele leva…

— Meu namorado, meu colega do jornal e uma amiga de infância concorrendo ao mesmo cargo... — Carol suspirou como se a escolha entre eles fosse algo pesaroso. — No dia das eleições, acho que vou me enfiar num mato e fazer uma trilha.

O celular de Carol vibrou e Calila notou que a colega ficou congelada enquanto lia a mensagem recebida. Vários sons de alerta chegaram ao mesmo tempo nos aparelhos dos outros que andavam pelo corredor.

Surpresa. Risadas. Alguns encaravam Carol como se ela estivesse cagada.

— O que aconteceu? — Calila perguntou, levando os olhos para a tela do celular de Carol, que enfiou o aparelho no bolso antes que ela pudesse matar a curiosidade.

— Preciso encontrar o Caetano antes que aconteça uma merda maior. — Carol declarou, deixando Calila plantada.

Segundos depois, Dado e Fred se aproximaram.

— Dessa vez o Caetano passou os limites — comentou Dado.

— Ele está perdendo a cabeça, isso sim — Fred completou.

Ainda confusa, Calila viu Carol puxar Caetano pelo braço. Ele pareceu não entender o motivo do gesto e ela enfiou a tela do celular na cara dele.

Caetano balançou a cabeça num gesto negativo, mas gargalhou, movido pelo nervosismo, talvez. Naquele instante, Calila foi empurrada por Roque, que seguiu até o casal.

— Seu psicopata do caralho! — Roque esbravejou.

A multidão formou uma roda, com Carol, Roque e Caetano no centro.

Calila, Fred e Dado se aproximaram, levados pelo fluxo. Cansada de ser a última a saber, Calila arrancou o celular das mãos de Fred e entendeu o motivo de todo o alarde — uma montagem amadora de Roque e Danilo numa cena erótica.

— Caetano nunca faria uma montagem dessas, Roque — Carol apaziguou.

— Até quando você vai continuar do lado desse cara?

Carol ficou em silêncio.

— É claro que é uma montagem! — Caetano olhou para a pelve de Roque e debochou: — Quem já te viu no vestiário sabe bem que isso aí é só ovo.

Roque segurou a gola da camisa de Caetano e o jogou contra a parede como se fosse um dardo; depois, antes que ele respirasse, usou seu corpo para impedir que se desvencilhasse.

— Você nunca superou o Danilo perceber o merda invejoso que você é e dar no pé, não é? Seu enferrujado arrombado!

— Todo mundo sabe que você é o passivo, cara — Caetano satirizou. — Ou seja, o arrombado aqui é você.

Roque ergueu uma mão fechada, apertando mais a gola da camisa do colega com a outra e deixando o nome do ILMA totalmente ilegível no tecido amassado.

O rosto de Caetano ficou tão vermelho quanto seus cabelos.

— Roque, não...

— Sai! — Roque empurrou Carol, que caiu com a bunda no chão.

Sem pensar, Calila foi até ela, segurou seus braços e, com ajuda de Soraia, puxou-a para cima.

— O Caetano vai sufocar desse jeito! — Carol disse, com os olhos marejados.

— E o Roque será expulso, com certeza... Não consigo nem pensar nisso — avisou Soraia, abraçando Carol.

Foi naquele momento que Roque ouviu uma voz:

— Deixa ele, fã da Anitta.

Calila não sentiu aquela frase deixar seu corpo, mas o tom foi vários níveis acima do usual. Não negaria que parte de si estava pouco se importando com a briga entre o ruivo entojado e o inimigo dos fones de ouvido, mas não chegava ao ponto de desejar que um fosse sufocado e o outro, expulso.

Com os punhos fechados, não considerou a diferença de tamanho entre ela e Roque. Músculos e força bruta eram variáveis que não adicionara ao cálculo para tomar a decisão. Sentiu a garganta fechar e Roque a secou de forma animalesca, fazendo-a se sentir como se tivesse perdido dez quilos.

Dos males, o menor. Ficaria leve como uma pluma.

Roque podia ser forte e impulsivo, mas seu corpo dava para Calila mais área como alvo. Ele largou Caetano, que escorregou com as costas na parede até bater com a bunda no chão, e voltou sua atenção para Calila, colocando-se frente a frente com ela como se estivessem em um ringue.

Com uma mão em cuia, Calila estava preparada para fechá-la entre as coxas dele, com a força da mordida de um jacaré.

— Não perca a razão, *cumpadi* — falou Danilo, aquele cujos olhos pareciam de vidro azul. — Eu sei que você tá chateado. Eu também tô, mas ele ainda vai ter o que merece.

— Não adianta dizer que eu não fiz nada, não é? — Caetano esbravejou, ainda vermelho, ainda no chão. Ninguém tinha ido até ele. — Eu não fiz essa montagem ridícula. Também não enviei o nosso vídeo com a Marta, cara! — Ele encarou Danilo e fez uma pausa dramática.

Calila quase fechou os olhos quando ouviu aquele nome. Marta. Lembrou do que Madureira falara sobre a professora e sua mente uniu as informações. Caetano e Danilo eram os garotos abusados por ela.

Agora tá fazendo mais sentido.

— Eu não coloquei drogas na mochila do João... Eu não empurrei o André na piscina — declarou Caetano, encarando André —, mas vocês só sabem me culpar, seus merdas! É isso que todos vocês são! Um bando de merdas!

— Epa, epa! Acabou o show, pessoal! — disse Fred, batendo palmas após aparentemente se cansar da posição de expectador. — Circulando, circulando... Muito bem, valeu, obrigado.

Ainda mantendo a defensiva, Calila só relaxou quando viu Roque deixar seu campo de visão, levado por Danilo e Miste. Diferente daquela que, minutos antes, defendera o namorado com veemência, Carol se aproximou de Caetano apenas para balançar a cabeça em negativa e seguir na direção da saída, deixando-o lá, no chão, literalmente.

Antes de ser tomada por mais um resquício de compaixão e ir até Caetano, Calila foi impedida pela voz de Fred:

— Eu nem acredito que quase assisti, ao vivo, uma batalha entre o M'Baku e a Okoye.

— Fala sério! — Calila nem parecia aquela que há poucos instantes sentia a adrenalina correr pelo corpo. Ouvir aquela referência lhe trouxe certo alívio e boas memórias. Pantera Negra estava bem vivo em sua mente. — Você sabe que ela acabaria com ele, não é?

Fred movimentou os olhos de um lado para o outro, como se fingisse uma dúvida, e sorriu. Calila reparou bem nos seus dentes e constatou que, com certeza, aquilo era lente de contato... ou sabia-se lá como se chamavam dentes de teclado de piano.

— Ei, você ainda não me segue no Insta, né?

— Bem, eu... possivelmente não.

— Fala sério digo eu.

— Isso é meio que… um insulto?

— Não, é que… eu entrei no seu perfil. Dei umas curtidas nas fotos. Sua amiga Cibele me seguiu. Tô seguindo o Felipe Faltori e acho que pode rolar uma *colab* entre a gente no futuro… mas você me deu uma ignorada.

Cibele. Faltori. Eles devem estar pensando que eu fui abduzida.

— Criatura, eu não posso simplesmente não ter visto?

Frederico, se eu te mostrar meu celular jurássico, você vai deixar de falar comigo, pelo visto.

— É que o normal é olhar o Insta quando a gente acorda, né?

— Meu Deus.

— O que foi?

— Você é o tipo que surta quando alguém deixa de te seguir, né?

— Você me agrediu?

Calila fez uma pausa dramática. Precisaria ser estratégica, se quisesse as informações devidas.

— Bem menos do que o que o Roque fez, então releve.

— É, cara… O Roque perdeu o controle, mas, caramba… Caetano também não dá uma dentro.

— Ser a novata já me deixou com o… na mão, sabe? E o ruivo não fez questão de esconder a antipatia; e daí que eu ganhei a bolsa e ele perdeu?

— O cara só tem acumulado inimigos. Ele não tá legal, não.

— É, mas… ele rejeitou todas aquelas… acusações. — Calila se lembrou das denúncias que Caetano negara enquanto esbravejava no chão e queria saber mais a respeito, principalmente por Marta ter sido citada.

— O e-mail utilizado pra enviar a montagem com Roque e Danilo foi o mesmo que o Caetano usou há uns anos, para enviar um vídeo... — Fred ficou nitidamente desconfortável. — Um negócio que não vale a pena lembrar.

— O vídeo da Marta com os meninos — Calila fingiu estar inteirada sobre o assunto.

— Então... — Ele se dirigiu até a saída e Calila o seguiu. — Ela sempre foi meio... Como dizer isso sem parecer *cringe*?

— É só dizer, sem medo — ela incentivou, mais interessada no que Fred poderia dizer do que no termo que ele utilizaria. — Garanto que não vou te julgar nem contar pra ninguém.

— Sabe, ela já tinha fama de ser bem dada, de ficar com homens casados. Postava umas fotos bem… à vontade. A maioria dos garotos sonhava com ela, se é que você me entende. — Fred pausou mais uma vez, como se procurasse as palavras certas. — Caetano era um desses garotos. Vivia uma espécie de paixão platônica pela professora, coisa de criança; e, sabe, as pessoas falavam muito, e a Marta não estava nem aí. Era uma das melhores professoras que a gente tinha, isso é verdade. Ano após ano, ela escolhia um pupilo… o aluno que se destacava em matemática, para ser presenteado com aulas mais avançadas.

— Aham — Calila anuiu enquanto descia a escadaria.

— Só que, naquele ano, a Marta escolheu dois, Caetano e Danilo. Eles eram inseparáveis. Caetano era meio franzino e Danilo, por ser mais velho que a gente, ganhou corpo mais rápido e sempre foi meio que um protetor, sabe? A Marta até deu um apelido aos dois, "as gotas do céu", por conta da cor dos olhos deles. Daí ela meio que… abusou dos dois. Vai saber como as coisas caminharam até aquilo. Rolou até droga.

— Credo! — Calila sentiu um arrepio.

— Só que, aí, o Caetano filmou a parada e a coisa viralizou. Foi um escândalo.

Calila permaneceu com a cabeça levemente à frente do corpo, os ouvidos atentos e os olhos vidrados, evitando piscadas pelo medo de perder informações.

— E quem é o tal do João? — Ela lembrou que Caetano dissera algo sobre não ter colocado nada na mochila dele.

— Um colega que recebia uma bolsa de… uma família tradicional na cidade.

Calila ergueu uma sobrancelha.

— Ah, dos Albuquerque! Da minha família, pô... — Fred terminou.

— Albuquerque, como a prefeita?

— É... Você sabe, a prefeita é minha mãe. Ah, vá, todo mundo sabe disso! — Fred ajeitou o topete e Calila decidiu não contrariá-lo. — O João tava indo bem, mesmo depois de ter perdido um ano. A vantagem era que ele jogava bola como poucos... mas todo mundo sabe que as drogas chegaram à Marta através dele, que não passava de um moleque usado pelo irmão como transporte. Só que ninguém fica impune por muito tempo, e o João vacilou. A história do abuso já tinha esfriado, a Marta estava presa e acharam drogas na mochila dele. Quando isso aconteceu, todo mundo voltou a falar do escândalo da Marta com os meninos e sobrou pra Rosalba limpar o nome do ILMA de novo. Foi aí que a cabeça do João rodou feio.

— E o João acusou o Caetano de ter armado tudo — concluiu Calila. — Uma espécie de vingança.

— João e ele nunca se deram bem. O João, sei lá, era inteligente e tudo, mas também fazia graça com coisas meio nada a ver... Falava da gordura do Pedro, zuava as sardas do Caetano, era o único que ainda chamava a Glenda de Gláuber e, meu, mesmo com minha mãe pagando os estudos dele e o cara ter crescido dentro da minha casa, ele vivia dizendo que eu tinha que estar no time de futebol feminino, essas coisas... e por aí vai.

— O típico escroto que aponta o que acha feio nos outros pra se sentir superior.

— E o escroto perdeu tudo. A bolsa, a matrícula no ILMA e o estágio que fazia.

— Estágio? Que estágio?

— Num antiquário, aqui da cidade. Lá pros lados da periferia.

Capítulo 12

FRED

Fred estranhou o terceiro motorista de aplicativo cancelar uma corrida para o bairro de João.

No carro, na ida até o *point* que o ex-colega costumava frequentar, o motorista olhava mais para os lados do que para o para-brisas. A trilha sonora da Banda Tarraxinha fora o cartão de visitas. Era bem diferente do pop rock ou do eletro que, àquela hora, estaria rolando na Serraria. Já que ninguém nunca estava disponível, Fred não tivera outra escolha a não ser aceitar o convite de João para conhecer um dos *points* que ele costumava frequentar.

Quando saltou do carro, Fred evitou encarar qualquer pessoa, mas, no pouco que viu, constatou que o clima pomposo e plástico que era de seu costume não tinha espaço entre uma galera que ria alto e não tinha medo de julgamentos.

Meses antes, quando Fred, Roque, Soraia e o irmão dela formavam um quarteto de flertes, frequentar um local periférico como aquele teria sido uma aventura que recordariam como uma loucura, mas, naquele momento, ele estava ali, virando um litro de cerveja barata, com boné e roupa preta, na tentativa de não ser reconhecido.

Ainda era melhor do que passar a noite em casa. O que incomodava era a sensação de que, pelo menor motivo, uma briga começaria.

— Tem uma mina ali pra te apresentar, galego — João se aproximou, puxando Fred pelos ombros.

Ele fez um pouco de resistência.

— Não precisa, cara. Daqui a pouco eu já vou. Tá um clima meio estranho aqui.

— Estranho? — O hálito de João fedia a cigarro e álcool. — O filhinho da mamãe tá com medinho? — João segurou a mão de Fred e a levou na direção do zíper da própria calça. — Ou o filhinho da mamãe quer brincar?

— Não enche, cara! — Fred retirou a mão e encostou no balcão do bar. — Eu não sou o Roque.

— Claro que não é... É muito mais gostoso... e mais esperto; mas o que você tá querendo dizer, galego? Eu fiz algo de errado? O viado estava enganando a mina.

Fred sabia que precisava ser mais inteligente do que foi quando acreditara que uma noitada com João pudesse gerar algo positivo. Estava no espaço de João agora e, a cada investida, cada olhada lasciva e debochada, ele entendia o risco que tinha assumido.

— Vou dar uma mijada. Depois disso, você me apresenta as minas, belê?

Ele ganhou tempo. Seguiu esbarrando em pessoas que pareciam prestes a agredi-lo no segundo seguinte, mas estavam alcoolizadas demais para identificar aquele rosto de quem tinha mais de trinta mil seguidores reais no Instagram.

No trajeto ao banheiro, viu três discussões quentes e quase apanhou de uma dezena de homens e mulheres ofendidos com esbarros ocasionais e impossíveis de serem evitados, devido ao fluxo, ao movimento dos corpos e à luz baixa, entre o vermelho e o preto total.

No reservado, Fred teve que fechar os olhos e respirar fundo, mesmo que essa respirada enchesse seu nariz com odor de mijo enquanto João esmurrava a porta e gritava. Felizmente ele falava *galego* em vez de Fred. Só abriu a porta para dar uma espiada quando João pareceu ter desistido.

Foi então que viu o ex-colega de sala e sobrinho de Zélia, de quem sua mãe chegara a custear os estudos, mas fizera da sua vida no time de futebol um verdadeiro inferno, tendo as calças arriadas por dois rapazes que se ajoelharam diante dele e se revezaram em um boquete.

Foi inevitável para Fred recordar o quanto João julgara sua sexualidade e a expusera como algo impeditivo de liderar um time de futebol;

e ninguém tinha o direito de tirar Roque do armário, senão ele mesmo. Fred acreditava que a experiência de Glenda fora ainda pior, sempre tratada com artigos masculinos por João. Era por isso que fazia questão de que fosse ela a pessoa para quem sua mãe pagaria os estudos.

Voltou a se trancar no banheiro e ouviu o trio se fechando em outro reservado. Ouviu barulhos característicos e decidiu que era a oportunidade ideal para sair dali.

Antes de destravar novamente o trinco, a porta do banheiro se abriu e um fluxo maior de pessoas entrou e saiu. Espiou por baixo do reservado e, entre risadas e vômitos, viu alguém próximo à pia, com moletom preto e capuz, o rosto escondido sob uma máscara que lembrava algumas esculturas bizarras que havia pela cidade. Julgou que também devesse ter colocado uma máscara e, com certeza, aquela pessoa era alguém tão conhecida quanto ele.

Conferiu se o trinco estava mesmo fechado, mas teve certeza de que aquilo não era sinônimo de segurança. Decidiu, então, ficar sentado de cócoras sobre o vaso sanitário imundo. Após o barulho da porta se abrindo, mais risadas e arfadas intensas, ouviu o som clássico de uma mijada forte pós-ejaculação. Só que, no meio disso, teve a certeza de ouvir um barulho diferente, como se algo rígido batesse contra uma parede ou uma pia, ou uma privada. Um *thump!*

Com cuidado, espiou por baixo do reservado e viu que, ao lado, alguém estava sentado na privada. Não sabia se essa pessoa estava desmaiada ou apenas entretida com o celular. O seguinte estava vazio, mas o outro tinha alguém aparentemente ajoelhado próximo ao vaso, com outra pessoa velando a vomitada. A pessoa ajoelhada se debatia e, em meio à descarga e abertura da porta ao lado, Fred quase pôde ouvir um engasgo.

Permaneceu de cócoras por alguns minutos, enquanto chamava um motorista de aplicativo. Portas se abriram, portas fecharam e o barulho deu lugar apenas ao repertório da Banda Tarraxinha, que agora não competia com nenhum outro som produzido no banheiro.

Fred sabia que teria que ser rápido. Seria muito azar encontrar João novamente.

Após dois cancelamentos, o terceiro motorista aceitou a corrida. Fred prendeu a respiração, abaixou a aba do boné e saiu do reservado, seguindo até a saída. Bastou uma rápida conferida no visual através do espelho enferrujado e sujo para notar olhos fixos, sem vida.

Que isso?

João estava em um dos reservados. Sangue escorria de suas narinas e uma garrafa de cachaça com estampa do Negrinho do Pastoreio estava ao seu lado.

Capítulo 13
CALILA

De pouco amistoso a isolado; assim Calila definiria Caetano.

Os dias que se seguiram foram mais marcados pela advertência a Roque do que pela morte de João Paulo de Macedo, por overdose de álcool e cocaína.

Calila soube que Roque só não fora suspenso porque Soraia havia intervido. Já João, fora chamado por Miste de "Amy Winehouse de Alto Cedro", e Calila tinha a impressão de que nem os amigos mais próximos da sósia de sua mãe concordavam com a comparação.

Soraia ganhou ainda mais vantagem na disputa pelo novo mandato para a presidência estudantil quando as intenções de voto em Caetano evaporaram devido ao envolvimento dele nas polêmicas recentes. A solidão do ruivo era tão tenebrosa que Calila quase podia ouvi-la, indo da certeza do ódio à compaixão por ele.

Depois de ter seu rosto conhecido como a ganhadora da bolsa e de ter enfrentado o valentão do ILMA, Calila se deparou com uma foto sua figurando entre as mais curtidas no *queridômetro*. Choviam comentários do tipo:

"A novata que deu um trato no valentão."

"Nunca pensei que uma *Caterpie* fosse fazer um *Onix* tremer."

"Aprendam com essa menina, galera que se acha."

"Ela é meio sapatão, adorei!"

"Ela nem é isso tudo... Caetano a humilhou na sala de aula."

"Soube que ela joga futebol muito bem..."

"EnfaDADO e FREDelícia não perderam tempo. Quem vai ficar com a CALILindA?

Bem, o último comentário ativou o pisca-alerta de Calila. Os dois rapazes estariam competindo por ela? Viu-se tomada por uma preguiça felina só por pensar nisso.

De fato, suas companhias no trajeto de ida e vinda no 4040 se tornaram rotineiras. Dado guardava o lugar de Calila e, cerca de vinte minutos depois, Fred se unia aos dois. Foi durante a somatória diária de vinte minutos com Dado que Calila soube que ele também competia no time de natação e fazia questão de dizer que era amigo do diretor do Labareda e de um tal "Fantasma da Biblioteca".

Calila ouviu os aplausos e a gritaria de todos no 4040 quando, cansada da obrigação de ouvir as músicas que Roque queria, entregou fones de ouvido para ele, empurrados no peitoral do rapaz; mas era uma espécie de guerra fria entre Fred e Dado que fazia o tempo passar no trajeto de ida e vinda até o ILMA.

— Vem cá, conta a real... Por que você se cansou de ser trazido de Range Rover, Fred? — Dado despejou a pergunta como um incômodo. Ele não era dos mais sutis, mas, pela primeira vez, Calila notou certo rancor e desassossego na sua voz, como se Fred lhe atrapalhasse.

— Minha mãe diz que é preciso saber o momento de mostrar poder e de ser humilde. Eu posso demonstrar as duas coisas, mas e você, Dado?

Calila arregalou os olhos, surpresa com o revide. Viu Dado olhar pela janela do 4040 com os lábios costurados pela alfinetada. Julgou que Fred pegara pesado, como se tivesse atirado com uma bazuca em alguém que lhe dera tiros de festim; mas entendia que, por mais fútil que fosse a atitude do loiro, Dado procurara por aquilo.

Quando o ônibus encostou, Calila seguiu com os meninos até a guarita. Notou que estava sendo observada. Algumas pessoas ensaiavam um aceno.

Fred e Calila receberam cumprimentos entusiasmados de Soraia, enquanto Dado pareceu ser cumprimentado por mera educação.

— Tá rolando um stress lá na catraca — Soraia puxou Calila pelo braço e cochichou. Caminharam juntas por alguns passos e olharam para a guarita. — Só mais um dia comum no ILMA.

Presenciaram um homem bigodudo e calvo irritado porque sua entrada no ILMA não era mais permitida. Quase fechando os olhos, Calila o reconheceu; era o mesmo homem que xingara Rosalba no seu primeiro dia de aula. Não lhe surpreendeu que ela proibisse a entrada do homem que a insultara na instituição que dirigia; ou melhor, da qual era dona.

— Meus amores, zero paciência! — Miste sacou o celular e filmou com a câmera frontal, possivelmente fazendo uma transmissão ao vivo. — Faltam cinco minutos para a primeira aula começar e este senhor está impedindo que nós, alunos interessados e delicados, assistamos a aulas importantes. Estão vendo essas pessoas? — Miste rodou o celular com o braço como se fosse um giroscópio. — A maioria faz ENEM esse ano! Então, se algum de nós não passar, a culpa é dele!

Foi naquele momento que o senhor desistiu da discussão na portaria e seguiu até Miste, tomando o celular da mão dela. Imediatamente os times de natação e futebol se agruparam, prontos para defender a sósia de Cora.

— Aquela vagabunda vai para o inferno! — o homem esbravejou. — Pecadora! Coitado daquele garoto! Todos têm que saber, todos têm que saber!

O homem cuspiu na tela do celular, com a câmera virada para si. Jogou o aparelho para Miste, que o segurou no ar com agilidade quase sobrenatural e fez uma cara de nojo ao sentir as gotículas.

Calila achou até normal que pessoas em cargos de destaque colecionassem inimigos. Em meio aos burburinhos, foi levada pelo fluxo até a catraca, mas não sem antes observar o homem mais uma vez, agora sendo enxotado pelos vigilantes... e perceber que Carol fazia o mesmo.

Capítulo 14

CAETANO

Caetano não imaginou que algum dia voltasse a optar por um caminho mais distante para chegar à sala de aula. Quando o fizera na primeira vez, havia sido para evitar os encontros com João nos corredores do ILMA; o mesmo João que morrera pensando que ele o denunciara. O sujeito havia tido a vida destruída depois daquele incidente e, agora, sem possibilidade de redenção.

O fato era que Caetano voltara a evitar corredores cheios quando todos souberam que havia sido drogado e molestado por Marta. Ainda era estranho o quanto recebera de proteção e pena de alguns, enquanto era julgado por outros, que defendiam que tudo poderia ter sido resolvido de forma mais contida e menos alardeada se ele, ao invés de enviar o vídeo em que registrara toda a obscenidade para todos os colegas, tivesse procurado Rosalba e lhe mostrado as provas.

Aquela mentira se repetira com tanta frequência que, às vezes, o próprio Caetano precisava se lembrar de que não gravara nada, muito menos disparara, *frame* a *frame*, o que Marta os conduzira a fazer.

Agora tinha dezessete, mas estava com quase doze quando fora conduzido por ela, a quem admirava pela beleza e inteligência. Danilo também estava extasiado, por ela e pelos pródromos do que aconteceria. Nem parecia ser apenas dias mais velho; crescera rápido, e sua altura dava a falsa impressão de que era mais responsável, cuidadoso, e que tudo o que fazia era certo.

Aquele episódio parecia distante e, ao mesmo tempo, próximo demais. Distante porque, no início, Caetano levara tudo como brincadeira; depois como aventura, louco demais para ser real; como se aquele episódio fosse uma iniciação da qual teria orgulho mais adiante; como se aquilo lhe tornasse mais homem e ele pudesse contar vantagem para os demais. Fred podia ser o rico, João, o machão, Roque, o marombado, mas eram *eles* os homens de verdade.

Como havia sido bobo... Se apenas alguns anos depois já começava a entender a gravidade de tudo aquilo, não conseguia imaginar o que constataria em dez, vinte; e, agora, a morte de Marta fazia tudo parecer tão perto.

Felizmente chegou mais cedo ao ILMA, para evitar a chegada dos coletivos e não ter contato com a galera do terceirão, embora tivesse que lavar a bike todos os dias, devido ao fedor de urina que se impregnava no selin e no quadro.

Tinha certeza de que aquilo era coisa de Roque, aquela variação de João, só que com mais músculos e preferência por garotos. Não fosse por seu fenótipo um tanto incomum no sertão baiano, Caetano poderia passar despercebido; mas ser um ruivo de olhos azuis no meio de uma maioria de pretos, claros e retintos, não o ajudaria a se esconder.

Ouviu de longe o vozeirão de Heitor Pacheco na guarita e aquilo lhe deu tempo para evitar Carol, Roque, Danilo e Miste. Heitor era um comerciante de tabaco da cidade, que parecia irritado com Rosalba. Caetano desconhecia a existência de algum filho ou neto dele estudando ali, então deduziu que sua irritação era de ordem pessoal. Sabia que Rosalba não era flor que se cheirasse. Jamais havia esquecido o quanto ela o repreendera pelo disparo do vídeo, por ter manchado a imagem do ILMA, culpa que não era sua.

Seguiu até a sala de aula, que encontrou vazia. Preferia vê-la daquela forma. Seria aula de matemática. *Matemática.* Como era mesmo que ela os chamava? "Gotas do céu". Gotas que pediu para serem derramadas nos seus seios. Havia sido ela quem incentivara aquele beijo entre os meninos e todo o resto. Caetano perdera a virgindade ali, assim como a inocência... como a privacidade; perdera, também, o seu melhor amigo.

Danilo entrou na sala e arregalou os olhos azuis como os dele, baixando a cabeça e se sentando a duas cadeiras de distância. Danilo podia ser o único a entender o que ele sentia, mas Caetano já o havia perdido há muito tempo e, depois da acusação de Miste e daquela montagem, perdera-o de vez.

Que ninguém escutasse aquele pensamento, pois, mesmo se achando um pouco mais *livre* do que outros caras, seria facilmente mal interpretado, mais uma vez. Não era apaixonado por Danilo, mas sentia falta do que um dia foram juntos.

André entrou e pelo menos não deixou de cumprimentá-lo. Caetano não sabia o que era pior, receber a educação e cortesia de alguém que acreditava ter sido sua vítima ou amargar a indiferença de uma pessoa que um dia fora tão próxima.

Depois de André, vieram outros e outros, até que entraram Dado, Fred, Calila e Carol. Depois do afastamento de Danilo, havia sido difícil vê-lo tão próximo de Dado, que tinha o rosto triste. Talvez Glenda tivesse sentido o mesmo quando Danilo a trocara por ele. Agora, Dado seguia amargo, taciturno, com o olhar de quem chorava todos os dias... e pensar que comemorara quando Danilo e ele se afastaram, tão repentinamente quanto tinha ocorrido com ele.

Fred parecia uma extensão do Sol. Não era apenas pelo cordão de ouro no pescoço nem pelos anéis e pulseiras dourados, mas pela luz que transmitia. Caetano não tinha nada contra ele, por mais que o achasse um *maria vai com as outras*, um peão facilmente manipulável que vivia na ilusão de ser neto de gente poderosa e filho de uma mulher importante. No fundo, era um pobre garoto rico que recebia atenção e bajulações porque as pessoas sempre tinham algo a ganhar estando próximas a ele.

Devia ser por isso que Calila, a novata bolsista, estava tão íntima de Fred...

Caetano estava certo de que o ILMA deveria impedir que estudantes surgissem do nada e pleiteassem a bolsa de estudos anual. Tudo bem que ele havia ficado em terceiro lugar — perder para o segundo colocado até lhe traria certa compaixão —, mas para uma desconhecida? Aquilo estava muito errado.

Na certa, a forasteira já havia pesquisado tudo sobre o filho da prefeita antes mesmo de pisar em Alto Cedro; e Fred, carente de atenção, caiu como um patinho. Entre todos, ele era o único que Caetano tinha vontade de proteger. Não porque a mãe dele fosse chefe dos seus pais e o avô dele, dos seus avós, mas porque sempre fora o mesmo — sorridente e preocupado demais com a própria aparência para ter energia para julgá-lo.

Já Carol, Caetano esperava verdadeiramente que respondesse às suas mensagens no *WhatsApp*. Determinou que o ILMA não era mais o local para conversarem. Tudo o que menos precisava era uma cena. Mais uma cena.

— Formem sextetos — instruiu o professor de matemática.

Naquele momento, Caetano fez uma rápida conta mental. Pela quantidade de colegas, um sobraria. Teve certeza de que seria ele.

Após o rangido das mesas no piso, os grupos foram formados. O professor estava entretido com os papéis e não notou que ele estava só. Faria qualquer atividade que fosse, sem problemas. Não precisava de ninguém.

— Caetano!

Ele virou o rosto na direção do som. Era a novata.

— Senta com a gente.

Ele não precisava da piedade dela. Procurou nos rostos dos demais algum endosso ao convite. Danilo seguia de cabeça baixa. Dado olhava na direção da janela. Fred bateu com uma caneta na testa de Calila, que pareceu irritada. André fez um gesto com a mão, chamando o ruivo. Por fim, Carol assentiu e ele leu nos lábios dela a palavra "vem".

Ocupando uma cadeira ao lado de Carol, dividiria a mesa com ela, mesmo sem permissão.

— Alguns de vocês podem conhecer as questões — comentou o professor, andando pela sala e entregando uma folha de papel por grupo. — São as mesmas que eu elaborei para a seleção da bolsa de estudos. Vamos treinar e aprender uns com os outros.

Caetano teve certeza de que a novata ficou sem jeito. Talvez sua cor até tivesse ficado mais clara, cinzenta, instantaneamente.

— Odeio essa matéria com todas as minhas entranhas — ela soltou.

— Você fechou matemática, então esse ódio não deve ser tão grande assim — Caetano retrucou.

Caetano e Calila se encararam. O professor colocou a atividade sobre a mesa e, antes que Danilo pegasse a folha, Caetano a segurou e colocou na frente do rosto de Calila.

— Isso não é um espelho — ela ironizou.

— Qual é! — Ele sorriu, jogando a cabeça para trás. — A gente tem o gênio da matemática no grupo, estamos feitos... Eu errei duas questões, no máximo, mas, é como o professor disse, vamos aprender muito.

Havia algo errado. Calila hesitava demais em pegar a folha e responder as questões. Era pra ser prático — ele a desafiaria e ela teria que responder logo, para mostrar sua força; entregariam o trabalho primeiro e, logo, seriam liberados primeiro.

Se a novata continuasse naquele ritmo, no entanto, olhando para a atividade como se fosse de outro universo, os outros grupos terminariam antes; e, pasmem, não havia um top três nos outros grupos. Aquilo seria malvisto e geraria mais comentários.

— Posso ver? — perguntou Dado, estendendo a mão.

— C-claro — a novata respondeu.

— Tá tudo bem? — Fred passou o braço pelo encosto da cadeira e abraçou Calila de lado.

Ela não respondeu. Nem as questões, nem ao ficante.

— Se a gente dividir as questões, fica mais rápido — Danilo sugeriu.

— E mais justo — Carol completou.

— Mas a gente vai se ajudando — André propôs. — Até quem é bom em matemática pode não estar num dia legal. É normal, não é, Calila?

Fred apertou o ombro da garota, chamando sua atenção.

— Sim, sim, com certeza... Nem sempre estamos bem para resolver logaritmos.

Caetano viu Dado encarar Calila por alguns segundos, antes de voltar a resolver uma questão. Não havia nenhum problema de logaritmo. Foi então que, num estalar de dedos, foi tomado pela verdade. Como não pensara nisso antes?

Calila não tinha ficado em primeiro lugar. Ela fraudara o processo.

Não precisou de muitos minutos para pesquisar sobre Calila. Com Instagram público, ele descobriu que, antes, ela morava em Orvalho; era fã do Pantera Negra e havia ido a um show da Pitty. Sua mãe parecia ser mais jovem do que provavelmente era, e Caetano teve quase certeza de que aquele rosto não lhe era estranho.

Deu um Google rápido e encontrou propagandas antigas do ILMA, com a mãe de Calila as estampando. No arquivo digitalizado do Labareda, viu inúmeras fotos da mãe da novata com Rosalba quando ainda não era diretora, sempre próximas, como se a primeira fosse uma espécie de pupila da segunda.

Touché!

Nunca clicara no botão *submit* com tanta vontade. Queria ser um micróbio na mesa de Rosalba quando ela abrisse o e-mail com o pedido de revisão do processo seletivo. A ira da diretora seria maior ainda quando notasse que todos os integrantes do colegiado tinham sido copiados no e-mail; representantes de pais, funcionários e alunos... mas não era só isso. Ele precisava se armar, pois conhecia a fúria de Rosalba. Foi então que se lembrou do homem que a esculhambara na guarita.

Guardou o celular no bolso após enviar algumas mensagens e seguiu pelos corredores do ILMA, até que uma informação em um dos murais lhe provocou uma sensação de pânico. Teria que confrontar André e, como bem se lembrava, Carol preferia passar o intervalo com o colega de jornal do que com o próprio namorado.

— Caetano, a gente tem menos de cinco minutos para voltar para a aula — André avisou, na porta do Labareda.

Carol continuava com a cara enfiada no computador, ignorando-o.

— Cinco minutos? — Caetano repetiu. — Você precisou de menos que isso para aceitar ser vice na chapa da Soraia.

— Eu não tenho que dar explicações pra você.

— Claro que tem! — afirmou, segurando a porta. — E toda aquela conversa sobre criarmos uma nova ordem e tirar os mesmos sobrenomes do poder? O que você fez com todo aquele discurso?

— Eu o adaptei — André respondeu, sem alterar o tom. — Segui seu conselho. Soraia me convidou, eu aceitei e é isso.

— Você sabe o que ela representa, André. Que isso, cara! Ela moveu os pauzinhos e impediu que o Roque fosse suspenso. Você achou isso justo?

— Então é isso? Uma revolta pessoal?

— Também! Porque são atitudes assim, numa escola, que são repetidas mais adiante. Não dá pra falar sobre corrupção quando todos nós somos coniventes, cara!

— Então é por isso que você denunciou a Calila? — Carol indagou, entrando na conversa.

— Como você sabe, se só mandei para os representantes?

— Soraia — informou. — Ou você esqueceu que o recebimento de e-mails é quase instantâneo?

— E por que ela te falou?

— Porque, enquanto você se coloca contra ela, ela se preocupa com você. — Carol se levantou e cruzou os braços. — Ela não só impediu a suspensão do Roque como fez com que Rosalba fizesse vistas grossas para aquela sua montagem tosca.

— Fala sério — Caetano disfarçou a surpresa. — Soraia só se preocupa em ser tudo nessa escola.

— Ela não é um monstro, cara — defendeu André.

— Só porque ela sujou a blusa cara com seu sangue e chorou como uma viúva quando você estava desfalecido? Porra, André! Eles criam o vírus, mas eles mesmos têm a vacina... e você caiu como um patinho, grato à sua salvadora.

— Ela quer que eu te convença a retirar a denúncia — informou Carol.

— Só porque ela escolheu a novata bolsista fraudulenta para ser o novo *chaveirinho*?

— Não, seu idiota! — Carol gritou. — Porque você sabe que a Rosalba é implacável com quem se opõe a ela, meu!

— Implacável? — Caetano fez uma pausa dramática. — Não tanto quanto eu.

Carol e André o encararam, como se concordassem com o que ele falara. Era isso, era implacável; alguém capaz de tentar matar um colega afogado e ridicularizar outros dois com uma montagem obscena; de armar para que outro fosse expulso, de denunciar uma fraudadora porque era o nome dela em primeiro e não o dele. Era isso o que eles pensavam. Então era essa a verdade.

— Você não tem remorso? — André tocou no supercílio.

— Não. — Caetano sentiu a garganta seca.

Caetano tinha certeza de que Rosalba viria para cima dele como uma enchedeira, e se aliar a Heitor Pacheco passou a ser sua opção mais viável. Não seria difícil o inimigo de um inimigo se tornar seu amigo.

Decidido a não retornar para a sala de aula após o intervalo, pegou a bike decorada com urina e seguiu até a tabacaria. Encontrou-a com a porta entreaberta. Não havia ninguém para receber um cliente.

Caetano olhou curioso o cubículo, o cheiro de canela tentando, em vão, sobressair ao de fumo. Sobre a mesa do caixa, havia um envelope vermelho, rasgado na lateral.

Sem reservas, ele esticou o braço e pegou o envelope. Dentro dele, encontrou a gravura de um Saci-pererê. Tentou organizar as ideias, mas seus pensamentos foram atrapalhados por falas atropeladas de um grupo de senhoras com as mãos ora na cintura, ora na cabeça, entre lamentos e sussurros.

— Ele devia a agiotas — uma senhora informou com precisão, balançando a cabeça.

— Um homem tão bom! Com a lojinha dele aí... ó! Nunca deu trabalho, nunca perturbou vizinho...

Caetano enfiou gravura e envelope dentro da mochila e se aproximou das senhoras, incrédulo.

— O que aconteceu?

— Seu Heitor foi arrastado por um caminhão. O caminhoneiro falou que não viu que ele estava amarrado na traseira. Uma tragédia! A perna dele ficou presa no para-choque e o restante do corpo foi encontrado pela estrada, por cinco quilômetros! Valei-me, Nossa Senhora!

A perna dele foi arrancada, pensou Caetano, com o coração na garganta; então a imagem ficou ainda mais nítida na sua mente. *Saci-pererê.*

Capítulo 15

CALILA

Quando chove, alaga.

Quando os olhos de Calila se abriram, o brilho aquoso dos móveis e da parede diminuiu. Ela enxergou os contornos com mais nitidez, e sua mente discerniu onde estava — a casa de Fred, a antiga Mansão Queimada; o lugar que um dia fora lar de Luís Mário de Alencar, o pai adotivo de Rosalba.

A seleção de pop rock continuava tocando, mas, se não estivesse enganada, "Infinita Highway" estava muito à frente. Isso a fez entender que se passara, no mínimo, meia hora desde que seu cérebro havia apagado.

O incenso de canela e o perfume adocicado de Miste brigavam pela entrada em suas narinas. Felizmente aquele cheiro minimizou o de vômito, que veio logo depois, de mãos dadas com um tenebroso aroma de ferro.

Calila colocou a mão na nuca e sentiu uma elevação naquela região. *Eu devo ter batido a cabeça forte na pia...* Foi quando as mãos macias de Glenda, com unhas pintadas de várias cores, colocaram a cabeça de Calila no colo. A meia-calça colorida e grossa da garota, vestida como a boneca Emília, irritou a bochecha de Calila, que, contudo, *não teve forças para se afastar.*

Ainda tonta, Calila tentava se acostumar com o zumbido em seu ouvido, quando viu uma Miste apreensiva arrancando as luvas que imitavam pele de cobra. Danilo, por sua vez, estava com o terno cor-de-rosa manchado de sangue. Fred, banhado de purpurina dourada e vestindo aquele short de pouco mais de um palmo de comprimento, tocava no pescoço de alguém que não havia acordado. Eram quase quatro da manhã e um deles estava morto.

Horas antes, Calila olhou para as duas fantasias sobre a cama — Maria Bonita, esposa de Lampião, e a típica baiana vendedora de acarajé.

De nada adiantou ter pedido para Cora não alugar aquelas roupas. Estava decidida a ir vestida como uma de suas cantoras favoritas, Elza Soares, para o Festival da Cultura de Alto Cedro. Por isso, em menos de meia hora estava enfiada num vestido preto brilhante, curto e decotado, com sutiã de enchimento, spray roxo nos cachos e olhos esticados por fitas transparentes.

Fez uma maquiagem bastante amadora para realçar os olhos puxados. Teve dificuldades para calçar as sandálias de salto, mas encontrou o equilíbrio.

— Lila, filha! — dona Cora chamou, dando duas batidas na porta do quarto. — Tem um colega seu aqui.

Era Dado.

— Deixa ele entrar, mãe!

— Lila...

— Eu uso anticoncepcional.

— Lila!

— Tá bom, tá bom... Já, já eu saio.

Olhou mais uma vez para o espelho e viu o celular na cama. Não o jurássico, mas o Android. Pegou o aparelho, antes que a mãe mudasse de ideia, e abriu a porta de supetão, seguindo pelo corredor estreito. Contou mentalmente até cinco, quando ouviu:

— Você vai assim para onde?! Meu Deus, filha! Com duas opções lindas, você escolhe usar esse vestido cafona que sua avó te deu?

— Eu jurei que nunca usaria isso e encontrei a oportunidade, então fique feliz por mim, mamãe querida! — Ela seguiu, pegando sua chave.

— Nunca satisfeita com nada, sempre contrariando a pessoa que só quer seu bem, que faz tudo por você!

— Até mais tarde, mamãe. — Calila segurou na mão de Dado e a notou gelada como a de um morto. Sentiu um arrepio na espinha, mas puxou o amigo até a saída.

Dado olhava para ela, segurando o riso. Bem, pelo menos ela o fizera sentir um pouco de alegria.

Enquanto ele afastava a bicicleta do muro e se sentava no selim, Calila olhou por sobre os ombros e notou uma Cora ainda mais desesperada; afinal, sua mãe esperava que ela fosse buscada por um SUV.

— Traga ela bem, viu, Eduardo? — pediu, tampando a boca com as mãos.

— Pode deixar, dona Cora — prometeu Eduardo, olhando na direção do Vitória-Régia e dando uma tremida no tronco.

Ele usava chinelos de madeira e couro, moletom com estampa de esqueleto e uma maquiagem capaz de deixá-lo ainda mais magro. "Corpo-Seco", ele explicaria.

— Chego pela manhã — Calila avisou, sentando-se confortavelmente no quadro superior da bike.

Calila já ouvira falar tanto sobre aquele festival, fosse pelas lembranças de Cora ou pela empolgação dos colegas nos últimos dias, que não seria absurdo dizer que o entusiasmo era semelhante ao que tinha pelas festas juninas ou pelo Festival de Inverno da Bahia; e foi a expectativa do festival que diminuiu o impacto sofrido com a acusação de Caetano — a hipótese que ele levantou, de que fora ela que havia hackeado o sistema.

Hackeado. Logo ela, que mal alimentava redes sociais e que, há pouco tempo, dispunha apenas de um celular dos Flintstones. Um despeitado, que não acreditava na própria sorte e julgara a sorte dela.

Calila não se deixou comover de novo pelo isolamento de Caetano. Não, ele não teria mais seu apoio, depois de ela ter sido cordial e o chamado para integrar um grupo que não o queria por perto. Fora boazinha demais e recebera, como retorno, ser alvo de uma investigação de fraude, que, mesmo incapaz de lhe tirar o sono, trouxe revolta e decepção.

— Eu estou muito... simples? — Dado freou a bicicleta e a equilibrou com os pés. Eles haviam chegado ao ILMA após quase uma hora.

— Você está perguntando pra única garota que deve ter feito o próprio look, então, sim, você está simples... — ela saltou da bike e se equilibrou no salto. — E isso está longe de ser ruim.

Os dois se olharam por instantes. Companheiros de ônibus, parceiros nas aulas... e pensar que todo aquele vínculo com Dado, já que Calila não se sentia segura o suficiente para assumir a amizade, começara com uma gentileza que não desapareceu com seu azedume inicial.

Ao mesmo tempo, havia certa solidão em Dado. Até mesmo nas fotos com o time de natação, ele ficava no canto, com as mãos para trás, e ninguém o abraçava. Estar só não era ruim, mas era perceptível o incômodo.

Do nada, Dado falava sobre estar cada vez mais próximo de André e até mesmo de Pedro, que vivia enfiado na biblioteca. Calila não sabia dizer até que ponto aquilo era verdade. Às vezes, achava Dado um tanto histriônico.

Ele prendeu a bike no bicicletário enquanto duas figuras inusitadas se aproximavam.

— Pensei que vocês não fossem chegar nunca, tá doido! — Fred falou, ao lado de Glenda, a sempre tímida e delicada loira, a única da turma. Enfiada numa fantasia de Emília, era uma cópia perfeita da personagem de Monteiro Lobato.

Fred, no entanto, parecia saído de uma piscina de purpurina dourada. Estava com o peito nu e as coxas quase totalmente à mostra, não fosse por uma espécie de short amarelo que cobria suas intimidades.

— E eu pensei que ninguém pudesse vir vestindo apenas um cinto — Calila comentou, tomada por um leve incômodo. — Ou um cós.

— Você tá com ciúmes — Fred brincou, mostrando os trezentos dentes.

— De alguém vestido de Globeleza? — Calila arrancou uma risada dos demais.

— De Menino Dourado, ô! — Fred corrigiu. — Respeita a entidade.

— Ah, sim... — Calila falou, seguindo na direção da entrada. — Respeitar a Luíza Sonza, eu entendi, já entendi.

Ouviu alguns resmungos atrás de si e deu para notar que Glenda e Dado se divertiam com o embaraço de Fred. Em poucos minutos, os quatro chegaram ao campo de futebol, onde o festival acontecia.

A música estava tão alta quanto o ânimo da galera. O repertório ia de Kid Abelha, Capital Inicial e Cazuza a Legião Urbana. A bebida alcoólica estava proibida, mas essa regra aparentemente era burlada por um e outro. Calila assistiu à encenação de uma garota vestida como Odete Roitman sendo baleada em câmera lenta; esbarrou em trigêmeas vestidas como a Nazaré, de *Senhora do Destino*, com vestidos vermelhos decotadíssimos; e o Cadeirudo, de *A Indomada*, tentou assustá-la, mas não obteve êxito.

Em certo momento, o pop rock deu lugar à apresentação de uma jovem que homenageou Maria Bethânia cantando *Fera Ferida*. Seu pai adoraria aquilo tudo, aquela espécie de merchan do canal Viva.

Ao notar que uma roda se formava para uma apresentação de capoeira, Calila puxou Fred com uma mão e Dado com a outra. Dado se desvencilhou animadamente, quando notou que um dos participantes era André. Os dois eram próximos, não apenas por serem colegas de sala.

André distribuiu uma série de martelos, voos de morcego e variações de aús. Quando notou Calila, cumprimentou-a com um movimento rápido da cabeça.

Pouco depois, ela viu-se encantada com a imitação da Semana de Arte Moderna, com réplicas dos quadros de Di Cavalcanti, Anita Malfatti e Tarsila do Amaral feitas por alunos do ILMA. Foi puxada pelo braço por Dado, que a intimou como parceira da quadrilha, dança que muito a fazia recordar de Orvalho e suas festividades juninas.

Durante o comando para troca de parceiros, Calila teve a oportunidade de ser par de Roque, impecavelmente vestido como Negro D'Água, espremido num collant verde-escuro e calçando luvas que lembravam barbatanas. Sua touca tinha um moicano do mesmo material e formato das luvas.

Já Danilo, seguia bem alinhado num terno rosa, numa releitura do Boto. Calila observou também as outras meninas — Soraia, como dançarina de frevo; Miste, vestida numa segunda pele com estampa de cobra; e Carol, enfiada num vestido com cauda, cujo tecido mimetizava escamas... uma iara.

Depois da quadrilha, Calila afundou num sofá, em um dos ambientes espalhados pelo campo. Enquanto sentia seus batimentos normalizarem o compasso, as garotas superpoderosas sentaram-se uma de cada lado seu, como se tivessem combinado previamente.

— *A-do-rei* sua homenagem à Elza! — Miste exortou, com a mão aberta entre os seios. — Eu *a-mo* "Mulher no Fim do Mundo"!

— É mesmo? — questionou uma Calila, descrente.

— Olha, confesso que fiquei perdida quando te vi — Soraia confidenciou —, mas a Miste sacou na hora e eu até coloquei algumas músicas da Elza na minha *playlist* do *Spotify*.

— É que a Calila tem todo esse lado afro bem aflorado.

Miste podia estar tentando ponderar, mas deixou Calila um tanto insultada. Ela pensou que Miste havia feito aquele comentário porque, dentre as três, Calila era a única que preferia o cabelo cacheado e cheio.

— Eu não me lembro de virar para o outro lado e ver outra coisa.

Calila sentiu Miste fuzilá-la com aqueles olhos esverdeados semicerrados e jurou que o olhar de réptil era até acompanhado de pupilas verticais.

— Às vezes, eu me sinto tão… pouco antenada sobre minhas raízes, sabe? — Soraia comentou, quebrando a muralha de gelo que se formara entre Miste e Calila.

— E olhe que você cresceu numa instituição que valoriza isso — Calila considerou —, mas que bom que você tem a Miste como parceira... — Ela fez uma pausa rápida, enquanto articulava o que falaria. — Não só nas dicas culturais como também no futebol.

— Verdade… — Soraia pareceu pensativa e trocou olhares com Miste. — Olha, C, o time do ILMA está completo, inclusive o reserva. Mesmo sendo capitã e tudo mais, tem coisas que eu não consigo resolver. Você pode treinar com a gente sem compromisso, tudo bem?

Deu certo. Calila sorriu de canto, mas se conteve. Não podia transparecer que as duas tinham caído exatamente onde ela queria. Trouxera o futebol à tona como estratégia para que Soraia se sentisse na obrigação de oportunizá-la.

— Ah, eu super entendo... — Fingiu pouco interesse. — Vai ser interessante driblar as duas.

No futebol também, pensou.

— Caldo de frango ou sururu? — Fred se aproximou, com um copo descartável em cada mão.

— Sururu — Calila respondeu, enquanto Danilo entregava uma cumbuca de mungunzá para Miste. — Valeu, Fredelícia!

Notou que Fred deu um sorriso de canto, e Miste bufou alto. Aos poucos, Roque se aproximou e dividiu uma tigela de bobó de camarão com a ex-namorada, enquanto Glenda, André e Carol orbitavam nas proximidades, interagindo entre si.

Calila notou que Dado a observava fixamente, compenetrado como se estivesse hipnotizado. Ao notar que Miste cutucara Danilo e indicara o colega, Calila se levantou do sofá e correu na direção dele.

— Você quer me deixar com medo, inferno?

— Foi mal... — Ele coçou a cabeça. — Eu viajei legal e… que merda!

Dado poderia falar de si próprio, mas a merda a que se referia era outra coisa. Calila sentiu seus músculos faciais brigarem com um sorriso espontâneo que teimou em surgir quando Caetano se aproximou deles.

— Estão olhando o quê? — o ruivo desafiou. — Tem algo mais brasileiro do que imitar os Estados Unidos?

Sim, Caetano estava vestido de Tio Sam.

Alguns balançavam a cabeça, outros deixaram o queixo ir ao chão. Burburinhos aqui e ali.

Calila não se aguentou e soltou uma risada alta, estridente. Só notou segundos depois que a música havia parado e que a gaitada conseguira chamar mais atenção do que a fantasia do ruivo.

— Como você consegue? — Caetano se aproximou e a olhou da cabeça aos pés.

— Olha, não tenho bola de cristal... Ah! Você está falando dos olhos puxados? — Ela arrancou as fitas laterais, embolou-as com as pontas dos dedos e jogou na direção do ruivo. — *Tomaê*! Você vai ficar lindo com elas. Se precisar, te ajudo.

— Tsc, tsc... Não tô falando disso. Tô falando da sua amizade com o Dado.

Calila semicerrou os olhos e virou a cabeça para o lado, encarando o colega.

— Caetano... — Dado o repreendeu.

— Sério que você não sabe, Calila?

Caetano podia ser um sincericida, mas as mãos nervosas de Dado denunciavam que o ruivo poderia não estar enganado desta vez, fosse lá com o que fosse.

— Eduardo, você quer me dizer alguma coisa? — A voz de Calila saiu firme.

Ele não respondeu. Nem a encarou.

— Eu fiquei em terceiro lugar para a bolsa, mas você nunca se perguntou quem ficou em segundo? Quem será o beneficiário direto, se comprovarem que houve fraude na seleção? Poxa, Calila, pense!

— Não seja tão baixo, Caetano — André interferiu, segurando-o pelo braço. Calila balançou a cabeça, tentando, em vão, lembrar da ordem de classificação. Ficara tão empolgada com seu nome em primeiro que não se atentara para quem vinha depois; o maior frustrado, aquele que ficara em segundo lugar, abraçado pelo fracasso do quase.

— Baixo e falso — desabafou Danilo, fitando o chão.

— Eu sei ser mais falso que uma nota de três e cinquenta, meu caro amigo — Caetano declarou, desvencilhando-se de André, seguindo até Danilo e segurando o queixo do pálido rapaz, fazendo-o encará-lo. — E os verdadeiros vilões precisam de gente como eu pra infernizá-los.

— Já chega, cara. — Fred se colocou entre os dois e afastou Caetano, sem grosseria. — Vai pra casa, circula, segue seu rumo.

— Tá bom, garoto perfeito — Caetano debochou e voltou a encarar Calila. — Pergunte para o seu amigo porque ele sai de casa tão cedo pra pegar o 4040, sendo que a casa dele fica a um quarteirão do ILMA.

Caetano sorriu de canto e ergueu as mãos, em rendição; deu alguns passos para trás, sem tirar os olhos de Calila. Com frieza himalaica, ele a petrificava.

Ela, por sua vez, buscou por Dado e seu olhar ainda mais triste confirmou o que Calila acabara de ouvir. Ela balançou a cabeça, tentando processar a informação.

— Calila… — Dado a chamou.

— Hoje não — ela respondeu e seguiu até a saída.

Apertou os passos e se questionou se aquilo era verdade. Com qual intenção Dado, o segundo colocado, mudara de rota? Para conhecê-la? Ficar próximo daquela que lhe roubara a oportunidade de ter um último ano menos complicado financeiramente?

Claro que havia notado a aspereza na pele de Dado; e ouvira, em algum momento durante aqueles últimos dias, que o rapaz vendia tapioca nos finais de semana, para custear os estudos no ILMA. Admirara-o por isso, mas, então, recordou-se de como ele a encarara... e de toda a gentileza e cuidado. Seria tudo uma armação para lhe dar uma rasteira?

Como se não bastasse, Calila virou o pé no salto e quase o torceu. Sentou-se na escadaria do ILMA e tirou as sandálias.

— Você vai rir de mim se eu falar que tô começando a sentir frio? — Fred se sentou ao lado dela, que repousou a cabeça em seu ombro.

— Como assim, Fred? — Danilo se pôs em pé na frente dos dois. Miste, Roque e Glenda estavam com ele. — Piriguetes são mutantes com o poder da imunidade ao frio. Vai dizer que você veio com defeito?

— Idiota! — Fred sorriu.

— Sério que o Dado… te perseguia? — Miste abriu uma mão sobre o coração. — Eu sempre o via chegando de bike, mas, depois, ele passou a vir de bus... Enfim, não ia sair perguntando se ele tinha mudado de casa, né?

— Eu ainda acho que foi tudo um mal-entendido — Glenda comentou, abraçando o próprio corpo.

— Pode até ser. — Miste deu de ombros. — Caetano inventa cada coisa…

— O Danilo já foi muito chegado no Dado, então é melhor ele dizer o que acha disso tudo — Roque sugeriu.

— Eu só quero encher a cara — Danilo declarou, enquanto André e Carol se aproximavam, abraçados de lado, com Soraia pouco atrás.

— Minha casa está sempre livre — Soraia propôs.

— Lá é massa, mas eu preciso de algo mais forte que guaraná — Danilo deu o veredito. Como quem entendesse o flerte, Fred saltou da calçada.

— Minha mãe embarcou para uma reunião na UPB desde ontem. Ou seja… Casa livre!

Calila ouviu uma comemoração em coro.

Soraia se despediu ali mesmo e Calila entendeu que a colega precisava seguir algumas regras; ingerir álcool e chegar tarde em casa estava distante delas.

Miste chamou um Uber e Fred chamou outro. Danilo, André e Carol entraram com Miste no primeiro carro. Calila seguiu com Fred, Glenda e Roque no segundo; e, quando se sentou no banco de trás do carona, notou que Dado os observava, quase escondido por um acaiacá... com o mesmo olhar penetrante e vazio.

A casa em que Fred morava era do tipo que deveria ter um mapa em cada cômodo. Eram três ou quatro andares, com muros altos que dividam uma espécie de fortaleza branca do restante do mundo, da plebe.

Calila constatou que existia certo fascínio da família pela cor branca, que chegava embaçar seus olhos. Uma das salas se conectava com a área gourmet e a piscina. Foi naqueles ambientes que Fred, mesmo sem dizer, definiu o espaço a ser utilizado pelo grupo.

— Escolhe algo. — Fred indicou a caixa de som portátil sobre o balcão e Calila, enfim, revisitou, após um período de castigo, a tela do *smartphone*. Seu dedo quis abrir o *WhatsApp*, mas clicou no *Spotify*.

— O Rappa! — disse Carol, animada com a primeira música da seleção. — Uhuuuu!

Carol, com seus cabelos rosa e um vestido de escamas justíssimo, ensaiou alguns passos aleatórios, quebrando o pescoço para os lados; ora mexendo um caldeirão invisível, ora se tremendo toda. Muito se assemelhava a uma toalha pendurada em pleno vendaval. Estava meio possuída.

André se divertia ao observá-la e a imitou. Danilo ficou responsável pelo bar e Fred comentou que os drinks que ele fazia eram os melhores.

Miste parecia tão de casa quanto uma traça, e abriu a geladeira, selecionou frutas e as cortou, sem desfazer o look.

Sem cerimônia, Roque arrancou o próprio collant e as luvas, e se atirou na piscina de sunga e touca.

Sentada num sofá, Calila percebeu que estava acompanhada.

— Tô adorando seu gosto musical — Glenda comentou.

— Ah, sim, valeu.

— Olha, se eu te falar uma coisa, você não vai ficar chateada?

— Não posso prometer.

— Ai, nossa... Vou falar assim mesmo. — A loira se aproximou, como se fosse contar um segredo. — Não fica com raiva do Dado, não... O menino nunca fez mal a uma mosca, sabe?

— A última vez que alguém me disse algo semelhante foi a Carol, a respeito do Caetano... e você tá ligada no que ele tá fazendo comigo, então eu... nem sei o que pensar.

— Pense que, de um lado, está alguém que vive afastando os amigos; do outro, está um rapaz de quem todos gostam.

Antes de Calila responder, Fred e Danilo se aproximaram. Cada um ofereceu uma taça para cada garota.

— Acredita que eu me lembro de você? — A pergunta de Danilo chamou a atenção de Calila. — Calma, não se assusta... — Ele fez um sinal de rendição com as mãos. — Você é a neta do seu Licurgo, não é?

— Sobrinha-neta — ela corrigiu, um tanto curiosa. Ajeitou-se no sofá, como se algo a incomodasse.

— Você não lembra que visitamos o antiquário?

— Sério que você estava no meio daquela gente chata?

— Não só eu. — Danilo sorriu e rodou o indicador. Ela entendeu que ele dizia que todos ali estavam no Vitória-Régia, durante aquela visitação em que Calila fizera questão de fazer a antipática e antissocial. — A maioria estava. Acho que só o André não.

— Eu tenho quase certeza de que tenho uma foto daquele dia. — Fred ajeitou o topete platinado.

— Olha, vocês eram chatos mesmo — Calila reafirmou, enquanto Fred abria um sorriso daqueles que apenas ele sabia dar. — Falando inglês meio que pra dizer que sabiam, entende? Um garoto insuportável se achava, fazendo gracinhas, pegando no meu cabelo... Olha, detestei vocês.

— Mas que bom que o tempo dá outras oportunidades, né? — Danilo ponderou.

— Às novas oportunidades! — Glenda ergueu o corpo.

Todos fizeram o mesmo e repetiram o brinde.

Miste se aproximou e abraçou Calila de lado, como se fossem íntimas.

— Se você vir algum vulto, uma mãe passando com uma criança no colo ou um reflexo estranho no espelho, releve, tá? — ela disse. — Tá todo mundo acostumado com as bizarrices da Mansão Queimada.

Calila teve certeza de que ela quis amedrontá-la.

— Mansão Queimada? — questionou.

— Ai, Miste, para... — pediu Glenda. — Não enche a menina com isso.

— Atualmente uma mansão branca, como pode ver, mas o antigo dono, que era simplesmente o fundador do ILMA, tinha, digamos, gostos peculiares... — Miste havia conquistado a atenção de Calila. — Ele era inteligente e tudo, mas até os mais amados têm suas extravagâncias... e as dele giravam em torno do folclore e do fogo. Até instalou um incinerador na casa, normalmente visto em hospitais e crematórios. Falava que era para eliminar lixo, mas dizem que ele também fazia isso com pessoas que não gostavam de ler. Que louco... Até que, um dia, toda a mansão pegou fogo e toda a família morreu.

— Menos a Rosalba — Glenda pontuou.

— Menos a Rosalba — Miste repetiu. — A filha adotiva; aquela que se tornaria a única herdeira e venderia esta casa para os Albuquerque.

— Boooo! — Fred assustou Calila, que quase viu a alma sair do corpo.

Pouco depois, Danilo esticou o braço para uma *selfie*, mas desistiu e pediu o celular de Miste, que considerava melhor.

Após uma sequência de poses e alguns *stories*, o grupo todo se aglutinou ao redor da mesa de centro para jogar uma partida de Uno.

Calila ainda estava no primeiro drink, mas os demais, principalmente Danilo, bebiam como se seus fígados fossem feitos de aço. Em certo momento, uma rodada de batida de abacaxi com whisky e leite condensado animou ainda mais a galera. Um incenso de canela surgiu sabia-se lá de onde. As falas eram mais altas; as risadas, mais soltas e as comemorações, ao lançar um +4 na mesa, pareciam dignas de um gol da seleção brasileira na Copa.

— Cansei! — Miste, que ganhara três partidas seguidas, recolheu o Uno com as mãos, jogou as cartas no chão e levantou-se para pegar uma bolsa de mão. Mesmo com a desaprovação de alguns, a garota despejou um estoque de balas na mesa de centro. Era incrível como bolsa de mulher sempre cabia muita coisa.

— Você tá vendendo isso? — Calila duvidou.

— Claro que não, sua louca! — Miste sorriu de canto. — É hora da nossa querida novata e do criativo diretor do Labareda conhecerem o jogo da metralhadora...

Só de ouvir o nome, Calila, já tonta, tentou se lembrar onde ficava a saída.

Gostando ser o centro das atenções, Miste explicou como era o jogo; cada um receberia cinco balas e cada uma tinha funções — o segredo, o sorriso, a libido, a bebida e o veto. Cada um poderia usar até quatro das cinco balas na sua vez. A regra principal era que o que acontecia entre eles sempre ficaria entre eles, como um pacto que jamais poderia ser quebrado, reforçando a amizade. Quem o quebrasse, seria excluído do grupo para sempre. Se não houvesse maturidade ou existisse alguma amarra moral, a pessoa teria que pular fora antes do jogo.

Sobre o veto, Miste disse que era a única bala que poderia ser metralhada em qualquer momento, mas ninguém poderia vetar algo contra si.

— Não sei por que ainda jogamos isso... — Glenda cruzou os braços. — Sempre tem treta.

— E tem melhor forma de encerrar uma noite entre amigos? — Miste desafiou. — Sejam bem-vindos ao tiro, porrada e bomba!

Miste decidiu que o jogo não começaria por André ou Calila, para eles aprenderem a jogar. Entregou cinco balas para Danilo, que iniciou:

— Metralho com a sorriso.

Fred e Roque pareceram não se surpreender.

— Você sempre começa pela bala que não traz indisposição, isentão — Fred declarou, virando mais um gole da batida.

— É assim, né? — Danilo jogou uma bala na direção do amigo. — Pois dance a Conga, papai! Com esse shortinho de bailarino do Axé Moi.

Calila abriu a boca, surpresa. Bateu palmas e assoviou para um Fred que, já alto e encarando-a vez ou outra, mostrou-se um bom bailarino. Após terminar o desafio, Fred pegou uma bala.

— Diferente do meu amigo Dan, eu gosto de jogar pro alto... Se anima, Glenda. Eu te metralho com a bebida... e você vai parar de beber só quando eu mandar.

Glenda arregalou os olhos com o desafio, mas parecia ciente de que aquilo poderia acontecer. Ela ajustou as meias coloridas e virou um copo da batida... e outro e mais outro.

— Eu veto! — Miste jogou uma bala na cara de Fred e lançou nele o típico olhar fuzilante. — Não é você que segura os cabelos dessa aí quando ela vomita no vaso.

Segurando uma bala e observando a todos friamente, Miste entregou-a nas mãos de André:

— Eu te metralho com segredo, Dé. — O rapaz consertou a postura, como se afirmasse que estava pronto para tudo. — O que tanto você e Caetano conversavam na casa da Soraia, que fez ele te empurrar daquela forma?

— Eu não esperava por isso.

— Ela é a Miste, André — Carol avisou. — Você deveria esperar tudo dela.

— Propus a ele uma aliança — André começou, um tanto sem jeito. — Uma chapa nossa, era isso.

Miste pareceu satisfeita.

Calila ainda estranhava o quanto a presidência estudantil era valorizada, como se aquilo fosse um passaporte para o futuro.

Houve um breve silêncio, quebrado quando André percebeu que era a sua vez.

— Então... sorriso, bebida...

— Libido, por favor — brincou Carol, abanando-se.

— Não. — André sorriu. — A libido é um momento... Já o segredo, bem, é a conexão de verdade.

— Vou anotar isso — Roque debochou.

— Não precisa, você não vai esquecer — André alertou. — Eu te metralho com segredo, Roque. Você já transou com alguém da roda?

Calila virou a taça até a última gota e Glenda a encheu de novo, imediatamente. Miste rolava os olhos de um lado para o outro, atenta.

— Não, cara... — Roque encarou Danilo, e Calila quase julgou que aquela resposta não era sincera. — Nunca rolou.

— Por você, rolaria? — André fez a réplica.

— Você não tem outra bala de segredo, cara — Danilo o podou e Calila tirou suas próprias conclusões. — Sua vez, cumpadi. — Danilo referia-se a Roque.

— Cheguei a ficar sem jeito — Roque comentou, coçando a nuca. — Vamos lá... Carol, eu te metralho com bebida. Dois dedos de whisky puro.

Fred tratou de virar o Jack Daniels num copo e entregar para a garota de cabelos rosa. Sem cerimônia, Carol tomou a bebida em dois generosos goles.

— Obrigada por me deixar motivada, grandão. — Carol se ventilou e jogou uma bala para Danilo. — Bala do segredo primeiro... Danilo, sua heterossexualidade é quebrada com um beijo?

— Claro que não! — ele respondeu, de imediato; depois sapateou nas palavras: — Você gosta de me ver provando isso, né?

— Claro, gato. Na brincadeira, pode. — Carol riu. — Vamos subir o nível dessa brincadeira, e eu sigo no jogo, lançando a bala da libido. — Carol jogou outra bala para Danilo. — Fique em pé, chame o Fred e beije ele por trinta segundos.

Calila decidiu não piscar para não perder nenhum segundo do que viria. Sentiu Fred cutucá-la de lado e sussurrar "veto, veto", mas se fez de desentendida.

Danilo olhou para Miste como quem também esperava algo.

— Queridinho, eu já usei meu veto... e, mesmo que não tivesse usado, acha mesmo que eu ia vetar? Jamais. De camarote, estou.

— Glenda? — Danilo chamou.

Ela só fez um sinal de que seu estômago estava girando, culpa do desafio de Fred.

— Na moral, Roque — convocou Fred. — Danilo é um trouxa, um covarde, um estraga-clima. Veta isso e a gente segue o jogo.

Roque coçou a nuca e segurou a bala do veto.

Calila, rápida, puxou o rapaz pelo pescoço e cochichou:

— Vai ficar muito na cara, anitter!

Vencido, Danilo se colocou em pé e chamou Fred.

Como quem não estava satisfeito com aquela parte da brincadeira, o loiro seguiu até o rapaz de terno rosa.

Meio ressabiado, Danilo até começou um discurso, direcionado à Calila, de que aquilo era apenas uma brincadeira, mas sua fala foi cortada quando Fred tocou seu pescoço e o puxou para si, dando-lhe um beijo forte, agressivo, como se sua língua pretendesse desentupir cada greta entre os dentes do amigo e desbravar cada centímetro de sua boca.

Danilo tardou alguns segundos para corresponder, mas seu corpo se entregou ao movimento e, logo, os dois seguiam no mesmo compasso, numa disputa de línguas, mãos e pelves aproximadas.

Trinta segundos se passaram e, desde os beijos de Pablo, lá em Orvalho, Calila não havia sentido aquele pulsar entre as pernas. Como se fosse um vulcão em erupção, a garota sentiu aquele beijo como se fosse nela, dado pelos dois.

— Virou gay, seu Zé Mané? — Fred perguntou, dando um tabefe, de leve, no rosto do amigo.

— Seu cu! — Danilo respondeu, vermelho como um tomate maduro, e se sentou ao lado de Miste como quem queria passar a mensagem de um retorno à heterossexualidade.

— Ele beija bem? — a atleta com olhos de réptil quis saber.

— Só perdeu pra você. — Danilo deu um selinho insosso na garota, e Calila julgou a cena como aqueles típicos casais de novela, que não têm química alguma; uma espécie de Faltori e Elen. Decidiu que o mocinho e o outro mocinho eram bem mais interessantes.

Uma nova rodada de drinks regou confidências, beijos e imitações. Fazia algum tempo que Calila não se divertia tanto. Olhou para o celular algumas vezes, lembrando dos amigos que deixara em Orvalho. Um ou outro colega da roda enviava mensagem, fazia uma *selfie*, como se a presença na casa de Fred fosse um *voucher* de liberdade.

Estava decidida a aparecer no grupo de *WhatsApp* dos seus antigos amigos e gravar vários áudios, pedindo desculpas. Ninguém acreditaria que sua mãe havia se tornado meio gângster e que Calila estava enturmada com o pessoal mais descolado da escola ou que a polícia tentara silenciá-la.

Virou a câmera frontal para seu rosto e fez uma *selfie*; enviou a foto para a trupe e notou que sua antisociabilidade estava vencendo e que já queria ficar sozinha.

Seus pensamentos se esvaíram quando a campainha tocou. Já era madrugada e Fred estranhou, mas se levantou e, com um clique no controle remoto, a tela da TV mostrou as imagens da entrada. Foi aí que todos viram. Era Caetano.

Capítulo 16

CAETANO

Jamais colocaria a culpa na bebida. Estava ali porque, depois da solidão na festa, a mesma que o acompanhara nos últimos dias, em que constatara estar na mira de Rosalba como Heitor estivera, decidiu caminhar pelas ruas.

Sim, decidira andar sem destino. O que mais poderia lhe acontecer agora, que sua vida social havia desmoronado?

Ninguém acreditaria no aviso de morte que Heitor recebera, a imagem do Saci-pererê; e a reputação de Caetano estava tão manchada quanto uma onça-pintada.

Miste, aquela que o acusara com tanta segurança, que fora capaz de fazê-lo duvidar da própria inocência, estava deslumbrante nas *selfies* tiradas na casa de Fred... e tivera a ousadia de marcá-lo. Uma afronta, um desafio.

Grande parte dos seus algozes estava lá, divertindo-se, enquanto ele optava por caminhar sozinho, como se a própria companhia fosse capaz de trazer-lhe paz. Só que paz — que, para alguns, era indiferença e, para outros, neutralidade ou omissão, status ou dinheiro, sucesso ou tranquilidade —, para Caetano, era justiça.

Quando tocou a campainha, não notou que o portão estava entreaberto.

Claro... Fred, o "primeiro-filho", confiava que estava acima de qualquer possível ameaça, o que facilitou sua entrada.

Caetano empurrou o portão branco, entrou e fez questão de batê-lo. Antes de chegar até a área gourmet, porém, foi recebido por Fred e Danilo.

— Eu sei que é deselegante, *man*... — Fred

tocou no ombro de Caetano, que sentiu os próprios olhos arderem; era o que lhe faltava, ser expulso — mas a vibe aqui está tão boa... talvez...

— Você veio em paz? — Danilo interrompeu o loiro.

Caetano o observou e, por alguns segundos, esqueceu traumas, desavenças e abandono; mas só por alguns segundos.

— É tudo culpa sua, seu covarde! — Caetano esbravejou e seguiu até a sala seguinte, onde viu rostos assustados, mas punhos fechados, prontos para a guerra.

— Caetano, senta aqui... Se acalma, a gente te escuta. — Glenda se aproximou com aquela voz doce, benevolência e cuidado como se ele fosse um psicótico que não devia ser contrariado.

— Você, mais do que ninguém, sabe o que é ser deixada de lado, Glenda. — Caetano a encarou. Sabia como atingi-la no seu ponto mais frágil e trazê-la para seu lado. — Quantos deles deixaram de conversar com você, quando começou a transição? Quando os pais insistiram que sua companhia era um perigo para a família? Danilo era seu amigo de infância e virou as costas pra você por, como foi mesmo que ele me disse? *Medo de ser confundido!*

— Isso é... passado — a loira minimizou.

— Você não tem o direito de falar do Danilo. — Miste se colocou na frente de Glenda e se aproximou tanto que Caetano quase sentiu os lábios da garota tocarem os seus.

Aquela era Miste. Uma desafiante. Uma combatente. Ela não se preocupou com o que fora reacendido em Glenda, mas, sim, com a transfobia de Danilo, que havia sido relembrada.

— Nem você de mentir sobre mim — o ruivo retrucou.

— Então agora é mentira? — Carol bufou, pegou uma garrafa que aparentemente tinha gin e virou na boca, tomando no gargalo.

— Você disse que não se arrependia, cara — André falou, com braços cruzados, mantendo distância. — Eu podia ter morrido. Foi ciúmes da Carol ou do Danilo?

— Eu só disse o que você queria ouvir. — Caetano deu alguns passos na direção de André. — Adiantava eu negar? Não. Não adiantava. Você já tinha escolhido um lado.

— Um lado em que você, inclusive, estava até dias atrás — Fred pontuou.

— Porque, infelizmente, a gente vê os outros sendo alvo, mas nunca acredita que um dia seremos nós, alvejados pela roleta-russa.

— Eu não sei do que você está falando, cara. — Fred balançou a cabeça e virou mais um gole do resto de uma batida num copo aleatório.

— Tem coisas que só fazem sentido depois que você sai de cena... Eu até colocava minha mão no fogo por você, o garoto rico que não era tão malvado assim; mas aí fui refazendo o trajeto. Se não fui eu quem colocou as drogas na mochila do João, foi outra pessoa com motivos consideráveis; então me lembrei que sua mãe pagava a mensalidade do João, o cara que atazanava o filho dela, que o tratava no feminino e se destacava, nas notas e no futebol, bem mais do que você.

— Diz alguma coisa, Fred! — Calila, ao lado do namoradinho, parecia incomodada.

Pobre garota... Uma hacker fraudulenta, mas, ainda sim, uma pobre garota.

Caetano ainda tinha compaixão e se vira no direito de alertá-la, mais uma vez, das cobras que a circundavam; antes, quando expusera Dado, e, agora, Fred.

— Chocado? — debochou Caetano. — Você tinha dinheiro. Você comprou as drogas e colocou na bolsa do João. Estava cansado do bullying e era o momento certo para fazer ele rodar. Sem João, você, Fred, se tornou a estrela maior do time de futebol; voltou a ser o filhinho da mamãe e conseguiu, através dela, que a Glenda ganhasse a bolsa no lugar do João. A Glenda! Aquela que nunca seria uma ameaça pra você.

— É melhor você ir embora — Fred aconselhou, com os punhos cerrados.

Calila se afastou de Fred como quem processasse as ideias.

— Quem enviou os e-mails, então? — Calila o desafiou.

— A Miste, claro. — Caetano sorriu de canto ao notar o sorriso nervoso e a respiração controlada de Miste. — Não vou dizer que você não queria fazer justiça ao abuso que o Danilo sofreu, mas eu era uma ameaça, não era? Você queria se aproximar do Danilo, mas eu era seu concorrente.

— Ninguém vai te dar ouvidos — Miste declarou. — Porque você é o Caetano. O louco.

— O Danilo gravou tudo e você achou! — Caetano seguiu, as palavras rasgando sua laringe. — Achou a gravação e não pensou duas vezes em expor a Marta e me deixar como denunciante. Demorou anos pra agir de novo, mas agiu quando viu que eu era uma ameaça pra Soraia e, sabendo que é incapaz de competir com ela, se fez de melhor peão, do tipo que elimina os adversários para que a rainha continue intacta.

— Você tá querendo dizer que...

— Não está claro, André?! — Caetano aumentou o tom. — Ela te empurrou! A Miste! Ela me culpou e, pra chutar cachorro morto, ainda fez aquela montagem do próprio namoradinho; afinal, além de fazer a escola me odiar, isso também poderia afastar ele do Roque, porque até mesmo ela sabe quem o amado anda comendo!

— Filho da puta! — vociferou Roque, partindo pra cima de Caetano.

Fred e André seguraram Roque com dificuldade, enquanto Glenda abraçava o tronco do nadador como se aquele abraço fosse capaz de contê-lo.

Carol virava goles e mais goles da bebida enquanto Miste, com as pernas cruzadas, apenas sorria de canto.

Caetano notou uma Calila trêmula e aparentemente incrédula. Nesse momento, sentiu um ardor na nuca, seguido de tontura e dor. Houve um barulho característico e estilhaços tomaram o chão, fazendo-o entender que havia sido golpeado por uma garrafa. Sentiu o sangue pegajoso descer por seu pescoço e olhou para trás. Viu Danilo largar o gargalo da garrafa no chão e, antes mesmo que o que sobrara do vidro encontrasse o porcelanato, sentiu um soco no queixo; e outro e mais outro.

Desequilibrou-se e tombou de costas sobre a mesa de centro, que abriu as quatro pernas, escanchadas. O vidro da mesa se partiu e Caetano bateu o dorso e a nuca no chão. Antes que pudesse pensar em se levantar, sentiu o peso do corpo de Danilo sentado na sua barriga. Danilo desferiu-lhe uma nova sequência de socos.

Gritos agudos dispararam ao redor. Com dificuldade para enxergar, viu Roque e André puxarem Danilo, que chutava o ar. Um dos chutes acabou acertando seus testículos e Caetano berrou, vermelho como seu cabelo. A dor nos testículos era maior do que qualquer outra.

Levou as mãos ao saco e cuspiu um dente enquanto sua boca se inundava de sangue; depois levou as mãos ao rosto, notando sua face abaulada e maior do que se lembrava.

— Meu Deus! — ouviu Fred dizer, segurando-o pelo oco da axila. — Levanta, vem...

O gosto de sangue lhe trouxe lembranças de quando apanhava de João, quando eram moleques. Não dava para esquecer aquele sabor amargo nem o quanto era difícil limpar as mãos e livrá-las do sangue seco.

Sentiu a garganta arder e apertar. O choro quase veio e quis se apossar dele, mas ele não permitiu. Não daria a eles esse gostinho. Não poderia. Todos tinham visto quem Danilo era e do que era capaz. Danilo, que um dia fora seu melhor amigo... e que agora o desfigurara.

— Não, cara! — Fred afastou um caco de vidro quando notou que Caetano observava sua face ensanguentada. — Não olha.

Por que é tão difícil te odiar, mesmo você sendo um bostinha, Fred?

Sentiu-se levantado por outra pessoa: Calila. Seguiu, levado em meio à vertigem, até a pia mais próxima. Um banheiro, logo depois da sala.

— A gente precisa levar ele na UPA — ouviu a novata dizer.

Notou que sua boca inchara e seus ossos doíam quando tentou contra-argumentar e nada saiu, além de uma gralhada. Ela estava certa. Tanto Calila quanto Fred tentavam estancar o sangue. Viu-se contornado por toalhas, papel higiênico e algodão.

Eu preciso ir à UPA mesmo... Vamos, não desista, novata.

— Mas o Danilo...

— Ele perdeu a razão, caralho! — ela decidiu.

Fred teve um espasmo e depois outro, como se estivesse sufocando. Largou o ruivo e seguiu para a privada.

Caetano segurou no lavabo, tingindo o branco com seu marsala. Conseguiu soltar um:

— Fred?

Calila não sabia se sustentava Caetano ou ajudava o loiro, que, ajoelhado diante do vaso, vomitava. Antes que se decidisse, iniciou o mesmo movimento, como se seu organismo tentasse expulsar algo.

Caetano tateou até a porta e a empurrou, cambaleante. Ouviu um barulho forte; Calila havia caído após escorregar no sangue e batido a cabeça na pia.

Por um instante, Caetano pensou em ajudá-la, mas sua mente relampejava e suas pálpebras inchavam ainda mais, como se estivesse em uma crise alérgica. Cuspiu uma bola de sangue e saiu do banheiro, então levou outro soco no rosto.

Sentiu uma mão abraçar sua nuca, batendo seu rosto duas, três vezes contra a parede e, numa dessas vezes, teve certeza de que seu nariz havia sumido dentro de si, tamanho o incômodo. Pouco depois, como flashes de fotografias, viu-se no chão, com pernas sobre seus braços.

Sua última sensação foi a de uma mão tampando seu nariz enquanto o sangue inundava sua boca.

Capítulo 17

CALILA

Fred deu o veredito e André confirmou. Não encontraram pulso em Caetano.

Calila achou forças para levantar a cabeça do colo de Glenda e, mesmo com uma pontada fina e desagradável na têmpora, viu Carol se aproximando do corpo no chão para desabar de joelhos perto dele.

Notou que ela abaixou a fronte e berrou como a viúva arrependida que era, com saliva esguichada, coriza escorrendo e lágrimas que tentavam, em vão, fazer Caetano voltar a respirar.

Naquele momento, Calila não conseguiu processar a informação. *Caetano está morto?*

Viu Glenda se sentar atrás de Carol, puxando-a para si; as costas da Iara encontrando os seios pouco desenvolvidos da Emília.

Miste andava de um lado para o outro, seus calçados espalhando o sangue pelo cômodo. Em certo momento, Calila se deu conta de que Danilo estava sentado à sua frente, com os olhos estatelados e Roque massageando seus ombros.

Eles conferiram direito? Caetano está mesmo sem pulso?

Foi arrancada de seus pensamentos pela voz de Miste:

— Agora que você acordou, novata, diz o que aconteceu naquele banheiro.

— No banheiro? Eu... — Calila seguiu reticente, tentando encaixar as ideias e entender o questionamento. De repente, deu-se conta da acusação e avisou: — Não siga por esse caminho.

— Qual caminho? — Miste abriu a mão entre os seios. — Caetano morreu... e você estava com ele.

— Para, Miste — Fred interveio, em pé, com o peito cheio. — Eu também estava lá, por que você não me acusa, então? Só por que eu sou filho da prefeita? Por que sou seu amigo?

— Você estava quase sufocando com seu vômito quando o André entrou no banheiro e a Calila, bem, muito adequado que ela tenha desmaiado enquanto o Caetano morria engasgado no próprio sangue, não é?

Calila olhou o rastro que se formava na sala. Além do sangue do ataque de fúria de Danilo, havia outro, vindo do corredor, levando ao banheiro onde estavam. Possivelmente, tinham arrastado Caetano de volta para a sala; já seu rosto, bem, não tinha tanta certeza, mas achou que ele não estivesse ferido daquela forma.

O que Miste queria? Um bode expiatório... Uma opção para salvar seu amado.

— Se ele se engasgou com o sangue, você lembra quem causou isso? — Calila olhou para um Danilo amedrontado e depositou os olhos em cima de Miste.

Mesmo sentindo muito pelo sofrimento de Carol e pela tragédia que ocorrera com Caetano, não poderia pestanejar nem deixar que lhe culpassem. Era em momentos como aquele, de fragilidade, que um inocente recebia condenação.

— Eu não queria ter matado ele, juro... — disse Danilo, com a voz embargada.

— O que matou ele foi o descaso de quem saiu pra cuidar e não teve competência pra isso! — Miste esbravejou, com um dedo em riste.

— E você, estava onde? — desafiou Calila.

— Não saí daqui — Miste declarou e cruzou os braços. — Inclusive, me deixaram sozinha.

— Sozinha? Mas e os outros?

— Isso é mesmo necessário? — Roque perguntou, enquanto Danilo se deitava no sofá e colocava a cabeça na coxa do amigo, ficando em posição fetal.

— É mais justo do que acusarem a menina — André comentou, em pé, seus olhos evitando o contato com o corpo no chão. — Carol queria ir embora e saiu pela casa, desgovernada. Eu fui atrás dela.

— Eu fiquei muito mal com a bebida e ver todo aquele sangue fez meu estômago embrulhar... mas eu não vomitava; por isso, fui num banheiro lá de cima e forcei o vômito até me sentir melhor — Glenda se justificou.

— E vocês dois? — Calila encarou Roque.

— A gente ficou rondando a piscina... Eu estava tentando acalmar o Danilo.

— Cara, eu matei o Caetano, foi isso.. — Danilo falou, como se estivesse em choque. — Eu matei ele.

— Você não queria isso — Calila consolou Danilo por pura benevolência. — A gente vai explicar tudo para a polícia e...

— Polícia? — Fred retrucou. — A gente não pode chamar a polícia.

— Nosso colega tá morto, Fred. — Calila encarou as unhas cianóticas, a pele pálida, os olhos azuis sem vida. — Nós vamos chamar a polícia, sim.

Calila pegou o celular, que foi tomado de sua mão por Miste. As duas se encararam.

— Vai continuar defendendo quem quer fazer nossas famílias passarem por esse constrangimento, Fred? — Miste debochou, e Calila não notou nenhuma gota de remorso naquelas palavras. — Acha que eu não estou sentida? Não preciso fingir que estou num útero, nem gastar minhas lágrimas para demonstrar meus sentimentos. Caetano foi uma pessoa com quem convivi por anos, desde o maternal. Pode não parecer, mas eu gostava dele; e ele morreu! A vida dele se foi. A nossa, não.

— Eu acho que a gente deve chamar o Madureira — Glenda propôs, abraçada a Carol.

Calila foi tomada pela realidade. Por uma fração de segundos, viu o delegado entrar na casa e organizar para que tudo parecesse um acaso, um acidente. Talvez colocasse Caetano num carro e soltasse o freio de mão no alto de uma ladeira.

Madureira... Para quê? Para ele acobertar o crime?

— Isso vai ser um prato cheio pra ele — Fred considerou. — O cara quer o lugar da minha mãe, assim como a mãe da Soraia. Minha mãe não é boba. Ela já sacou isso. É claro que isso vai respingar nela.

— Ele tem pessoas esperando por ele em casa, gente... — Calila balançou a cabeça, tentando afastar alguns pensamentos.

— Você viu o que ele forçou o Danilo a fazer — Miste empostou a voz.

Danilo fitou Calila com os olhos inchados e chorou em soluços. Miste continuou:

— O que o Danilo fez qualquer um estava a ponto de fazer. Ele conseguiu machucar a todos nós com aquelas palavras.

— Vai amanhecer em breve... — Glenda olhou para o teto como se procurasse o céu.

— E se a gente deixar o corpo dele numa estrada? Ou, sei lá, jogar do cânion?

— Puta que pariu, Roque! — Calila andou de um lado para o outro. — Você consegue se ouvir?

— Qual é? Ele é meu amigo, meu brother. Você sabe o que é isso? — Roque bufou e meneou a cabeça. — Por um amigo, eu escondo um corpo.

— Um amigo ou o seu macho?! — Calila retrucou e não desviou os olhos dos de Roque, que estavam prestes a engoli-la. Estavam se confrontando, mais uma vez.

— Não vai adiantar — Miste interrompeu e cruzou os braços. — Tem amostras de DNA do Danilo nele... e digitais do Fred e da Calila. Não estamos lidando com um corpo sem família. Caetano não é de família abastada, mas os pais dele não aceitariam qualquer resposta; e todos viram que ele surtou na festa, acusando o Dado, o amigo que o André abandonou pra curtir a noite com a gente.

— Corta essa, Miste. — André meneou a cabeça.

— Eu não menti.

— Eu também fiquei bolado com toda aquela história de perseguição. Não posso?

— Pode. — Miste sorriu de canto. — Como pode também ter dado cabo do sujeito que tentou te matar; o mesmo sujeito que revelou que seu amiguinho é um perseguidor; o cara que sempre ficaria entre você e a Carol. Olha, ninguém te julgaria... Tem uma piscina ali também, e o Caetano poderia ter tentado de novo.

André pareceu entender. Ele se tornaria um suspeito natural e Miste, do lado de Danilo, faria de tudo em seu depoimento para culpá-lo. Danilo começara, mas André finalizara; essa seria a história repetida à exaustão.

Ao contrário do que acontecera com Calila, quando Fred intercedeu por ela, ninguém se atreveu a advogar pelo rapaz.

— O que você propõe? — André se rendeu.

— Calila? — Miste queria a opinião dela primeiro.

— Como vamos seguir em frente depois disso? — refletiu.

— É isso que você não entendeu... — Miste se aproximou de Calila vagarosamente, como uma serpente. — Não se vive tranquilo depois de algo assim. Essa já é uma grande condenação. Não precisamos de outra.

— Elimine o que for preciso — declarou Carol, limpando o rosto e se levantando; depois seguiu para dentro da casa e, como Pilatos, lavou as mãos.

Mesmo relutante, Calila fez um aceno. Principalmente após a aprovação de Carol.

Até aquele momento, não era uma criminosa, mas, a partir dali, era isso o que seria, para sempre. Faria aquilo por Fred, Danilo, André e por si própria. Naquela noite, havia conhecido Miste o suficiente para saber que ela teria a capacidade de jogar o crime nas costas de qualquer um; e, talvez, Madureira acabasse com dois coelhos num só tiro — desmoralizaria a prefeita e daria uma lição na garota que ousara desafiá-lo.

Miste devolveu o celular a Calila e, seguindo até Caetano, agachou e fechou seus olhos.

— Fred, mande mensagem agora para a Zélia. Dispense ela. Diga que foi para a fazenda dos seus avós e esqueceu de avisar mais cedo... que ela precisa de mais tempo pro luto ou o escambau. Seja criativo, mas seja direto, sem firulas. Delete todas as filmagens da câmera de vigilância. Não precisamos de provas de que Caetano entrou aqui — conduziu Miste, como se já tivesse planejado tudo. Fred, por sua vez, ainda estava abobalhado com as ordens. — Rápido, vamos!

Fred pegou o celular e, enquanto digitava a mensagem, Miste seguia com outras instruções.

— Tirem as fantasias e calçados. Façam um montinho na sala.

Minimamente relutantes, ninguém se atreveu a contestar. Mesmo naquela situação, Calila teve vergonha do próprio corpo. Sempre preferira roupas folgadas e nunca havia ficado nua nem na frente de Cibele.

Miste foi até o balcão, abriu uma porta do armário e pegou dois frascos de água sanitária. Glenda roeu as unhas, mas parou quando sentiu gosto de sangue. André e Calila se olharam e ela soube que ele estava tão amargurado quanto ela.

Calila tremia. Notou que os outros também. Não era um tremor devido ao frio noturno do sertão. Era um tremor de medo, de adrenalina.

Aparentemente, Fred havia terminado de deletar as imagens das câmeras.

Carol voltou com o vestido já embolado nas mãos e acrescentou ao monte.

Miste voltou a procurar algumas coisas no armário e perguntou a Fred onde estava a caixa de ferramentas. Pouco depois, quando ele apareceu com a caixa, ela pegou uma marreta e saiu em direção ao corredor, seguida por Fred.

Dando alguns passos pela sala, mas sem seguir totalmente até o encontro da colega, Calila ouviu uma conversa entre ela e Fred:

— Você não vai fazer isso, vai? — ele perguntou.

Calila deu um pulo de susto ao ouvir o encontro da marreta com a parede.

— Você tá surtada... O que eu vou dizer para minha mãe?

— Diga que você salvou a carreira dela. — Miste deu uma nova marretada, e os olhos de Calila se fecharam por segundos, em reflexo.

Calila se aproximou vagarosamente, barulho após barulho, até dar-se conta da mancha de sangue, tão vermelha quando os cabelos de Caetano, que seguia pela parede do corredor.

O concreto tomava o chão, mas Miste não parava nem se cansava. Quando definiu que tudo estava conforme planejara, notou que Calila a encarava. Os cabelos de Miste, rebeldes e esvoaçados, brigavam com os grampos.

— Faça alguma coisa útil, inseto — ela proferiu. — O banheiro é seu.

Fred ajudou Calila. Eles seguiram com a limpeza em silêncio, o sangue fresco misturado ao seco, o cheiro de ferro consumindo seus narizes. Quando terminaram, seus olhos estavam irritados pelo uso excessivo de cloro.

Ao retornarem para a sala, ainda encontraram Glenda e Carol limpando a bagunça resultante da briga. Danilo, de boxer, estava deitado no sofá, inerte. Miste fez fotos das roupas separadamente, manchadas pelo produto. Roque apareceu com um lençol e o estendeu no chão; depois colocou todas as roupas no centro dele e uma trouxa se formou.

Naquele momento, Calila sentiu a culpa chegando. Seria a adrenalina se esvaindo e a conivência, a cumplicidade cobrando seu preço ao martelar sua consciência? Já estava, porém, envolvida.

Em meio a burburinhos, viu Roque, Fred, André e Miste se movimentarem próximos ao corpo.

Carol se manteve na direção oposta à Danilo, olhando para a piscina. Calila viu o quarteto erguer o corpo de Caetano e Glenda seguir à frente, levando a trouxa, como a proa de um barco; foi então que Calila notou algo. Um dente. Perdido em meio às movimentações.

Seu corpo foi tomado por um arrepio.

Deu alguns passos à frente, agachou e tateou, até pegar o incisivo. Intuitivamente, seguiu os demais.

Passou por cômodos e corredores, seguindo a trilha de sons. Ouviu portas se abrirem e fecharem. Encontrou uma escada. Um porão. A luz estava ligada, mas desceu degrau após degrau com cuidado. Havia um cheiro forte de naftalina.

Quando chegou ao porão, Calila se deu conta do que aconteceria e se lembrou do que Miste contara sobre Luís Mário de Alencar, sua obsessão e o mito em torno da Mansão Queimada; impulsionou as costas contra a parede e levou as mãos à boca, para abafar um grito que sairia, estridente e desesperador.

Fred e Glenda foram até ela, segurando-a, enquanto ela forçava o corpo para a frente ao sentir a temperatura aumentando cada vez mais naquele ambiente e o cômodo sendo tomado por uma coloração amarelada.

André saiu, como um protesto ao que ocorreria.

Calila, então, deixou o dente cair.

Miste olhou por sobre os ombros e avançou até o incisivo; pegou-o, ignorando o desespero de Calila, e lançou-o no incinerador, antes que Roque o lacrasse com o corpo de Caetano queimando lá dentro.

Capítulo 18

FRED

Roupas esparramadas pelo chão, camisas sobre a escrivaninha, o closet escancarado revelando o furacão deixado pelos colegas que escolhiam uma roupa para vestir.

Após maquiarem o território do crime, Miste conduziu todos para o banho. Os rapazes seguiram Fred e, em silêncio, o loiro imaginou que o mesmo aconteceria com as meninas. Deixou o closet da mãe disponível para Miste, que seria mais cuidadosa para evitar um ataque de pelanca da prefeita. Uma parede destruída até que não seria tão ruim, mas invadir seu closet? Isso seria imperdoável.

Já Fred não se importava muito. Foi chamado para a realidade no chuveiro, quando André tocou seu ombro. Não queria sair debaixo d'água e enfrentar o que sua mente lhe indicava como possíveis consequências, e a água fervente, como num banho Targaryen, não passava de uma fuga; uma fuga como na noite em que João morrera, quando ele fingiu não saber de nada e ainda consolou Zélia.

Notou que Roque tentava, muito em vão, convencer Danilo a se levantar. O colega jazia ali, num canto molhado do vestiário da piscina, abraçando os joelhos.

O que mais Danilo queria? Fora ele o maior responsável por tudo o que acontecera. O que tinham feito fora, em parte, para preservá-lo.

Como um anfitrião que seguia um protocolo de obrigações, como alimentar, embebedar e dar conforto aos convidados, Fred distribuiu toalhas e conduziu-os até o próprio quarto, deixando que os rapazes escolhessem peças adequadas.

Roque era o mais bagunceiro, mas até ele mantinha silêncio. Danilo se jogou num lado da cama de casal e Fred constatou que ele ficaria ali, pelo menos até se sentir melhor.

Ouviu batidas na porta e André a abriu. Ouviu, já sentado do outro lado da cama, que Calila preferia uma roupa de Fred à de sua mãe. Mesmo ali, então, naquele momento em que o remorso lhe alfinetava, deixou um sorriso brotar em seu rosto.

Era tarde naquele domingo, e Danilo continuava em sono profundo.

Fred entrou no *WhatsApp* e se deparou com a entrada de três pessoas no grupo restrito ao seu quinteto: Carol, André e Calila. Agora eles estavam unidos por um assassinato.

Logo, constatou que aquele grupo deveria se chamar "morte e vilipêndio de Caetano".

"Não falem nada com ninguém", fora a frase mais recente, enviada por Miste em tom de ordem; e ninguém ousaria questioná-la.

Os *stories* de Miste, na rede social, ainda estavam ativos. Em um deles, achou curioso que ela marcara Caetano e balançou a cabeça em desacordo. Não precisava ter inflamado ainda mais o rapaz. Com certeza, fora essa provocação que havia deixado Caetano ainda mais chateado, revoltado e constrangido... e o que sinalizara onde todos estavam.

Desceu para a cozinha e passou pela parede violada pelas marretadas. Entre o concreto acinzentado e a argamassa branca, havia uma tonalidade de vermelho que lembrava um dos batons de sua mãe. Meneou a cabeça e colocou uma pizza de carne seca com banana da terra no forno. Não sabia como ligá-lo, mas o menu era intuitivo.

— Quer me dizer alguma coisa, Frederico?

O frio na barriga foi instantâneo.

Fred olhou na direção da piscina e observou sua mãe caminhando até ele, com passos vagarosos e um olhar que não desviava dos seus. Ela colocou a bolsa Prada sobre o balcão e analisou o entorno como quem supusesse o que ocorrera ali, horas antes.

— E não estou falando daquela bunda branca deitada na sua cama.

Instintivamente, lembrou-se do conselho de Miste.

— Fiz o que precisava para salvar a nossa pele.

Sorreila não demonstrou emoção alguma. Ele esperava, no mínimo, um ar de orgulho, mas recebeu apenas indiferença.

— Assim espero... Até mesmo porque nem sempre eu estarei aqui.

— Foi… grave.

— Não me diga que você destruiu o futuro de mais alguém?

Fred abaixou a cabeça.

— Filho, eu já te disse... Você fez o que seu instinto mandou, respeitou o sangue fervente de um Albuquerque; e eu tive que te ensinar a agir, a não engolir, a ferir sem ser culpabilizado. Eu pagava o ILMA para aquele rapaz porque a família dele era grande, e a Zélia espalhou aos quatro cantos o quanto éramos gentis, mas ele… ele te tratava como lixo. Quando notei isso, quis que você agisse, porque vivemos num mundo que quer a nossa queda. Se eu simplesmente cortasse a bolsa de estudos dele, pareceria terrível, mas você, Fred, você encontrou o motivo. Eu o elogiava para dar corda à soberba que ele tinha e ao rancor que te impulsionaria a agir, a confrontar; ou você acha que eu deixava as notas de cem na mesa do living à toa? Óbvio que não, meu filho. Eu te dei caminhos, opções. Você se defendeu. Então, mesmo tendo sido algo grave, sempre negue, compre, esconda.

— Eu preciso que… a senhora ligue para algumas mães e pais… e pague por algumas fantasias que precisaram ser destruídas.

— Zélia, Zélia... Com a idade veio o descuido, a displicência. Espalhou um produto pela casa que manchou as roupas. Imperdoável, mesmo com a desculpa da morte do sobrinho. Facilmente resolvido com o argumento certo e uma transferência justa. Está bom assim, querido?

— Tá sim, mãe.

— Agora coloque o entulho num saco de lixo e deixe no porta-malas — ela comentou, após um bocejo. — Mais tarde eu levo para a fazenda... e hoje mesmo mando consertar aquele buraco. — Ela abriu o freezer para, minimamente, analisar o estoque de bebidas. Pegou uma garrafa de vinho já aberta e virou na boca. — A reunião na UPB foi terrível. Gente chata que paga de rica, um bando de velhos babões. Ainda bem que fiquei um pouco mais para aproveitar os bons espaços em Salvador.

O forno apitou. Fred tirou a pizza do eletrodoméstico e pegou um pedaço. Sentiu as unhas de gel de sua mãe como cinco facas de ponta romba pressionando o dorso de sua mão.

— O entulho — ela avisou.

— Senhora prefeita, bom dia. — Danilo apareceu no portal na cozinha.

Sorreila encarou Fred por alguns instantes, antes de libertar sua mão, que ele balançou como se estivesse em chamas.

Danilo vestia um roupão azul-claro, o preferido do loiro. Sua mãe apenas forçou um sorriso e largou a garrafa de vinho.

— Uma taça — ela solicitou.

Fred lhe entregou.

— As pautas na UPB foram interessantes para Alto Cedro? — Danilo perguntou.

Sorreila virou-se para ele com certa atenção.

— Com a chegada das eleições, elas tendem a ser mais... atraentes.

— Não tenho dúvidas, senhora.

Fred notou que Danilo estava com as mãos escondidas atrás das nádegas. Poderia ser por postura ou para esconder os dedos feridos pelo atrito contra os ossos faciais de Caetano. Seus cabelos não estavam jogados sobre os olhos, como sempre, mas seguiam contidos no gel que esticavam os fios para trás. Ele havia acordado, tomado banho e parecia alguém preparado para uma entrevista de emprego. Danilo continuou:

— Os Albuquerque têm feito um trabalho importante na cidade. Nosso IDH aumenta consideravelmente a cada governo da sua família. Foi assim com seu pai, seu irmão e, agora, com a senhora. A passarela ao longo do cânion, o turismo rural e o incentivo aos barzinhos na Serraria foram acertos. Os turistas têm gostado. Além disso, suas ações sociais fazem da senhora uma figura popular nos bairros menos tradicionais, como o meu.

— E qual o seu nome, querido? — Sorreila já havia sido apresentada a Danilo em algum momento antes, mas só naquele instante realmente o notou.

— Danilo Caster.

Sorreila ergueu uma sobrancelha. Há tempos Fred não via algo chamar a atenção de sua mãe daquela forma. Possivelmente ela constatara que Danilo vinha de uma família de origem espanhola, embora desconhecesse esse ramo na cidade.

— Conta a história da sua família, Danilão — Fred propôs, como um artifício para reduzir a excitação de Sorreila com o amigo.

— Claro, Fred. — Ele deu alguns passos à frente. — Meu pai é mecânico e meu avô, antes dele, também. Temos um pequeno negócio de autopeças e pneus. Meu avô, ao estudar o ângulo de Caster, decidiu que seria um bom nome para passar à frente e conseguiu registrar os filhos com ele, como se fosse um nome composto; e os filhos passaram o Caster como se fosse um sobrenome. Para eles, dava mais impacto do que quando utilizavam o Silva e o Santos.

— Peculiares e ousados — Sorreila assentiu, com um breve sorriso de satisfação —, mas visionários.

— Não tanto quanto a senhora. — Danilo devolveu o sorriso. — Inclusive, estudo bastante as noções de administração, direito e política, porque quero ter o privilégio de acompanhá-la na prefeitura.

— Continue se esforçando e você chegará lá, meu querido. — Sorreila virou-se de costas, como quem se dava por satisfeita. — Você é bem-vindo nesta casa. Traga ele mais vezes aqui, Frederico. Curioso que nunca tenha me falado da intenção do seu amigo de estagiar comigo, mas me lembro de você já ter citado outro rapaz... Aquele, cujos pais são sempre inconvenientes e os avós trabalham na fazenda.

Fred sentiu um frio cutucar sua espinha.

— Caetano, mãe... — Agora sua garganta fazia um nó. — Caetano.

— Então cuidado com o seu concorrente, Danilo — ela avisou, ao segurar a Prada e caminhar para dentro da casa.

— Pode deixar, senhora — Danilo concordou com um breve gesto com a cabeça. — Eu terei cuidado com ele, sim.

Mais tarde, naquele dia, Fred ficou à beira da piscina após sua mãe ter ido para a fazenda, levando consigo o saco de entulho. Teve as pernas puxadas por Danilo e caiu na água com ele. Roque se aproximou como um cão de guarda.

Miste e Glenda, sentadas na borda, eram um contraste não apenas no tom da pele, mas também na expressão facial; a primeira, sempre com a maquiagem impecável, não apresentava o mínimo resquício de cansaço nem de arrependimento. Já Glenda tinha os olhos fundos como um panda.

— Deleta aquele *story* em que você marcou o Caetano, na moral. — Fred fez um breve carinho na coxa de Miste.

— Que eu marquei? — Miste esticou os dedos no colo como quem quisesse mostrar as unhas bem-feitas. — Se fiz nem vi, mas vou apagar, sim... e, olha, vocês me devem tanto, mas tanto, que nem com toda a fortuna da sua família conseguiriam me pagar, Fredelícia.

— Ainda acho que a gente errou — Glenda soltou, mas não conseguiu encarar ninguém.

— Eu faria de novo — Roque afundou na água.

— Esse é o espírito. União. Somos amigos acima de tudo; e somos isso com provas. Odeio gente que faz textão de amizade, mas é incapaz de abrir uma cova para enterrar um inimigo... ou aguardar um corpo queimar até ficar bem difícil de ser identificado. — Miste pareceu uma juíza dando um veredito.

Fred foi abraçado por um cáustico sentimento de pavor. Miste poderia ser uma amizade de verdade e uma forte aliada; alguém que demonstrava preocupação com sua proteção, seu nome, sua integridade... mas, ao mesmo tempo, passou a ter medo de contrariá-la. Decidiu aconselhar Glenda a guardar o remorso numa gaveta. Era o que ele faria.

— Acha que os outros podem abrir a boca? — Danilo roeu um dedão.

Fred entendeu a preocupação. Se Glenda, que era mais próxima, já estava apresentando sinais de contrição, o que dizer de André, Carol e Calila?

— Se tivermos o controle de tudo, eles não abrirão. — Miste fitou o céu com uma mão no queixo. — A songa da Glenda não vai deixar a Carol só.

Glenda franziu o cenho e Miste continuou:

— É isso mesmo... Você seria mais aceita por ela do que eu; e a Carol precisa cumprir a parte dela no plano ou teremos sérios problemas.

— E a doidona da Calila? — Roque pontuou.

— O Fred dá conta do recado, não é, gatinho?

— Claro — Fred concordou e sentiu um aperto no peito.

— E o André? — Danilo lembrou.

— André já sentiu que a cabeça dele roda fácil, mas não podemos agir na base da chantagem. Precisamos fazer com que ele se sinta próximo da gente; e isso não é difícil, porque somos melhores do que os amiguinhos dele. Imagine, ter que sair com um pobretão como o Dado, que nunca teria como rachar a conta, ou o Pedro, que, pela banha acumulada, deve comer demais...

Como você consegue ser tão escrota, Miste?

— O André tem gratidão ao Danilo por tê-lo salvado... Ou seja, se aproxime dele, Dan; mas é a aproximação entre o André e a Soraia que me deixa preocupada.

— Soraia gosta da gente — Glenda considerou, colocando uma mecha dos fios loiros atrás da orelha. — Ela não seria problema.

— Não seria? — Miste deu uma risada e jogou a cabeça para trás. — Você acha que a Soraia ficaria do nosso lado na merda de ontem? Claro que não. Soraia não passa de uma egoísta, uma hipócrita. Ela se faz de santa quando, na verdade, não passa de uma puta. Quase sou capaz de ouvir aquela piranha dando sermões.

— Pega leve, ô — Roque interveio.

— Claro... Tão leve quanto ela, ao te dar um fora. Se ela se preocupasse com você, teria continuado o namoro, pra calar a boca do João. Seus pais ficaram sem falar com você por meses, Roque... e você, o valentão do ILMA, virou piada.

— Ela é tudo ali... — Danilo pareceu pesaroso enquanto Roque se mantinha reflexivo.

— Tudo isso pode mudar. — Miste sorriu de canto. — A partir de amanhã, o desaparecimento do Caetano será assunto e vamos ter que criar uma situação ainda maior para afogar qualquer comentário sobre o ruivo maldito... e talvez nós sejamos beneficiados de várias formas, com isso.

— Você me dá medo, amiga... — Glenda tremeu o tronco e os ombros, como se a temperatura ao seu redor tivesse caído trinta graus em segundos.

— Sei disso, amore. — Miste deu um afago nos cabelos dourados de Glenda. — Quando eu sou amiga, sou leal, mas quando não sou, sou terrível. Fala sério! Não é estranho que uma pessoa ocupe um espaço que podia ser de três? Sério, olhem para a Glenda! Ela seria uma excelente garota-propaganda; o Danilo, um excelente líder estudantil; e o time de futebol só precisa de uma estrela.

— Desencana, Miste. — Fred encostou os braços na borda.

— Um crime aconteceu aqui, na sua casa; e nós, seus amigos de verdade, protegemos você e sua família. Agora são seus amigos que precisam de você. — Miste encarou o loiro com o olhar de safira delineado. — Vamos lá, Fred. Não será a primeira vez que você tira uma peça do jogo... É só seguir seu instinto.

"É só seguir seu instinto", ele repetiu para si mesmo.

Não deu explicações para Cora sobre o porquê de chegar àquela hora da manhã, já com o sol alto, vestindo o moletom de outra pessoa. Seguiu direto para o quarto e se trancou, ignorando os protestos da mãe.

Bastou uma ligação de Sorreila para que tudo se resolvesse.

— Por que não me disse logo? — Cora parecia animada, como se Calila fosse uma futura primeira-dama. — Fico feliz que seja amiga do Fred Albuquerque.

Calila forçou um sorriso e acenou para a mãe com a ponta dos dedos. Os dedos. Os dedos feridos de Danilo, o rosto danificado de Caetano, o calor da proximidade com o incinerador.

Passou o restante daquele domingo no quarto, ora ensaiando notas no Casco, seu violão, ora aninhada na cama, sob o edredom com estampa de Pikachu. Não teve a menor vontade de comer. Até tentou, para não ser importunada por Cora, mas nada tinha gosto... e olhe que Cora adorava um dendê.

A cada garfada, respiro e nota do Casco, porém, Calila era arremessada na direção do rosto desfigurado do colega cujo corpo ela destruíra. Como se não bastasse, estava sendo investigada por algo que não cometera. Até escreveu textos para Faltori, na esperança de que ele a julgasse menos, mas apagou cada letra antes de enviar. Decidiu, naquele momento, não envolver seus amigos naquela teia aderida do crime, e aquela *selfie*, tirada antes da chegada de Caetano, parecia ter aprisionado sua alma.

Decidiu, certamente por impulso, sair do grupo dos antigos amigos... e bloqueá-los. Seria insuportável responder com mentiras à pergunta típica "como você está?".

Em determinado momento, a inquietude a fez firmar a bunda na cadeira desconfortável e enfiar os olhos na tela do computador. Digitou o nome de Caetano Valente.

O que ela esperava encontrar? A notícia de que ele sofrera um mal súbito ou morrera num acidente de carro. Jurou para si que aquilo poderia acontecer e que todo o ocorrido na casa de Fred fora uma ilusão, um surto; porém o máximo que encontrou foi o queridômetro... e o de Caetano estava negativado; fruto da brincadeira de mal gosto com André, da montagem obscena, do show barato durante o festival.

Ainda na página do Labareda, notou a notícia em destaque: uma entrevista com Rosalba, acerca do festival sediado no ILMA. Clicou no link e rolou o cursor, seus olhos lendo apenas o básico.

Rosalba convidava a população para o evento, inclusive as escolas rivais, num típico ato de provocação, mas não foram as palavras que chamaram a atenção de Calila, e, sim, a foto no final da reportagem. Uma foto oficial, aparentemente. A diretora sentada numa cadeira e com as mãos cruzadas sobre a mesa de madeira. Tudo normal até aí, não fosse pelo porta-retratos; o mesmo que estava para baixo quando entrara na sala da diretoria.

Calila abriu o aplicativo de mensagens e enviou a foto para um grupo consigo mesma. Não cometeria o mesmo erro de ter o *smartphone* confiscado pela mãe, Madureira ou mesmo por Miste. Deslogou o aplicativo e seguiu, a passos rápidos, até o Vitória-Régia.

Augusto e Cora haviam feito um bom trabalho na reforma do antiquário, cujas portas estavam abertas de novo. Ela encontrou os dois numa espécie de sessão nostálgica, na qual revisitavam fotos antigas, balançavam fitas de vídeo e sopravam a poeira de uma filmadora, um troço bem anos 2000. Recordou que a mãe dissera, vez ou outra, que queria fazer Cinema. Não tinha dúvidas de que ela se daria bem no curso de Artes Cênicas. Ambos jogaram fotos e fitas numa caixa de madeira quando notaram que estavam sendo observados.

Calila pegou um tecido de flanela e um balde, encheu de água numa pia, num cubículo próximo ao caixa, e decidiu tirar poeira dos objetos que eram seus por direito. Seu interesse seria suficiente para satisfazer Cora e Augusto, que começaram a fazer o mesmo.

Logo, um representante de um site local chegou, afirmando ter sido chamado por eles para tratar do marketing. Antes de Cora dispensá-lo, Calila informou que fora ela quem o chamara, fazendo questão de deixar a mãe no comando.

Enquanto Cora e Augusto se viam encantados com as opções de anúncio, Calila seguiu como uma águia até a caixa e tomou posse das fitas e da filmadora. Viu que Augusto a notou, mas conseguiu se trancar no cubículo próximo ao caixa. Colocou a fita na filmadora e se deparou com Cora anos antes, ainda adolescente, dentro de casa. Estava sentada num sofá e olhava fixamente para a câmera enquanto tirava a blusa e, depois, o sutiã, sem pressa.

Calila retirou uma fita com as mãos trêmulas e colocou outra; depois outra. Em uma delas, sua mãe seguia a rotina aparentemente normal, sentada ao lado de Licurgo. A avó Celina passava do corredor para a cozinha ao fundo, enquanto xingava Licurgo de xibungo velho. Aquela filmagem, em específico, muito lembrava uma espécie de Big Brother. Quando inseriu a última, viu que a mãe usava uma coleira com o nome Rosalba enquanto se despia e fingia gemidos.

Seu coração chegou na garganta quando Augusto e Cora começaram a esmurrar a porta. Abriu sem reservas e viu os dois com uma expressão de horror. Por um minuto, pensou que seriam capazes de matá-la ali mesmo.

— Encontrei uma foto linda, mamãe — Calila anunciou, enviando-a para o celular de Cora. — Esse era o vestido do meu aniversário. O mesmo sapato, a mesma tiara, os mesmos brincos. Não tenho nenhuma outra foto com essa joça no meu álbum. Isso me leva a crer que a diretora da escola estava lá, em Orvalho, para comemorar o meu primeiro ano de vida.

Cora gaguejou e procurou apoio na bancada do caixa. Augusto pôs-se em pé e cruzou braços, como quem quisesse mostrar que andara malhando a parte de cima.

Calila notou que, após alguns segundos, possivelmente enquanto pensava numa desculpa, Cora sorriu a contragosto, e a garota quase sentiu o odor da falsidade.

— Ela estava na cidade num curso e…

— Curso? — Calila franziu o cenho. — Em Orvalho? Sobre o que seria, mergulho? Ou como sobreviver ao marasmo?

— Ela precisa saber. — Augusto descruzou os braços e tocou no ombro de Cora, que se esquivou como se ele tivesse uma doença contagiosa.

— Não! — A palavra quase danificou os tímpanos da garota. — Você quer me enlouquecer, me enlouquecer!

— Não enlouqueça, mamãe — Calila debochou. — Não sem antes enviar seu currículo para a Glória Perez.

Cora avançou na direção de Calila, mas Augusto a segurou, meneando a cabeça como se pedisse trégua; mas a trégua já passara. Por mais que a denúncia feita por Caetano não fosse levada a sério, muito por conta da destruição da imagem dele, havia um fundo de verdade no que o ruivo constatara; e Calila queria apenas a verdade.

— Minha prenda, você não precisa falar isso.

— Rosalba alterou minhas notas, Augusto — Calila afirmou, desviando os olhos do homem para a mãe. — É isso. Não tem outra opção. E ela sairá impune, assim como eu, mas, já que estou envolvida nesse jogo de troca, quero e vou estar nos melhores assentos. Não venha me deixar de fora desse teatro, minha mãe... se é que você ainda se importa em ser minha heroína.

— Ingrata, ingrata… Todos os filhos são.

Calila não se deixou ser atingida nem ferida. Pelo contrário. Sendo filha de quem era, algo teria que ter herdado.

— Agora é sua vez de cumprir sua parte no nosso acordo — Calila recitou, mas não havia nenhuma folha nem púlpito à sua frente, embora parecesse. — Eu recebi o depósito, sim, e isso vai ajudar um pouco, mas você sabe que não basta... e o que eu quero não é nada para alguém como você. Principalmente com o que está me forçando a fazer...

— Por favor, pare... — Cora levou uma mão ao peito, fingindo um infarto. Calila não se compadeceu.

— Sabe como é, trato é trato; e diga para ela não se preocupar. Se depender de mim...

— Já chega, garota! — vociferou Augusto, jogando Cora no chão como se fosse um material descartável e seguindo em sua direção. A cobra quase tomava vida em seu braço, prestes a lhe dar um bote.

— Ninguém vai saber como aquele velho imundo morreu — Calila terminou, tão perto da face de Augusto que conseguia enxergar seus poros.

— Rosalba me bancava! — Cora revelou, em tons acima do usual. Augusto rolou os olhos para o lado e seu corpo o acompanhou. Calila notou a mãe sentada, abraçando as pernas, trêmula. — Bancava antes e quis bancar agora. Eu nunca deixei que me tocasse, mas ela se realizava acompanhando o meu dia a dia como se fosse uma vigia; minha protetora. Foi ela quem nos protegeu do Madureira, fez o acordo de silêncio e conseguiu a declaração de óbito fajuta. Agora me julgue, me condene, me olhe com indiferença.

— Isso é o que seus pais fariam com você... — Calila concluiu, enquanto avançava na direção de Cora — mas eu sou sua filha, devo ter puxado algo.

— Eu tenho tanta vergonha disso, tanta vergonha...

— Ei! — Calila segurou o queixo da mãe. — Vergonha de lucrar com seu corpo? Você também tem vergonha de ter tirado aquela bolsa de estudos de um rapaz humilde? Ou de ter acobertado o assassinato do seu tio?

Hipócrita. Eu me tornei uma hipócrita. Quem sou eu pra falar de assassinatos acobertados?

— Ninguém merece isso mais do que você. A herança, uma vida livre do peso de uma investigação, o final do ensino médio em uma boa escola...

— Era só ter pagado minha mensalidade com a grana do silêncio. Simples.

— E deixar minha filha ser uma garota qualquer? — Cora bufou. — Você entrou naquele lugar sendo alguém. Não precisou de esforço. Eu sabia que os melhores viriam até você, que seria uma adaptação mais fácil. Veja o Fred Albuquerque. Eu estava certa. Eu!

Os melhores... Sei.

— Você traía o meu pai com a Rosalba?

— Nunca fiquei com aquela mulher, já disse! — Cora fechou os olhos e acomodou o punho fechado entre o nariz e a boca. — Eu aprendi a amar seu pai. Nunca o traí, mas seu tio, aquele velho, descobriu meus vídeos e o que eu recebia em troca… e tentou lucrar com isso também. A Rose foi, sim, no seu primeiro aniversário; e eu fui o mais fria possível. Disse que ela não era bem-vinda na minha vida... Até que o Licurgo foi morto, e ela me mostrou que era possível lucrar com isso.

— Ela te ajudou a dar cabo do Licurgo, não foi?

— Eu não sou uma assassina.

Mas eu sou, mamãe...

— Rosalba matou ele?

— Ela tinha uma dívida comigo... — Cora encarou a escultura da carranca — e dívidas se pagam em vida. Passe o tempo que passar. Sabe, filha, o amor não é simbolizado por uma aliança à toa. Fiz coisas terríveis pela Rose, e ela precisava me recompensar... e a aliança vicia; parece uma fera que precisa ser alimentada.

— Uma aliança que acoberta crimes e não expõe a canalhice de quem devia proteger essa cidade.

— Todos nós saímos ganhando. Acha mesmo que precisamos do antiquário? Claro que não, mas mantê-lo aberto ajuda a manter as aparências.

— Eu quase ganhei uma bala na cara, mãe! — Houve um breve silêncio durante a guerra fria. Calila fechou os punhos e jogou, mais uma vez, com aquela que talvez fosse sua arma mais importante: o projétil; que agarrara e escondera como um tesouro, enquanto observava o jogo. *Sulfeto de níquel. Claro que foi.* Augusto e Cora deixaram os lábios inferiores desgrudarem dos superiores. — Você usou sua arma para atirar ou foi outra da sua coleção?

— Eu não atirei, minha prenda — Augusto respondeu após Cora assentir.

— Jura que isso é verdade?

— Juro pela vida de vocês duas.

— Acho tão lindo seu altruísmo — Calila satirizou.

— Augusto... — repreendeu Cora, apertando o braço do amigo. — Você se arriscou muito, minha filha. Eles viram que eu não conseguia te conter, então decidiram te intimidar; e mostrar que não se brinca com quem controla as instituições, o poder.

— É, ouvi certa vez que tem que ter colhões. — Calila desviou o olhar para Cora, em pé, como quem arquitetasse alguma saída. — O que você ganhou com isso tudo, Augusto? Um muito obrigado?

— Sim, minha prenda. Eu sou um homem que faz tudo pelos meus amigos — ele se defendeu. Não era a primeira vez que Augusto dizia aquilo, mas era a primeira vez que a frase doía em Calila.

Fazer tudo pelos amigos...

— Veremos se faz mesmo. — Calila virou as costas e seguiu em direção à porta de saída do antiquário. — Minha mãe não é a única que cobrará sua lealdade.

Capítulo 20

CALILA

Aquela segunda-feira começou diferente. Foi a primeira vez que Calila enfrentou o trajeto de casa ao ILMA de bike. Imaginou a cara que Dado faria e como interpretaria sua ausência no ônibus. Passou pela catraca da guarita e evitou contato visual com fosse lá quem estivesse ali. Apressada, não demorou a subir a escadaria e pôr-se frente a frente com a diretora.

— Você foi mais rápida do que eu imaginei. — Rosalba segurou o porta-retratos com certo cuidado e devolveu-o à mesa, virado para uma Calila que permanecia em pé, próxima à porta.

— Existe algum risco de você ser descoberta? — Calila manteve-se séria.

Rosalba encarou Calila. A garota tinha a atenção da diretora, que olhou para os lados e indicou as poltronas à frente.

Calila sentou-se confortavelmente com a bunda numa poltrona e os pés na outra. Rosalba abaixou o porta-retratos e Calila agradeceu em pensamento, já que odiava aquele vestido.

— Não se preocupe, está tudo sob controle... Sob o *meu* controle — a diretora frisou.

— Não duvido. — Calila mal parecia respirar. — É seu nome que está em jogo agora, não a herança da filha do seu amor platônico, então tenho absoluta certeza de que o seu esforço será muito, muito maior.

— Petulante.

— Só um pouquinho.

Rosalba decidiu se sentar e seguiu com os olhos semicerrados, fixados na garota.

— Acha mesmo que eu correria o risco que corri se não fosse o carinho que tenho por você?

— Carinho? Ok, mas você foi corrupta.

— Tome cuidado com o que diz.

— Rosalba, na moral — Calila abriu o sorriso mais cínico que conseguiu —, você está na minha mão. Isso mesmo. Eu posso sair daqui agora e contar o que você fazia com minha mãe e a sacanagem que fez com o Dado.

— No final de tudo, a dona disso aqui sou eu.

— Dona com limitações. Pensa que não li as páginas chatas sobre a estrutura organizacional do ILMA? Você não pode fazer o que quer. O conselho libera apenas uma bolsa de estudos por ano, e basta uma queda sua pra tomarem o ILMA de você.

— Este lugar é o legado da minha família e, quando morremos, sabe o que deixamos? O legado. Então tudo que eu faço é para honrar os que vieram antes de mim.

— Honrou muito ao me passar na frente de alguém que fez por merecer.

— Desista da bolsa e tudo estará resolvido, então — a diretora retrucou e Calila quase se sentiu prensada contra a parede.

— Claro que não — ponderou. — Isso seria como assumir um erro que não cometi; e, sim, eu sou a bolsista e a novata mais famosa que esse lugar já teve... e vou continuar sendo. Vou levar isso para a universidade e ainda quero todas as menções honrosas que o primeiro lugar me garante.

— O conselho...

— Que se dane o conselho! — Calila aumentou o tom. — Seja minimamente descente e pague você a mensalidade do Dado.

— Isso é uma ameaça?

— Claro — a garota respondeu sem pestanejar. — Ou você acha mesmo que eu não estou gravando nossa conversa?

Rosalba arqueou as sobrancelhas, criando uma ruguinha microscópica em seu rosto.

— Considere feito... Mais alguma coisa, garota?

— Sim. — Calila imitou a mesma ruguinha. — Eu quero mais uma coisa.

Pouco depois, recolheu os pés da poltrona e se levantou, com o intuito de retornar para a aula sem muito atraso. Cruzou com um casal na faixa dos quarenta que lhe trouxe um aperto no peito: ruivos, sardentos, com olhos azulados, mãos nervosas e um arroxeado ao redor dos olhos que denunciava um choro copioso. Eram os pais de Caetano. Calila tinha certeza disso. O filho não voltara para casa, e mais de vinte e quatro horas haviam se passado.

Naquele momento, ela se deu conta do quanto situações extremas eram capazes de gerar laços. Não conseguia pensar em outras pessoas que não as que carbonizaram o corpo de um colega com ela. Era uma conexão doentia, que a afastava ainda mais da família e dos velhos amigos.

Quando entrou na sala de aula, afoita por encontrar aqueles com os quais dividia o terrível segredo, encontrou uma cadeira vazia. André, que normalmente lhe faria um cumprimento rápido com a cabeça, manteve-se entretido com um lápis que surrava um caderno. Carol ainda não havia chegado. Danilo manteve os olhos vidrados na garota, como quem esperasse que ela o cumprimentasse antes, e Fred estava ali, na cadeira mais ao fundo, com o topete mais baixo que o normal. Decidiu ir até ele, mas Dado pôs-se na frente:

— Você não respondeu minhas mensagens — cobrou. Seus olhos ansiavam por uma resposta.

— Eu não respondo nem à minha melhor amiga e ela está bem longe de ser uma stalker, então não se ofenda.

— Não foi bem daquela forma que o merda do Caetano te contou, eu juro.

— Sério, Dado? E o que foi então? Você optou por fazer um tour por Alto Cedro?

— Ah, quer saber?... Você veio do fim do mundo e atropelou todo mundo! Eu estava curioso pra saber quem era a garota que me deixou comendo poeira.

— Aceite que eu fui melhor que você... — Calila satirizou. Ele teria a mensalidade paga até o final do ano e talvez ela chantageasse Rosalba para que seguisse ajudando-o durante a faculdade. Entendia a frustração de quem chegara tão perto, de quem achava que não vencera pela falta de um item especial, mas o cristal entre eles havia trincado. — E não me olhe com aquela cara de maluco mais uma vez.

— Então você me perdoa?

— Dado...

— Sua mãe pediu pra eu te levar de volta, mas você saiu daquele jeito...

— Vá pra puta que te pariu!

André se aproximou e tocou no ombro de Dado como quem acarinhasse um pet. Era o diretor do Labareda, atualmente, o amigo mais próximo de Dado. Pouco depois, quando a professora entrou na sala e conectou o notebook no datashow, Carol apareceu na porta e seu olhar preocupado indicou que as notícias não eram boas.

Calila saiu da sala, seguida por André e, já no corredor, olhou para trás e notou Danilo e Fred seguindo-os também. Na sala do Labareda, Carol revelou que tinha sido procurada pelos pais de Caetano e também por Rosalba. Garantiu que seguira sua parte no plano orquestrado por Miste: ao ser questionada sobre o paradeiro de Caetano, falou que, na última vez em que conversaram, ele havia dado sinais claros de que tentaria se matar.

Justificativas não faltariam para isso, incluindo o final do relacionamento entre eles. Carol, contudo, virou a tela do computador, que revelou o site sangrento de notícias da cidade. Na reportagem de capa, um homem havia sido morto há poucos dias. Amarrado pela perna na traseira de um caminhão, fora arrastado por alguns quilômetros sem que o condutor percebesse. O caminhão só parou quando outro motorista avisou, durante uma ultrapassagem.

— A perna se manteve amarrada ao para-choque e o restante do corpo foi encontrado a cinco quilômetros. Com a amputação traumática, ele não teve nenhuma chance de sobreviver para contar quem o amarrou.

— Eu lembro dele. — Calila se aproximou da tela. Era o mesmo homem que xingara Rosalba e dera um show na guarita.

— Ele acusou a diretora de ter feito algo contra um garoto. — Carol minimizou a tela e abriu uma página de Word. — Essa informação martelou minha mente. O nome dele era Heitor Pacheco, um comerciante de tabaco. Madureira divulgou uma nota, dizendo que Heitor devia muito a agiotas e que alguém deve ter se vingado. A empresa dele recebeu uma boa grana do ILMA, mas tabaco não é algo muito adequado para se ter numa escola.

— Propina — André considerou. — Chantagem.

— E o que a gente tem com isso? — Danilo cruzou os braços.

— Sua querida professora Marta, que provocou o maior escândalo que esse lugar já viu, foi decapitada. — Carol usou o negrito para destacar o nome da mulher. — Heitor ameaçou Rosalba na frente de muitos alunos, e sua acusação não foi à toa. Os dois se colocaram contra a Rosalba e os dois estão mortos.

Naquele instante, Calila foi tomada por uma estranha dor na garganta; um bizarro impulso de fuga.

— Meu tio Licurgo também foi uma vítima — declarou.

Todos olharam para ela com curiosidade.

Calila mal sentiu as palavras saírem de sua boca. Claro, sem Licurgo e com Cora falida, havia a possibilidade de Rosalba ficar mais próxima do seu amor da adolescência.

— Ele foi esfaqueado... castrado... e deixaram uma vitória-régia sobre ele. Rosalba tinha motivos para querer minha mãe por perto.

— Vitória-régia? A planta? — Carol permaneceu pensativa após a pergunta.

— Isso — Calila respondeu.

— Peraí… Vocês acham que…

— Que a Rosalba faria tudo pelo nome do ILMA, Fred. — Carol fez uma breve pausa, como quem maquinasse bem o que falaria. — Caetano também se colocou contra ela. Se não fosse por ele, escândalos nem teriam sido expostos; denúncias não seriam feitas; e ninguém abriu o portão da sua casa, Fred; Caetano já o encontrou aberto e nós vimos a entrada dele pela televisão.

— Mas… só tinha a gente lá…

— Você tem certeza disso, Fred? — Carol provocou. — Porque aquela mancha na parede não foi feita pelo próprio Caetano, na agonia da morte; e ele apareceu bem mais machucado do que antes.

— Então… ele não morreu por minha causa — Danilo comentou, num nítido misto de alívio e surpresa.

— Você pode não ter terminado, mas começou. — Calila foi cirúrgica. Naquele momento, ela se deu conta de que, além de ter escondido um corpo, também estava nas mãos de um estranho; de alguém que sabia de tudo que acontecera na mansão branca... e seria capaz de ir atrás de qualquer um deles na menor possibilidade de ameaça. — As imagens da câmera! — Calila sugeriu, como se uma lâmpada se acendesse em sua mente.

— Deletadas, como a Miste pediu.

— Merda! — Calila bateu a mão na mesa do computador.

— Tudo bem, magnata. Não tinha como você saber. — Danilo apertou o ombro do loiro, então os celulares indicaram a chegada de uma mensagem.

Carol foi a primeira a enfiar a cara na tela e pareceu descrente com o que leu.

De imediato, todos a seguiram, deparando-se com uma mensagem assinada por Soraia, que anunciava a transferência do ILMA para o Bonifácio.

De imediato, Calila ligou para Soraia, que recusou a ligação. Insistiu, enviando mensagens que foram visualizadas, mas não respondidas. A especulação em torno da transferência de Soraia, que era literalmente *a cara* da instituição, tomou conta da sala do Labareda e, possivelmente, de todo o ILMA.

— Pelas caras de vocês, já souberam da novidade. — Miste entrou na sala, acompanhada de uma Glenda com olhos fundos e um Roque com um sorriso cínico.

— O que você fez, sua vaca? — Carol vociferou.

— Eu? — Miste repousou uma mão, com calma, abaixo do pescoço.

Calila segurou o braço de Carol antes que a garota de cabelos rosa avançasse contra a preta com olhos de réptil.

— Ninguém vai se lembrar do nosso colega desaparecido... Odiável que só, quem se importaria com ele? Já a Soraia, bem, a ida dela para a Bonifácio vai ocupar o imaginário da galera. Fontes não canônicas me informaram que a Rosalba recebeu várias fotos da Soraia treinando o Kama Sutra na biblioteca. Uma perversão. E estamos falando da líder estudantil, a estrela do time de futebol, a garota-propaganda de um lugar que zela pelos bons costumes. Como ninguém é insubstituível, a partir de hoje, eu assumo o time de futebol... e a vaga que era da Soraia é sua, Calila.

Calila soltou o ar calmamente e se arrependeu de ter segurado Carol. Soltou a garota e marchou em direção à saída.

— Você fez um excelente trabalho. Seguiu mesmo o seu instinto — Miste ponderou.

Fred quase não conseguia ouvir a voz dela, estridente, afetando seus ouvidos e martelando sua cabeça. Antes, a voz de Miste não lhe causava esse efeito; no máximo, sentia um tintilar.

— Glenda já recebeu o convite para estampar as novas plotagens dos ônibus, outdoors e todo o marketing do ILMA — Miste prossegiu. — Mais do que merecido, afinal ela é mesmo muito lindinha. Imagina a cara dos conservadores? Ah, e eu mesma selecionei umas fotos antigas dela, já que a songa está triste demais pra fazer um novo book.

Miste recusou a indicação para se candidatar a líder estudantil, mas fez questão de levantar o nome de Danilo. Os dois não assumiam o namoro, mas também não negavam.

Fred tinha certeza de que aquela união entre os amigos era mais uma aliança do que um romance. Juntos, eles poderiam facilmente ocupar o lugar que sempre fora de Soraia. Com o apoio dos atletas do futebol e da natação, não seria difícil engatar Danilo como cabeça de chapa. O próprio André não teria coragem de questionar, devido à dívida de gratidão por Danilo tê-lo salvado do afogamento ou mesmo por medo de se tornar um alvo de Miste.

No final, tudo dera certo. Fred pagara a Pedro, o *fantasma da biblioteca*, pelas fotos de Soraia e Danilo numa sessão de contorcionismo entre as estantes. Claro, as fotos foram tiradas de forma que o rosto de Danilo fosse poupado e

Soraia era íntegra demais para revelar a identidade do seu parceiro sexual. Como a conhecia bem, sabia que ela não acharia justo expor Danilo só porque ela mesma havia sido. Fred não deveria se surpreender que Miste acompanhasse os passos do amado e da amiga, aguardando o momento certo para expô-la; e tudo acontecera porque Pedro aceitara a aliança que Fred propusera.

O cara matava aula para devorar livros, o que era irônico. A biblioteca era uma extensão do seu quarto. Muitos diziam que ele até saltava o muro do ILMA e passava noites no local que outros tinham certeza de ser morada do espírito do lendário professor Luís Mário de Alencar.

As ações da garota perfeita, de certa forma, ofendiam diretamente ao amante de livros, que fizera uma cobrança estranha para encabeçar a denúncia — um e-reader; e fora ele, Pedro, quem conduzira a chantagem com Rosalba, após a diretora ter recebido os pais de Caetano naquela manhã.

Rosalba se viu pressionada a acatar os termos, que beneficiariam Miste, Danilo e Glenda; e evitou que o ILMA sofresse com mais um escândalo, principalmente após os casos de pedofilia e tráfico de drogas.

— Rosalba foi sagaz em ter dado a opção de ela se retirar. Melhor do que ser expulsa; e ela nem vai poder falar mal do ILMA, porque não duvido que, aí, a própria Rosalba espalhará as fotos.

— Ela era minha amiga.

— E você se deu conta disso só agora? — Miste debochou. Aproximou-se de Fred e dobrou as mangas do uniforme do rapaz, deixando-as mais ajustadas. — Ei, ei, sem remorso. Ela era uma egoísta e a gente sabia disso. Tudo ela, sempre ela. Ainda por cima, eu via a forma como ela comia o Dan com os olhos. Quer saber? O melhor de tudo é que ninguém se lembrará do Caetano, depois disso. Está vendo como tudo conspira ao nosso favor, gatinho?

E as mesmas pessoas que os amavam agora lucram com suas quedas.

— Agora, a Calila... Essa garota está me surpreendendo. Só por ter ganhado a bolsa, a gente já tinha que ter ela do nosso lado; mas, aí, a doida decide enfrentar o valentão da escola, ser alvo do insuportável do Caetano e perseguida pelo dramático do Dado. Ela se tornou ainda mais relevante do que eu pensei.

Tenho uma missão para você. Fred lembrou.

— Ela não pode saber, Miste. Nunca.

— Vai dizer que você está a fim da pobretona de moletom desbotado?

— E se eu estiver?

— Queridinho, você tem mais de vinte mil seguidores e ela não tem nem duzentos... Olha seu rosto. Você passa quilos de maquiagem e a doida vem pra aula com a pele só o óleo. Acha mesmo que isso daria certo?

— Talvez a vida fora das redes sociais seja mais interessante... e eu não tenho problema em ensinar ela a fazer *skincare*.

— Ela é uma ingrata, Fred. Não é pra você nem pra gente. — Miste terminou de ajeitar a camisa dele e apertou seu queixo. — Ela não queria uma vaga no time? Então! Custava ter me agradecido? Eu não era obrigada a oferecer a vaga da Soraia pra ela, mas ofereci. Se existe algo que não admito é ingratidão. Você é grato a mim, não é, Fred?

— Muito — ele respondeu. — Muito, Miste.

Capítulo 22

CALILA

As eleições para a presidência estudantil foram adiantadas, e a competição para o rei da piscina também; estratégia de Rosalba para distrair a galera e afastar cada vez mais o burburinho em torno da transferência da garota perfeita. A consequência maior disso havia sido evitar especulações em torno de Caetano, dado como suicida.

Soraia também não ficou para trás, já que simplesmente resolveu dar uma festa para confraternizar com os novos colegas da Bonifácio. Uma fênix.

Invente um amistoso da seleção, uma turnê de uma banda internacional ou faça um avião de passageiros cair do céu. Dos vilarejos às nações maiores, sempre haverá um circo e um público para se entreter.

Enquanto seguia para o ILMA, a cada pedalada ouvia uma frase, enxergava um rosto, sentia um desapego e continha as lágrimas. Amargava mentiras. Muitas mentiras. Perguntou-se em qual lado da margem estava, mas percebeu que estava descendo em plena correnteza. Cibele, Faltori e Endrio facilmente a puxariam para o outro lado, para a terra firme, mas, naquele momento, ela precisava de alguém que enfrentasse a correnteza consigo.

Por mais terrível que fosse a possibilidade de Rosalba ser uma assassina, cometesse ela seus crimes para o bem da própria propriedade ou por satisfação pessoal, uma coisa era fato — Calila, Cora e Augusto estavam protegidos.

Entrou em um dos banheiros e se apoiou na pia. Calila deu um soco tão forte no mármore que quase ouviu suas falanges gritarem.

O que estava pensando? Que era um alívio não estar na lista de uma assassina? Mas seu tio morrera... e outros depois dele, como Caetano, aquele idiota presunçoso e precipitado.

— Aceite entrar no time — Glenda a assustou. Seus olhos denunciavam um choro recente. — É, você não é a única que procura o banheiro menos movimentado para tirar a máscara.

— Eu queria aceitar, mas isso me faria refém da Miste... e não sei o que ela cobraria em troca. — Calila se aproximou e diminuiu o tom. — O que ela falaria se te visse assim, chorando?

— Me daria um sermão. — Glenda recolheu os lábios. — Eu sei que pode parecer estranho, mas a gente tem uma vida pela frente; e, às vezes, não é tão ruim ter alguém pra fazer o trabalho sujo por você.

— Quem está falando isso? É a Glenda de verdade ou a Glenda que a Miste domina e doma como se fosse um cachorrinho de colo?

Algumas garotas entraram no banheiro, e Calila fingiu lavar as mãos; enxugou-as numa toalha de papel e voltou para a sala de aula, tendo certeza de que plantara a semente da dúvida na melhor amiga da garota mais ardilosa que já tinha conhecido.

Já na sala, ficou petrificada ao notar que os colegas circundavam uma cadeira desocupada. Normalmente, Caetano se sentava ali, enquanto maquinava ataques e preparava defesas. Com pincel atômico, escreveram no encosto "quibungo"; uma palavra que a fez lembrar imediatamente da avó, quando se referia a Licurgo, seu irmão. Ora quibungo, ora xibungo. Danilo seguia com os olhos vidrados, enquanto André, Fred e Dado se aproximavam.

— Cadê a Carol? — André fez a pergunta olhando para Fred.

— Eu pensei que ela tivesse vindo pra cá, mas deve ter passado no Labareda antes.

Calila entendeu que Fred e Carol haviam chegado juntos ao ILMA naquele dia. No segundo seguinte a essa constatação, seu celular vibrou com uma mensagem, e todos os garotos que a orbitavam, exceto Dado, também a receberam. Tinha sido enviada ao grupo dos oito assassinos.

Sem dizer uma palavra, André saiu pela porta e Calila foi a primeira a segui-lo. Numa rápida conferida por sobre um dos ombros, aferiu que Fred e Danilo os seguiam. Estancou, como um condutor desatento que freia o carro repentinamente ao notar o sinal fechado. Foi uma parada tão abrupta que até mesmo André, pouco à frente, percebeu e deu passos atrás, colocando-se ao seu lado. O motivo era Dado, que também os havia acompanhado, pouco atrás de Danilo.

— O que foi? Tá todo mundo bem estranho e não é por conta do Caetano nem da Soraia, nem pelo lance entre mim e a Calila, muito menos por conta daquela palavra lá. — Dado enfiou as mãos nos bolsos e suas sobrancelhas caídas pareceram mais tristes. — Até você vai me deixar de fora, André?

Como alguém que percebesse o que devia ser feito, o amigo de Dado apenas respondeu:

— São coisas da política, cara. Vota na gente. É online, não esquece... e, mais tarde, a gente vai torcer por você na piscina, beleza?

Após alguns tapinhas nas costas do amigo magricela, André seguiu pelo corredor, deixando Dado para trás. Calila sentiu um aperto no peito.

— A Carol não pode ter feito isso — Danilo falou, mais alto do que deveria.

— Fala baixo, *man*. — Fred apertou um dos flancos do amigo enquanto olhava para os lados, ressabiado.

André permanecia em silêncio, talvez em choque. Calila desceu as escadas com ele e só abriu a boca quando os quatro entraram na sala do Labareda e trancaram a porta. A mensagem que Carol enviara era breve: "Eu não consigo mais. Tenho muita culpa pelo que aconteceu com Caetano... e vou me encontrar com ele".

Ela não atendia às ligações de André, que decidiu fazer contato com o pai da garota. Danilo e Fred encheram o grupo de *WhatsApp*, na tentativa de conter o desespero de Glenda. Enquanto isso, Calila franziu a testa ao notar o marca-páginas sobre a escrivaninha, onde um computador bundudo jazia.

Estendeu a mão e tateou até ele, que tinha a estampa de uma vitória-régia esculpida em alto-relevo num material amadeirado e a frase: "Livro bom é livro que se passa adiante. O prazer da leitura não pode ser restrito".

Era um suvenir... mas Calila jamais emprestaria seus livros; a não ser que o "passar adiante" se referisse a indicações. Aí, sim, concordaria.

— É o marca-páginas do livro do fundador — André informou. — Para Carol ter esquecido ele aqui, estava muito transtornada.

Quando Calila mencionou que uma vitória-régia fora colocada sobre a pelve castrada de seu tio-avô, Carol pareceu reticente e pensativa. Devia ter se lembrado do marca-páginas. Claro, como uma colunista do jornal, era esperado que lesse bastante, mais do que os demais; equiparada, talvez, a André ou ao fantasma da biblioteca.

Touché. Carol havia decidido que precisava ir ao encontro da obra original, que inspirara o suvenir do qual estava em posse.

Ao chegarem à biblioteca, o bibliotecário informou que o livro do fundador havia sido entregue no início daquela manhã, por Carol, e retirado pouco depois, por Pedro, que, logo naquele momento, não estava no seu lugar favorito. Os quatro, então, decidiram se dividir, Calila se encarregando de procurar no campus enquanto os demais se dividiriam entre os prédios.

Encontrou nada no bicicletário e não havia registro de saída de Pedro pela guarita, ao contrário de Carol, que havia saído há pouco mais de meia hora.

Calila seguiu por entre os acaiacás, passou pelo campo de futebol e decidiu procurar no estacionamento. Foi quando se deparou com Miste, de braços cruzados, batendo um pé continuamente no chão. Agachou atrás de um Jeep Compass e arregalou os olhos ao notar que a *réptil* conversava com o fantasma da biblioteca.

Costas grudadas no pneu do carro, teria que se aproximar um pouco mais se quisesse escutar com clareza. Com cuidado e tornando-se quase uma quadrúpede, avançou para o carro seguinte, um Fiesta. Por receio de ser descoberta e decidida a ouvir a conversa, que se seguia aparentemente acalorada, Calila ficou rente ao chão e se enfiou embaixo do carro.

Sob o automóvel, raspou as costas no asfalto e se assustou ao notar que a parte de baixo não era vedada, mas, pelo contrário, cheia de saliências, tubos e nada uniforme. *Uniforme...* Foi quando se deu conta de que sua camisa ficaria imunda. Enquanto seguia serpenteando, a poeira se impregnava nas suas narinas e a rinite já dava sinais. Espirrou.

Droga!

A conversa se interrompeu abruptamente, até que Miste retomou o assunto.

— Vamos terminar logo com isso. Ele confia em você. Coloque esse laxante no squeeze dele e pronto.

— Não sei, não é bem assim…

— Vai ser mais fácil do que chantagear a diretora, acredite.

— Sabia que você estava junto com o Fred.

— Eu?

Calila imaginou a colega abrindo uma mão no peito, como se estivesse penalizada. *Sabia que você estava junto com o Fred.*

— Eu não te convenci a denunciar a Soraia. Minhas mãos estão limpas. Já as suas… *Pepêdro* do céu… mais sujas que esgoto; e, de tão sujas, o que custa lambrecá-las um pouco mais?

— Denunciar Soraia, que se fazia de santa, teve um preço — ele falou e, naquele instante, Calila entendeu o contexto.

Carol julgara ter sido Miste, mas tinha se enganado. *Fred?* Responsável pela denúncia contra Soraia? Ela não deveria se assustar. Lembrou-se da acusação de Caetano, no dia de sua morte. Fred fora capaz de armar para cima do João. Nada o impediria de fazer isso novamente.

— Trair um amigo terá um preço bem maior — concluiu Pedro.

— Envie sua *wishlist* da Amazon para o Roque e receberá cada item. Confie. Você sabe que, nessa vida, precisamos nos aliar a quem nos dará um bom futuro. O que a amizade com Dado te traz de vantagem? Tristeza por osmose? Olha, nem pega bem ficar perto dele, depois do que ele fez com a doida que veio do litoral.

— Você é uma puta mesmo — ele falou.

Calila se surpreendeu com o afronte.

— Uma puta negociante — Pedro completou. — *Wishlist* enviada.

Uma dupla de asquerosos... Ou um grupo. Fred.

Enquanto seu cérebro processava as informações, os passos dos dois se distanciavam, cada um num rumo diferente. Pela fresta que seu campo de visão alcançava, viu os saltos de Miste sumirem de vista e os tênis de Pedro também. A competição na piscina seria naquela tarde e, por mais difícil que fosse entender a atitude persecutória de Dado, aquela sabotagem estava muito acima da repulsa que passara a sentir por ele. Precisava avisá-lo. Precisava desmascarar Miste — e Fred, por tabela... mas não tinha certeza se conseguiria fazer isso com o loiro.

Ainda deitada no chão, com o nariz escorrendo e sem poder limpá-lo, apoiou cotovelos, mãos, calcanhares e bunda, arrastando-se centímetro, pós centímetro na intenção de ver o céu novamente.

Alguém se aproximou. Coturno preto, estilo militar. Moletom preto, folgado. Aproximou-se e parou na lateral do carro, perto da porta do motorista, mas não desativou o alarme nem abriu a porta. Apenas ficou em pé. Num giro preguiçoso, as botas indicaram a direção de Calila.

Calila tentava controlar a respiração, mas seu coração batia tão forte e alto que pareciam as marretadas que Miste dera na parede da casa de Fred.

A pessoa se agachou e uma mão enluvada se encheu com os cabelos de Calila, arrastando-a e tirando-a de baixo do carro. Ao tentar se debater, Calila bateu o joelho e o rosto no revestimento inferior do Fiesta.

Quando, enfim, viu um lampejo do azul novamente, deparou-se com uma máscara que imitava as estátuas que seu tio produzia.

Carranca! Estou sendo atacada por uma delas!

Quando encheu o pulmão de ar para soltar um grito de socorro, teve a cabeça pressionada contra o asfalto e bateu contra ele três, quatro vezes, até que apagou.

Capítulo 23

CALILA

Abriu os olhos e, enquanto sua visão tentava compreender o que estava à frente, o fedor invadiu suas narinas. Estava deitada sobre plásticos e, num movimento rápido com as pernas, identificou que se tratavam de sacos, alguns mais moles que outros. Era um latão de lixo. Quando se deu conta disso, ergueu o troco e empurrou a tampa, que tombou para o lado, mas não sem antes ranger e, depois, fazer um barulho maior, como se caminhões se chocassem num acidente.

Saltou para baixo e viu-se imunda. Havia um estranho líquido pegajoso em suas mãos e suas roupas estavam tingidas de ketchup, achocolatado e dejetos. Sua cabeça estava mais pesada e o rasgo em sua fronte ardeu, fazendo com que se lembrasse do machucado.

Havia sido atacada por alguém que usava uma máscara de carranca. Alguém que poderia tê-la matado, mas preferira deixá-la viva. Um aviso.

Seguiu pelos corredores sob olhares de julgamento e repulsa, incapazes de ajudá-la. Logo ela, a garota estourada, não recebeu sequer uma mão estendida. Foi então que André se pôs em sua frente e assentiu, num gesto costumeiro com a cabeça; abraçou-a de lado e Calila apenas aceitou a ajuda, sem saber para onde ele a guiava. Descobriu só quando o cheiro de álcool a atingiu. Estavam na enfermaria.

Fingiu que o Carranca apontara um controle remoto em sua direção e apertara o *mute*. Não respondeu ao técnico em enfermagem. Depois, caso se lembrasse, voltaria para pedir desculpas pela grosseria.

Indicaram-lhe um banheiro privado e tomou banho, talvez mais demorado do que deveria, porém sua mente estava desacelerada como uma máquina perdendo a bateria.

Quando desligou o chuveiro e vestiu o uniforme extra com uma calça daquelas usadas em ambientes cirúrgicos, pela equipe, teve seu ferimento limpo. O líquido vermelho fez sua carne arder.

— Vai precisar de pontos — ouviu, enquanto o técnico fechava o curativo. — Vou pedir à direção para te levar na UPA.

Calila e André se entreolharam e, como se fossem telepatas, aquele olhar anunciou o que ambos fariam. André segurou a mão de Calila e ambos saíram pela porta, sob os protestos do técnico. Quando dobraram o corredor, Calila se ateve a contar ao colega apenas a armação que Dado sofreria.

— A competição já deve estar acabando — André anunciou.

Foi então que Calila se deu conta do tempo que havia ficado apagada. Já era o período da tarde e seu estômago roncava.

André justificou que não estava torcendo por Dado porque se dedicara a cumprir a tarefa de encontrar Pedro, mas também não tinha desistido de tentar localizar Carol. Recebera do pai da garota a notícia de que ela, mesmo sem carteira, pegara o carro. Acionaram a polícia rodoviária, mas ninguém havia conseguido localizá-la.

Em poucos minutos, Calila e André entraram na área da piscina. Ouviam gritos da torcida e, numa rápida olhada, notaram que Roque nadava à frente dos demais concorrentes. O narrador anunciou que o rapaz estava perto da vitória.

Calila não viu nenhum rapaz magrelo como Dado.

Não deu outra. As arquibancadas tremeram e as centenas de expectadores foram ao delírio quando Roque tirou os óculos de proteção aquática e se sentou na borda, dando socos no próprio peitoral. Ele ganhara.

Danilo o cumprimentou e Miste saltou sobre o *anitter* sem se importar de sair do abraço com o uniforme encharcado. Sem seu maior concorrente, Roque ganhara o troféu de rei da piscina.

Enquanto e os competidores seguiam para o vestiário, André insistia em ligações e mensagens para Dado, até que ele atendeu. Calila ouviu apenas quando André afirmou:

— Eu estou indo aí.

— Não me faça perguntar onde — Calila disse.

— Ele tá no vestiário. Num reservado. — André pareceu constrangido. — Não conseguiu sair de lá. Tá passando muito mal, dor de barriga.

Calila fechou os punhos e voltou a encarar Roque e Miste. Se Caetano estivesse certo, Miste havia viralizado a montagem entre seu amado e o melhor amigo dele. Dar a vitória a Roque seria um pedido de desculpas; assim como fazer de Danilo o novo líder estudantil.

Puxou o ar com força quando viu os rapazes seguindo até o vestiário. Dado estava lá. Possivelmente, sofreria com a alegria demasiada e o escárnio daquele que foi vitorioso.

Calila entrou no vestiário, com André escoltando-a e dizendo que aquela não era uma boa ideia.

— Ei, o que você tá fazendo aqui? — Roque perguntou, seguindo-os com alguns marmanjos atrás de si. Seu peito estava inflado como um pombo. Sem cerimônias, Roque tirou a sunga, como se aquilo intimidasse a garota.

— Bem que o Caetano falou — ela desdenhou, um passo à frente, dando uma rápida conferida. — Só tem ovo.

A risada do time de natação gerou um estardalhaço. Toalhadas, gritaria e gargalhadas. Roque pareceu enfurecido, mas não confrontou Calila, que seguiu, com calma, na direção dos reservados.

— Se ele te denunciar, você vai ser expulsa — a voz de Danilo surgiu e Calila o olhou por sobre os ombros. Seu rosto, antes pálido, agora estava ruborizado como um camarão.

— Então é bom que ele tenha cuidado. Não quero que ninguém se esqueça de que eu sou uma hacker perigosíssima.

Danilo arregalou os olhos e não acompanhou o time de natação, que seguiu para a ala dos chuveiros. Juntou-se a André e Calila, justificando que não encontrara Pedro e precisava participar da competição, mesmo sem chances reais de vencer. Sua ausência, em pleno dia de votação, seria sentida.

Calila não se surpreendeu. Cada um tinha suas prioridades. Caetano morrera por conta dele; Carol havia fugido e, talvez, estivesse prestes a se matar; alguém mascarado quase a matara e as armações de Miste e Fred bagunçavam as peças como se aquelas posições, dentro de uma escola, fossem cadeiras do Senado. Não se assustaria se um de seus colegas, ou mais de um, conseguisse uma cadeira lá, um dia.

— Dado, você não acha melhor sair daqui? — André bateu na porta do último reservado.

Danilo se manteve próximo. Calila conteve o impulso de arrombar a porta e retirar, daquela sessão vexatória, o ex-novo melhor amigo de infância magrelo e psicótico.

— Não dá pra sair. Não dá... — Dado disse, enquanto Calila, e possivelmente os demais, ouviam gemidos como se a barriga do rapaz se contorcesse, seguidos de explosões no sanitário e um odor nada agradável.

— Ele comeu alguma coisa e passou mal? — Danilo perguntou.

Calila se segurou para não julgar que o rapaz soubesse de tudo. Não sabia de todas as armações que beneficiariam a ele e seus amigos.

— Por que você não pergunta para a sua namoradinha?

— A gente não namora — ele corrigiu e fez uma careta. — Ela pensa que sim, mas eu não tenho nada com isso. Já deixei claro que só somos amigos, mesmo que a gente tenha ficado uma vez ou outra. É bom todo mundo saber, porque depois eu vou ficar como filho da puta.

— E você é um filho do que, se não disso mesmo?

— Caramba, Calila! — André interveio.

Danilo meneou a cabeça e forçou um sorriso sem graça.

— Ela poderia ser a candidata, mas me indicou. Eu tenho que ter muito tato pra não magoar a Miste, que só quer o nosso bem.

— Verdade... — Calila deu um passo à frente de Danilo. — Ela só quer o bem dos amigos... Tão bem que quase matou o André só pra você salvar; tão bem que chantageou o Fred pra ele e o Pedro armarem pra cima da Soraia, o que abriu espaço pra Glenda e pra você. Ah, mas faltava alguém do clubinho sentir o gostinho da vitória, então a Miste aproveitou que o Pedro se fazia de amigo do Dado pra colocar laxante na água dele. Eu não duvido, ela só quer o bem de vocês; mas e você, Danilo? Vai continuar se fingindo de bom moço ou vir para o lado mais digno da margem?

A descarga foi acionada e a porta do reservado se abriu. Um rapaz com a pele desidratada e acinzentada saiu, com olhos marejados e mãos trêmulas.

Dado ouvira tudo, inclusive sobre Pedro. Aquilo poderia tê-lo afetado ainda mais. Comprovou que o *fantasma da biblioteca* o havia traído quando pegou o squeeze e balançou. Como precisava se hidratar por conta das dejeções aquosas, bebera ainda mais do conteúdo que continha o laxativo.

— Eu... sinto muito, cara. — Danilo se aproximou de Dado e tocou seu ombro.

— Não preciso da sua pena, Dan... — Dado continuava tremendo e, dessa vez, Calila entendeu que não era por fraqueza. Havia raiva. Havia desapontamento. Havia rancor. — Nada do que você fez de bom pra mim vai me fazer esquecer o quanto você foi covarde. Nada.

André puxou Dado para um abraço de lado e Calila instintivamente deu uma toalha para o diretor do Labareda. Viu os dois saírem do vestiário a passos curtos e só então encarou Danilo.

— Seja lá o que você tenha feito contra o Dado, não vou ficar admirada... — Calila se aproximou mais. — Para ser tão próximo da Miste, você deve ser igual ou pior que ela.

Calila deixou o vestiário masculino sem pressa, como se uma explosão acontecesse atrás de si. Uma explosão na mente de Danilo. Talvez a chacoalhada o fizesse tomar uma atitude definitiva.

Quando chegou ao corredor principal, sua cabeça voltou a doer. Seu celular vibrou e notou burburinhos vindos de vários grupos. Abriu a mensagem no grupo de *WhatsApp* e se tratava de um vídeo enviado por Glenda.

No privado, Fred enviara uma mensagem: "Vem na biblioteca. Não sei mais o que falar para a Glenda".

Calila voltou para o grupo e fez o download do vídeo. Uma repórter informava que um carro estava em chamas, numa clareira a menos de vinte quilômetros da cidade. O carro era do pai de Carol e havia um corpo carbonizado dentro dele.

"Eu não consigo mais. Tenho muita culpa pelo que aconteceu com Caetano... e vou me encontrar com ele". Carol escolhera uma forma de morrer similar à do ex-namorado — carbonizada.

Calila seguiu com passos firmes até a biblioteca, onde se deparou com Glenda dentro do abraço quase maternal de Fred. Enquanto Glenda perguntava continuamente "Por quê? Por quê?", Calila encarava o loiro platinado com jeito de anjo e atitudes de moleque.

Quando ele dera aquela resposta incisiva a Dado no ônibus, ela já devia ter percebido que não se tratava de competição, apenas. Fred não era quem demonstrava ou, pelo menos, a pessoa que Calila criara para si; porém ele seria mais fácil de lidar do que Miste. Disso tinha certeza.

— O que foi isso? — Fred levou uma mão até o curativo de Calila, que se afastou por instinto, antes de contar do ataque e da conversa que ouvira entre Miste e Pedro; do vestiário; do Carranca.

— Carranca? — Fred pareceu esquecer que estava em uma biblioteca e sua voz saiu alta. Foi naquele momento que ele abriu o jogo sobre a noite em que João morreu e a pessoa com máscara de carranca; sobre o litro de cachaça ao lado de olhos arregalados e sem vida.

Uma pessoa chamou a atenção do trio. Pedro. O fantasma da biblioteca seguiu, com uma mochila do Bulbasaur nas costas, tranquilamente, da entrada até o corredor, entre as estantes.

Calila adorava Pokémon, mas aquele Bulbasaur estava com o treinador errado. Ela notou uma rápida olhada entre Fred e Pedro.

Pedro seguiu sua rotina, na escolha de um livro que devoraria... sem remorso aparente por ter destruído um dos melhores amigos; e isso se tornou ainda mais pesado quando Calila se deu conta de que tomara o lugar de Dado e, agora, ele era novamente deixado para trás.

Sem aviso prévio, deixou o casal de amigos e marchou até Pedro.

— Eu quero o livro do fundador.

— Ahn? — Pedro fez uma careta, tirou os fones de ouvido e fez menção de colocá-los de volta.

Foi quando Calila pegou um calhamaço e bateu com ele no nariz do garoto rechonchudo. Antes de ele protestar, bateu uma segunda vez e uma terceira, o que o fez encostar numa estante. Enquanto ele conferia o sangue que escorria de uma narina, ela, rapidamente, tirou uma alça da mochila e abriu o zíper. Ele tentou acertar-lhe uma cotovelada, mas ela golpeou seus testículos com o joelho. Isso sempre funcionava.

Segurou o livro do fundador e ficou hipnotizada pela capa. Uma vitória-régia como o marca-páginas. Então se lembrou, *como a fachada do antiquário*; e sua mente retomou a planta sobre a pelve de seu tio.

Fred e Glenda brotaram entre as estantes, e Fred se pôs de costas, abraçando Glenda de lado, na tentativa de lhe dar cobertura.

— Você vai pagar caro por isso, sua imunda! — o exímio leitor vociferou e Calila sentiu o amargor do racismo na expressão do rapaz.

— Vou — ela sorriu de canto. — Claro que vou.

Calila jogou o calhamaço sobre a mesa e folheou.

O sumário era extenso, e os títulos remetiam a lendas indígenas, africanas e europeias. Um desses títulos era vitória-régia.

Verificou o número da página e, sem qualquer delicadeza ou respeito com as folhas, foi passando-as até se deparar com a história. Havia uma índia chamada Naiá, que se apaixonou pela Lua; tão apaixonada que recusou qualquer outro pretendente. Perseguiu a Lua até definhar e desmaiar, perto de um igarapé. Quando acordou, o reflexo da Lua estava ao seu lado. Ela mergulhou nas águas e se afogou. A Lua, então, após o sacrifício, transformou a índia na planta, cujas pétalas se abrem ao luar.

Calila estava na última linha da história, quando tomou um susto com o livro se fechando, quase prendendo seu nariz.

— Fala na minha frente o que você falou pro Danilo! — Miste semicerrava os olhos e Danilo estava ao seu lado, coçando a nuca.

— Carol se matou e você está preocupada em perder um boy que nem é seu? — Calila imitou Miste e espalmou uma mão no peito.

— Carol se matou e isso só sedimenta o suicídio do namoradinho dela. Os dois fizeram um pacto e devem estar juntos nesse momento — Miste declarou. Calila trocou olhares com Fred, Glenda e Danilo. Miste parecia acreditar nas mentiras que criava. — A Glenda tinha o dever de não deixar a Carol sozinha. Esse choro dela é de culpa, por não ter tido a capacidade nem de ser uma boa amiga. Agora dizer que eu, Miste Tardanape, traí a Sol? Você não tem noção alguma, garota...

— Mas foi você mesmo — Pedro se intrometeu, sentado numa cadeira a alguns metros. O tampão em seu nariz, improvisado com um OB, não ficara tão ruim. — Você me deu um e-reader para eu tirar as fotos da Soraia transando com o Danilo, bem ali... e prometeu que o Roque compraria todos os livros da minha *wishlist*, se eu impedisse o Dado de competir. Se você não tiver apagado, tá tudo na minha conversa contigo... mas, se tiver, meu celular tá aqui, Danilão.

Danilo balançou a cabeça negativamente enquanto encarava Miste.

Por instantes, Calila foi tomada por certo pensamento. Enquanto Soraia teve que mudar de escola, o macho estava ali, como se ele também não tivesse burlado regras; mas, pelo menos, ele não parecia ciente da profundidade do plano de Miste.

Danilo seguiu até Pedro, mas ela se colocou entre os dois, aumentando o tom. Danilo parou e aguardou que Miste caísse em si.

— Foi para o nosso bem. Olhe pra mim? Sou a capitã do time! A Glenda é o novo rosto do ILMA! E foi para o seu bem, Danilo. Olhe pra você! Eu te entreguei a liderança estandantil! Eu! E a Soraia? Ela traiu minha amizade. Eu, que sempre estive ao lado dela! — Miste se afastou e encarou o cúmplice. — Fred, assuma sua parte nisso! Diga ao Danilo que você comprou o apoio do Pedro, não eu!

— Corta essa! — Danilo interferiu. Ele olhou o celular de Pedro e devolveu para o rapaz. Na certa, estava com raiva demais para se atentar ao dia da mensagem. Abaixou a cabeça e saiu com passos firmes e apressados; abriu a porta de supetão e a bateu atrás de si.

Calila puxou o ar pesadamente, boquiaberta, teatral.

Pedro colocou os fones de ouvido, pôs a mochila nas costas e Calila piscou para ele antes de ele sair. Nunca pensara que os mais de sessenta livros da série Vagalume, deixados numa caixa de papelão num canto do Vitória-Régia, poderiam ser tão úteis.

Ligou para Augusto realizar a entrega na porta do ILMA e Pedro saiu para recebê-la. Enquanto isso, Miste a encarava como se tivesse nojo.

— Já entendi... Vocês dois me abandonaram. A songa-monga e a Barbie no corpo do Ken.

— Eu não te abandonei, Miste... — Glenda falou, com a voz doce e baixa — mas, sabe, cansei de ser sua refém; de ter medo de dizer o que sinto ou fazer alguma coisa por medo de como você vai reagir. Sou grata a você e tudo, mas isso não me obriga a concordar cem por cento contigo.

— E você, Fred? Tá feliz de ver o Danilo com raiva de mim, né? Assim, quem sabe, não tem mais sorte que eu e engata algo com ele? Ou ainda considera a Calila uma opção?

— Miste, senta aqui com a gente... Tem alguém fazendo muito mal pra essa cidade e essa pessoa atacou a Calila. — Fred diminuiu o tom como quem pretendesse convencer uma criança de cinco anos. — Vem, se acalma.

— Cínico! — Miste deu passos para trás. — Aproveita e diz pra Calila que foi ideia minha que você assistisse Pantera Negra, pra ter assunto com ela... Ou melhor, que eu disse pra você pegar o ônibus, cativar ela e trazer pro nosso lado, pro nosso grupo! Ela era relevante e eu não me enganei.

Fred apertou a mão de Calila embaixo da mesa e ela sentiu um arrepio. Precisava decidir de qual lado estaria, sem reservas.

— Não adianta tentar me colocar contra ele — Calila falou. — Sou imune ao seu veneno.

Miste sorriu com deboche, mas seus olhos ardiam em brasas. Ela deu mais alguns passos no caminho contrário, seu corpo meio amolecido, como se perdesse o compasso, o prumo, as forças; foi então que apontou para os três:

— Quando a cobra pensar que feriu meu calcanhar, eu esmago a cabeça dela — e saiu, cambaleante, como se fosse o meme da Gretchen em *A Fazenda*.

— Era pra ter medo? — Calila deu de ombros, mas, no fundo, sabia que havia travado um confronto cheio de imprevisibilidade; e entrelaçou os dedos nos de Fred.

Capítulo 25

CALILA

Por mais que gostasse do cheiro dos livros, isso não se aplicava aos antigos.

A biblioteca do ILMA não era modesta como a de Orvalho e o mobiliário de madeira denunciava que o ancestral de Rosalba não economizara na decoração.

Calila contou dez mesas redondas, com cinco a seis cadeiras ao redor de cada uma. As estantes alcançavam o teto e a temperatura do lugar conseguia ser tão gelada quanto um sorvete. Ao fazer a comparação, ela se deu conta de que estava com fome. Muita fome.

Enquanto folheava o calhamaço, teve a lembrança de Carol atualizando o mural. A notícia de seu suicídio esvaziara a biblioteca, o que deixara Calila mais à vontade para seguir com a montagem do quebra-cabeças, com Fred e Glenda. Num rápido balançar de cabeça, enviava as recordações aleatórias para uma gaveta. A imersão no último livro que Carol lera fez com que o choro de Glenda desse uma trégua, e Fred parecia em maior sintonia com Calila, sobre os avisos que o Carranca, como passaram a chamar a pessoa mascarada, dava em suas vítimas.

Num bloco de notas rosa cedido por Glenda, Calila escreveu: “Licurgo, Marta, Heitor, João, Caetano”.

— Uma vitória-régia colocada sobre a pelve mutilada do meu tio... e a professora foi decapitada.

— Mula-sem-cabeça — Fred supôs. — A lenda da amante de um padre.

Glenda arregalou os olhos, que encontraram os de Calila igualmente assustados.

— Saci-pererê — Fred continuou, colocando o dedo sobre o nome de Heitor. — O rótulo da garrafa de cachaça artesanal ao lado do corpo do João remetia à lenda do Negrinho do Pastoreio.

— Quibungo — Calila falou e escreveu o nome do bicho-papão, representado no livro por uma imagem fantasmagórica com uma boca nas costas, na frente do nome de Caetano.

Os três passaram as páginas com mais rapidez, à procura de outras lendas que pudessem ter relação com as vítimas. O Carranca utilizava a mitologia brasileira como assinatura.

Calila viu seus dedos tremularem, e seus olhos aflitos buscavam alguma ligação com histórias das índias Icamiabas, ou "mulheres sem marido", que tinham sua própria tribo; das inúmeras cobras, como Maria Caninana, Cobra-Honorado, a Boiúna e até mesmo a Cobra Grande, que, ao ser morta por uma tribo indígena, transformou-se no rio Jucuruçu. Deparou-se com a lenda do Bicho da Fortaleza, o uirapuru, o joão-de-barro, a Cuca, o Mapinguari, a lenda da mandioca, até que voltou ao prumo, ao receber uma chacoalhada na mão.

— Respira, beleza? — aconselhou Fred, sem êxito, já que Calila notou um envelope preto enfiado dentro de um bolsão no qual, antigamente, ficava a lista de leitores do livro... Um envelope preto endereçado a Carol.

Quando Calila abriu o envelope e leu o texto dentro dele, sua mente acompanhou a letra de uma música de Adriana Calcanhoto, na voz de Maria Bethânia — "Uma Iara. Uma Perigosa Iara".

— Ela não se matou — Calila constatou, enquanto seus neurônios a levavam de volta à festa que ocorrera na noite da morte de Caetano. — Ela foi assassinada... e recebeu o aviso. Ela era a Iara. Era como estava vestida no festival.

— Nós combinamos de irmos vestidos de lendas. — Fred tremia tanto que parecia ter frio. Pegou o calhamaço, folheando apressado até encontrar o capítulo do Menino Dourado.

— Fred... — Calila lamentou, imersa em compaixão. Podia ser apenas uma triste coincidência.

— Havia outros — Glenda lembrou e rapidamente Calila inseriu na lista, além do nome de Fred, o de Danilo e o seu Boto; Miste, a cobra, uma Maria Caninana; Roque e seu Negro D'àgua, o mesmo ser mitológico esculpido no troféu que o *anitter* acabara de receber. — Se o assassino veio ao ILMA, ele pode estar aqui ainda, gente!

Calila tentou se acalmar, já que de desesperada bastava Glenda. Por fim, lembrou de mais alguém. Dado e o corpo-seco.

Fechou o livro, mesmo com a cabeça fervilhando e tomada por uma onda de autossabotagem e descrença. Aquele raciocínio era surreal demais.

O pior era que não podia contar com o apoio de quem poderia protegê-la, fosse dentro de casa ou fora dela. Nem Cora, nem Madureira. Tampouco poderia contar com Rosalba, a principal suspeita, ou com a mãe de Fred, que ridicularizaria aquele quebra-cabeças num piscar de olhos. Não haveria espaço para um *serial killer* cuja assinatura era o folclore, numa cidade como Alto Cedro.

Por mais que o peso da conivência com o desaparecimento do corpo de Caetano lhe castigasse, Calila tinha cada vez mais certeza de que ele não morrera em consequência da agressão de Danilo; e aquilo, de certa forma, amenizava seu remorso, o peso na consciência.

O portão da casa de Fred estava aberto e alguém entrara na casa; alguém que poderia ter matado qualquer um deles, mas Caetano fora a vítima mais fácil; como o animal mais frágil de um bando, aquele que fica para trás e é destroçado pela fera; uma fera que andara perto deles e a atacara no estacionamento. Alguém que deixara seu recado na cadeira de Caetano, para mostrar sua ousadia.

Decidiram, em perfeita unanimidade, localizar Danilo, Dado, Miste e Roque. Fred ligou para o primeiro, Glenda para o último. Miste ficaria para depois. Calila tentou contato com Dado, mas, durante a tentativa, seu celular tocou. Era André, aquele que presenciara a deslealdade sofrida por Dado e ainda tinha que lidar com a perda de Carol, sua parceira de jornal:

— Vem pra biblioteca, não fica sozinho... O quê?

Calila se levantou de vez, com Fred e Glenda fazendo o mesmo.

Os dois encararam uma Calila que quase deixou o aparelho cair. Após segundos que pareciam eternos, ela falou:

— Houve outro ataque.

Capítulo 26
CALILA

Quando chegaram perto de um dos banheiros isolados, viram de relance, por entre as cabeças dos curiosos, a equipe uniformizada do SAMU. Quando a maca foi erguida, Calila viu Roque, coberto até o pescoço por uma manta térmica, daquelas que imitavam papel alumínio.

Madureira e Rosalba conversavam, muito possivelmente sobre o problema inevitável que era assumir que um estudante havia sido agredido dentro do ILMA. Não sabiam, mas era o segundo naquele dia. Além disso, um casal de estudantes havia se matado, e aquela era a verdade disseminada. Não haveria desculpa que justificasse o ataque sofrido por Roque.

Se estivesse ali, Carol afirmaria que era Rosalba a culpada, já que Roque era um dos valentões que intimidavam os colegas, o que poderia causar uma ou outra transferência para a Bonifácio. Havia, contudo, algo que Carol não sabia: Calila vira a silhueta do Carranca, e não tinha nada a ver com Rosalba.

De certa forma, isso preocupava Calila. Se Rosalba era tão obcecada por Cora, como havia se tornado evidente, havia grande chance de mãe e filha estarem seguras. Com Rosalba não sendo a pessoa por trás dos crimes, contudo, Calila teve maior noção do risco que corria.

André foi ao encontro do trio e foi por ele que souberam que Roque recebera vários golpes na cabeça com o troféu do Negro D'água. Havia sido encontrado por Dado, desacordado e banhado em sangue, e era impossível não levantarem a suspeita de que ele próprio cometera a agressão.

Em meio ao tumulto que misturava curiosidade, surpresa e tensão, era possível ouvir diversas ligações atravessadas de pais preocupados.

Cora ligou. Calila não atendeu.

Naquela tarde, o resultado das eleições estudantis foi divulgado, como se nada tivesse acontecido, mas o suicídio de Carol e o ataque a Roque estavam longe de ser ofuscados.

Calila se deu conta de que não acessara o link de votação, e até mesmo Danilo e André não aproveitaram o sabor da vitória. A conquista foi ofuscada pelos eventos recentes.

Fez um lanche rápido na cantina, ao lado de Fred, Glenda, André e Danilo. Esse último permaneceu a maior parte do tempo num silêncio fúnebre, até que empurrou um prato para frente e se levantou, afastando-se sem se incomodar por chamar atenção.

— Ele não pode ficar sozinho. — Fred se levantou, mas Calila o segurou pelo braço.

— Deixa comigo — Calila pediu e Fred franziu a sobrancelha. — Glenda e André precisam de você.

Jurou que nenhum dos três entendeu bem sua atitude, mas havia algo errado com Danilo... e não eram só os excessos de raiva nem o recente ataque sofrido por seu amigo mais próximo.

Calila o seguiu até observá-lo deitar-se num banco de cimento, olhando para as nuvens.

— Eu sempre vejo elefantes em tudo — ela comentou, com as mãos nos bolsos da calça de algodão folgada.

— Efalantes — corrigiu Danilo, sentando-se. Calila se sentou ao lado dele.

— Então você é o novo líder estudantil... — Calila deu dois soquinhos no ombro do rapaz.

— Acredita que eu não votei? — Ele forçou um sorriso. — Por mais que eu tentasse aprender com a Miste a fingir que está tudo bem, devia ter feito mais aulas... Eu matei o Caetano, não tem jeito. Matei meu amigo. Matei o sujeito que eu poderia ter me tornado, mas talvez tenha me tornado algo pior... e eu devia ser convidado a me retirar do ILMA, como a Soraia foi, mas, em vez disso, agora ocupo o lugar dela.

— Não precisa bancar o bom moço o tempo todo; e eu nem acredito que você seja isso. — Calila colocou a mão sobre a de Danilo. — Você foi vítima de um abuso e não recebeu o devido acompanhamento. Sabe, às vezes, a vida nos força a ser extremamente fortes, mas, com esse forçar, podemos perder o freio, a empatia e os limites.

— A empatia, eu perdi há tempos, mesmo... Se eu te disser que o que aconteceu com o Roque é culpa minha, você acredita?

— Eu não ficaria surpresa.

— Eu andei evitando o Roque para acabar com os comentários... Você sabe. — Danilo pausou e Calila concordou com a cabeça. Percebeu que Danilo evitara Roque com receio de falarem que os dois tinham um caso. — Caetano podia estar certo sobre muita coisa, mas eu nunca tive nada com o Roque. Nunca fizemos nem uma broderagem; mas eu preferi dar uma evitada, bem sutil. Se o Roque não estivesse sozinho, não teria sido atacado.

— Roque vai ficar bem — ela torcia por isso —, mas não foi ele nem Glenda, nem Caetano as únicas amizades que você afastou.

Danilo ergueu os ombros, surpreso.

— Você… — Danilo pareceu entender onde Calila queria chegar. — Você não está nem aí para o meu sentimento de culpa, não é?

— Quase isso.

— Você quer saber o que rolou com o Dado... mas minha promessa de guardar segredos não termina quando a amizade chega ao fim. — Ele afastou a mão da dela.

— Dado olhou pra você com muita raiva.

— Ele tem um motivo pra me odiar... e um motivo pra odiar você; e também pra odiar o Roque, como tinha pra odiar o Caetano. — Danilo se levantou. — Você pode não esperar muita coisa de mim, mas uma coisa eu garanto... Dado também está longe de ser quem você pensa.

Quando voltou para casa, Calila respirou fundo e manteve os braços rentes ao corpo enquanto era abraçada por uma Cora chorosa e preocupada.

— Me machuquei durante um jogo de futebol — ela mentiu, quando perguntada sobre o curativo. — E acabei derramando achocolatado na roupa — justificou o uso da calça cirúrgica.

Preferiu omitir que conhecia tanto o casal suicida quanto o rapaz atacado nas dependências do ILMA.

Como num insight, recapitulou o emaranhado de mortes suspeitas e o ponto que as ligava — o folclore. Uma das mortes havia acontecido naquela casa. Na sua casa. No seu quarto. Lembrou-se de uma a uma, do homem que agredira Rosalba no primeiro dia no ILMA às intrigas de Caetano; da reportagem sobre Marta, da amizade que poderia ter tido com Carol e do contato que Fred também tivera com o Carranca, que matara João.

João... e a garrafa de cachaça Pastoreio, típica de Alto Cedro.

Claro que seria outra garrafa, mas decidiu conferir em seu quarto e, para sua surpresa, no fundo da gaveta de calcinhas, onde escondera a garrafa em que, vez ou outra, dava um gole, havia apenas um envelope preto. Um envelope destinado a alguém chamado João.

Enquanto sua mãe estava entretida com o jantar, Calila segurou firme no braço de Augusto:

— Chegou a hora de você provar sua amizade.

Capítulo 27

CALILA

Com a promessa de que Cora jamais saberia, Augusto aceitou ensinar Calila a atirar. Passaram o fim de semana treinando num ferro-velho, um local abandonado e ainda mais periférico do que o bairro onde moravam.

Onde moravam. Augusto se instalara num quarto nos fundos do antiquário. Ensiná-la a atirar era um preço justo para o aluguel que nunca seria pago.

Uma pilha de carros queimados, sem portas, fuselagem retorcida. O chão de terra batida empoeirava seu tênis. Posição estável, pontaria, controle da respiração, acionamento do gatilho, seguimento do tiro. Tudo parecia bem mais fácil nos filmes e séries. Preferia usar uma lança, como Okoye, mas se daria bem bancando a Natasha.

— Tronco inclinado para a frente — Augusto instruiu. — Dobre mais os joelhos, você precisará de sustentação.

Augusto repetiu as instruções durante o sábado e o domingo, e Calila sentia-se burra por não ter aprendido logo de cara; mas aprenderia. Não havia outra escolha.

*

Roque sobreviveu ao ataque, assim como Calila. Vasos ruins não quebrariam tão fácil. A segurança do ILMA, por sua vez, havia sido colocada em xeque, mas, como não encontrou um culpado, Madureira colocou a culpa na vítima.

O roteiro não poderia ser mais previsível. Roque recentemente fora visto importunando o casal de jovens que se matou em seguida; empurrou a garota no chão e ameaçou o rapaz. Com seu histórico de prática de bullying — e até mesmo sua orientação sexual —, os mais conservadores entendiam os motivos que poderiam ter levado qualquer um que já sofrera nas garras do rapaz a querer silenciá-lo.

Roque, porém, permanecia internado na UTI, em coma induzido. Havia perdido massa encefálica ao receber cerca de doze golpes na cabeça com o troféu de bronze. Pelo menos, ainda que de forma mórbida, literalmente, Roque estaria seguro. Mais seguro que Calila, que tivera seu quarto invadido pela mesma pessoa que a seguira, atacara e poderia tê-la matado; e talvez só não tenha concluído o serviço por ter avistado alguém chegando.

Quem invadiu seu quarto uma vez, poderia invadir duas, três, quantas vezes quisesse. Ela se pegou pensando na máscara e encarou cada figura esculpida em madeira no antiquário como se estivesse frente a frente com o assassino. Será que se tratava de alguém traumatizado com referências ao folclore e que, por isso, matava as pessoas que faziam homenagens à mitologia?

Pouco provável, já que o próprio assassino induzira a relação ao decepar a cabeça de Marta e a perna de Heitor; ou ainda, de forma sutil, deixando a garrafa de cachaça que Calila surrupiara de Augusto próxima a João; e pichando a cadeira em que Caetano costumava se sentar.

O folclore era uma assinatura, mas havia um motivo ainda obscuro por trás de tudo aquilo; algo que relacionava o velho proprietário de um antiquário a um empresário falido, uma molestadora, um aluno expulso e um casal com inteligência acima da média.

Após Roque ter sido atacado, um esquema de proteção foi criado. Fantasias conectavam outras possíveis vítimas. André voltou a ficar mais próximo de Dado, sem que este soubesse o real motivo. Glenda tentou, em vão, trazer Miste para perto, enquanto Fred e Danilo tornaram-se mais ligados.

Foi por Fred que Calila soube que uma pesquisa de intenção de voto para a prefeitura de Alto Cedro irritara sua mãe. A prefeita minimizaria para o público em geral, já que não fora uma pesquisa oficial, mas sim realizada pelo site sangrento. Para o filho, no entanto, externara preocupação e certa revolta por Madureira figurar em primeiro e Sônia Lino, em segundo. Sorreila amargava o terceiro lugar e sabia que não seria inteligente ignorar a pesquisa realizada por um dos sites mais acessados da região.

Na cantina, Calila viu-se tomando um suco de umbu com Glenda.

— Eu não sou uma stalker pra ficar atrás da Miste o tempo todo! — Glenda pareceu aflita.

— Confesso que não sei de quem tenho mais medo, do Carranca ou dela.

— Ela nunca mais vai olhar na minha cara — Glenda falou, entrelaçando as mãos. — Tá tudo tão revirado, de ponta a cabeça.

— Olha, se você estiver de ponta a cabeça, aproveite para observar as estrelas.

— Quê? — Glenda até que tentou, mas abriu um sorriso em seguida. — Você esqueceu de tomar o remédio hoje.

As duas se olharam por instantes. Calila gostou de ter feito alguém sorrir.

Uma semana havia se passado desde a morte de Carol.

Na sala de aula, André, Danilo e Fred sempre estavam por perto, como se Calila precisasse de apoio emocional mais do que qualquer outro. Ela, por sua vez, odiava os lapsos de empatia que sentia. Fred fora um aliado de Miste; Danilo, uma espécie de namorado; Glenda, sua fiel escudeira e confidente. Agora Miste havia perdido seus três bens mais valiosos e Calila não estava totalmente confortável com isso.

Acordou dos pensamentos quando o alarme tocou. Intervalo.

— Sério que ela vai insistir em dar essa festa? — André já se aproximou, indignado.

Calila encarou a tela do *smartphone* do colega sobre a mesa e viu o flyer do convite de Soraia. Conferiu no próprio aparelho que também havia sido convidada. Entendeu a indignação, já que Carol e Soraia eram colegas desde a infância, e a morte de Carol estava recente.

— Cara, você esperava o quê? Uma missa de sétimo dia? — Fred ponderou e tremeu os ombros duas vezes, para depois enfiar a cara no celular.

— Soraia também está passando por maus bocados... — Calila interveio — e só quer recomeçar. Não seria ruim irmos lá, pra deixar claro que não temos nada a ver com as armações da Miste.

Danilo concordou, balançando a cabeça como uma lagartixa, mas foi o olhar assustado de Fred que roubou a atenção de todos, enquanto saíam da sala de aula e seguiam pelo corredor.

— Alguém denunciou que o corpo do Caetano está no incinerador da minha casa.

Calila fechou os olhos. André tapou a boca com as mãos, enquanto Fred tremia ao tentar sustentar o aparelho telefônico entre os dedos. Foi Danilo quem indicou, com o levantar do queixo, quem os observava ao longe, no final do corredor, com parte do uniforme escondido no cós, uma das mãos no bolso de uma pantalona e uma latinha de Coca na outra.

Miste ergueu a latinha, com um sorriso de canto.

Não encontraram nenhum corpo, mas a celeuma já estava feita.

O delegado Madureira, inflamado pela pesquisa que lhe colocava na dianteira da corrida pela prefeitura e sendo a principal ameaça à reeleição de Sorreila Albuquerque, deu uma coletiva de imprensa, na qual exerceu toda a sua teatralidade. Agora não fazia vistas grossas. Pelo contrário, conseguiu um mandado para investigar a casa da atual prefeita. Seria uma forma de ferir a imagem dela e de mostrar serviço; mas claro que o corpo de Caetano não estaria no incinerador, após todos aqueles dias.

Nenhum colega desconfiou de que fora ela, Calila, a denunciante. Aprendera que, quando se tinha colegas como Miste, era muito mais fácil acreditar no óbvio.

— Mais alguma coisa, garota? — Rosalba perguntara dias antes.

— Sim. — Calila imitou a mesma ruguinha quando respondeu à diretora. — Quero mais uma coisa... Quero que compre o site mais acessado da região e divulgue uma pesquisa de intenção de voto; uma pesquisa colocando Madureira em primeiro lugar.

— Você não sabe do que ele é capaz, garota.

— Tem medo dele?

— Você não?

— Acredite, Rose — fingiu intimidade —, é isso ou você não vai gostar que vejam a gravação da minha mãe usando uma coleira com seu nome. Quanto àquela coisa de Big Brother... Bem, eu posso deixar passar e até fingir que você não se realiza observando o dia a dia da mulher que nunca vai estar na sua cama. Tudo muito justo, não acha?

Rosalba quase tremulou; ergueu o queixo e assentiu. Como Cora lhe dissera, era preciso ter colhões... mas Calila aprendeu na marra que não precisava deles, já que seus ovários davam conta do recado.

— Não acha? — Calila insistiu.

— Que assim seja.

— Madureira camufla os crimes dessa cidade; e Sorreila pagou pelo silêncio da minha mãe. Se eu não consigo destruir os dois, preciso que ambos se destruam.

Divulgar aquela pesquisa falsa colocaria a sede pelo poder, o que regia aquela cidade de mamando a caducando, antes das alianças aparentemente inquebráveis; e bastaria dar um brinde ao delegado — um corpo na casa de sua agora rival — para que a prefeita entendesse de uma vez que aliados e opositores são assentos trocados de lugar quando a ascensão individual está em jogo.

— E quem disse que foi Sorreila? — Rosalba voltou a fazer a ruguinha.

Capítulo 28
SORAIA

Bem que o ansiolítico que sua mãe prescrevera podia ser mais forte. Soraia liberou o comprimido da cartela e o enfiou na garganta. Um gole de água mineral sem gás foi o suficiente para levar o remédio ao seu estômago.

Claro que não faria efeito repentinamente, e sua mãe havia dito que não seria uma pílula instantânea de felicidade, mas Soraia tinha fé de que tudo aquilo passaria; e, se não passasse, pelo menos teria o resto do dia cheio com o spa montado em sua casa, no qual faria cabelo, unhas e receberia uma massagem relaxante, antes de sua tão planejada festa futurística.

Sabia, desde a primeira vez, que era errado e perigoso ficar com Danilo na biblioteca, mas a impunidade dera combustível para sua coragem. Jamais pensaria que não concluiria o ensino médio no ILMA e ver outro rosto, o de Glenda, no lugar do seu, era desconcertante. Quando via um outdoor, virava o rosto. Se o carro de sua mãe ficasse atrás de um ônibus coletivo, fingia estar dormindo.

Não tinha mágoa de Glenda. Ela era linda, boa aluna, e sua história de vida renderia um bom vídeo motivacional, mas Soraia esperava uma recusa por parte da loira. Seria a mesma sensação se, ao terminar com Roque, Glenda começasse a namorá-lo. Não seria fácil aceitar.

Roque. Orava por ele todos os dias, desde o ataque, mesmo ele nunca tendo se manifestado sobre sua transferência repentina; e pensar que chegara a gostar dele de verdade. Então veio João e, talvez, Danilo. Melhor não pensar nisso.

Rosalba fez o que havia sido ensinada a fazer — cuidar da imagem do ILMA. Sempre fora assim e Soraia ajudara no que pôde, porque, afinal, seu rosto estava associado ao instituto desde muito tempo; mas não pensara que fosse, ela própria, acabar uma vítima do zelo pela reputação.

Era pela reputação que Soraia continuava firme, sem expor que se transferira por sugestão de Rosalba. Sabia que, se aquele vídeo fosse exposto, jamais conseguiria ir à feira de sábado sem ser apontada. Até no culto de domingo amargaria a hostilidade. Todos cometiam erros, dos quais muitos sabiam, mas tudo estaria bem desde que esses erros não fossem expostos. Era um roteiro implícito, aquilo que ninguém que dizia, uma regra a ser seguida.

Quem os filmara era uma pergunta que lhe tirara o sono por alguns dias, mas Danilo estava certo; saber quem foi não minimizaria o fato de que eles estavam errados. Como muitos. Ela havia sido pega, e era essa a história relevante, não quem a denunciara; e Danilo não precisou implorar pelo silêncio de Soraia. A própria Miste havia dito que a perdoaria, se Soraia jamais contasse quem estava com ela... e Soraia sabia que precisava daquele perdão. Miste era sua amiga.

Se Caetano estivesse vivo, Soraia teria certeza de que fora ele o denunciante. Instável, dramático, falso. Parte sua lhe dizia que não era de bom tom pensar isso de alguém que tinha morrido, mas jamais falaria essas coisas em voz alta.

Os salgados haviam chegado e todos os freezeres estavam lotados de suco natural, refrigerantes e água com e sem gás. O bar de drinks sem álcool fora decorado com cores fortes e brilhantes. Queria algo meio ficção científica, mas parecia ter acertado num programa infantil; tudo estava colorido e alegre, dos pufes pela área da piscina aos balões e máquinas, de onde explodiriam fumaça que lembrava um arco-íris.

A ideia de dar uma festa havia sido sua, mas, depois da pesquisa que deixara sua mãe eufórica, o evento não era só uma apresentação de quem Soraia era para a Bonifácio, mas a primeira aparição pública dos Lino após Sônia ser cotada para o lugar de Sorreila; e não era só porque Soraia era fã de sci-fi que o tema era aquele... Os Lino eram o futuro.

Aquela pesquisa viera em ótima hora. Sua mãe havia parado de pressioná-la sobre o motivo da transferência e chegara a dizer que a presença de Soraia em outra escola seria capaz de aumentar seu leque de influência.

Tudo bem que a Bonifácio era um prédio baixo, feio e cheio de gente que não dava a mínima para política... Sua mãe sempre dizia que, do ILMA, saíam os líderes e, da Bonifácio, os subalternos. Só por aquela semana, ela já se tocara de que sua mãe, mais uma vez, estava certa. Até mesmo a liderança estudantil estava nas mãos de um fanfarrão do segundo ano, que mal sabia a diferença entre uma universidade e uma faculdade. Parecia que levavam tudo na base da diversão. Era pavoroso, mas Deus sabia de todas as coisas, e ela, Soraia, tinha uma missão na Bonifácio.

Respirou fundo quando recebeu uma mensagem de Calila e apertou o pingente de joão-de-barro, presente do seu pai. Não queria pensar nas coisas que Miste lhe contara e a fizera enxergar, principalmente sobre o fato de que, depois da chegada da novata, tudo havia desandado. Era uma triste coincidência; mesmo assim, torcia para que Calila e Fred saíssem do chove não molha. Não conhecia bem Calila, mas ocorrera uma simpatia instantânea e, se em algum momento houvera algum interesse a mais por trás disso, tornara-se pequeno diante do que a novata inspirava — autenticidade e confiança.

O último item era algo que desconfiava que Miste não mais carregava... Se não fosse muita loucura, pensaria que Miste sabia o tempo todo que ela e Danilo estavam se conhecendo melhor. Seria difícil de acreditar, já que Miste fora a única que a procurara pessoalmente e não ficara um único dia sem insistir em ligações, até que Soraia atendesse, além de ter lhe perguntado antes se não tinha problema assumir como capitã do time. Até mesmo Danilo na liderança havia sido uma opção acertada, uma vez que Miste abrira o jogo ao contar que André estava mancomunado com Caetano. Que Deus o tenha.

Capítulo 29

FRED

A bola girou enquanto afundava na rede e Fred arrancou a camiseta do uniforme. Procurou por Calila e indicou na direção dela.

— Esse foi pra você — revelou, abrindo o típico sorriso.

Glenda estava ao lado de Calila e era quase possível ver corações nos seus olhos.

Notou uma Calila sem jeito ao recolher as mãos entre as pernas e abaixar a cabeça, como se fosse corcunda. Fazia um bom tempo que havia jogado uma partida como aquela e sentia a adrenalina fervendo seu corpo, embora a braçadeira que apertava seu bíceps não lhe deixasse satisfeito como pensara.

Havia descontado nos dois tempos do jogo tudo o que não conseguia pôr para fora — João, Caetano, Carol, Roque e aquela denúncia que criara um alvoroço em sua casa, não só na decoração, como também no humor de sua mãe. Se ela soubesse do Carranca, ele não poderia prever se o protegeria ou trataria tudo como uma loucura criada por adolescentes, capaz de ameaçar a estabilidade da cidade.

— A gente se vê na Soraia? — perguntou um Fred ofegante e suado, após correr até Calila.

— Eu não vou te esperar pra dançar — ela respondeu, ao segurar um sorriso.

Calila não o bajulava nem forçava presença. Ao mesmo tempo, era confiante, companheira e corajosa; muitos *cês* que lhe chamavam a atenção. Ainda bem que ela não acreditara na Miste, dedo-duro. Tudo bem que ele tinha aceitado ser simpático com ela, mas a barreira da conveniência já estava extrapolada; e Fred não via nenhum mal nisso. Fazia algum tempo que a conhecia como alguém que pouco se importava com sua fama e família. Calila era uma estranha; e ele queria ser tão estranho quanto ela.

Em casa, as garrafas de vinho viradas sobre o balcão denunciavam que sua mãe passara por um dia difícil. Subiu para o quarto e jogou sobre a cama de casal as opções de camisetas, calças e cuecas. Optou por uma *tie-dye* e um jeans *skinny*. Tomou um banho demorado e fez uma *selfie* na frente do espelho, para atualizar os *stories*.

"Cabe mais um do seu lado fácil". A mensagem de Danilo chegou com uma foto dele deitado numa cama de solteiro, fazendo um sinal de vitória com dois dedos.

Fred sabia que Danilo era aquele tipo de cara que nunca falaria que curtia rapazes... e não se incomodava com isso. Sabia que todos tinham seu próprio tempo. Pelo menos, ao contrário de João, ele não demonstrava ser tão preconceituoso, principalmente nos últimos meses. O cara tinha presença; bonito, centrado, caladão, mas observador... e a boca havia feito um encaixe perfeito com a sua.

Ultimamente, havia surpreendido o olhar de Danilo na sua direção, como se o admirasse ou quisesse devorá-lo. Até uma atitude antes normal, como ficar nu na sua frente, agora parecia ter outro sentido. Pensou em responder à investida com um flerte ainda mais direto e convidativo, mas, quando se deu conta, abriu a conversa com Calila e tocou na foto dela; queixo erguido, olhar de Medusa.

"Hoje eu não vou só com um cinto, prometo", Fred enviou para ela.

Esperou a resposta imediata, mas Calila e o celular pareciam criaturas divergentes. Foi então que uma vaga lembrança, alimentada por uma fala de Danilo dias atrás, levou Fred a fuçar o arquivo digital do Labareda.

Quase desistiu, até que comprovou que Calila, de fato, estivera no antiquário anos antes, com ele. Eles tinham se reencontrado.

Salvou a foto.

Calila respondeu à mensagem com um emoji com as duas mãos em prece e Fred abriu um sorriso ainda mais largo do que aquele que tomara seu rosto quando havia feito o gol.

Capítulo 30
CALILA

Fuego já era ouvida há três quadras de distância.

As luzes no céu indicavam o local da festa. Calila saltou do uber e mostrou o *QR code* na portaria. Encheu o peito e seguiu com a rasteirinha, no confortável ankara palha e marrom. Um laço amarelo compunha o look, assim como alguns adornos de madeira, e a vida seguia.

Das aulas às festas; era assim que devia ser?

Espantou o pensamento e decidiu ir para o bar. Não havia nada com álcool, o que achou um absurdo. Entornou uma taça de drink e imaginou que estivesse batizado. Quem sabe seu cérebro não acreditava na mentira.

A casa de Soraia era tão grande quanto a de Fred, só que com vários toques a mais de alegria e liberdade. As luzes azuis, amarelas, verdes e vermelhas cintilavam, e Calila buscava por rostos conhecidos, mas nada que a impedisse de se divertir sozinha. Ergueu as sobrancelhas quando viu André acenando e seguiu até ele, imitando uma baterista e, depois, pulando como pipoca.

Glenda e Danilo se juntaram ao grupo, saltitantes. Soraia apareceu e abraçou Calila fortemente.

— Eu queria te agradecer por ter me enviado algumas mensagens — Soraia disse, segurando as mãos de Calila. — Só faltou ânimo para responder sem chorar um pouco, sabe? Uma coisa levando a outra e eu…

— Tá tranquilo. — Calila apertou as mãos de Soraia. — Tá tudo bem. Você não me deve satisfação, mas é bom saber que se importa. — O olhar de Calila por fim encontrou o de Fred, que, não sustentando o peso da culpa, encarou o chão. — Nós não tivemos nada a ver com o que aconteceu.

— Como você... sabe? — Soraia parecia incrédula.

— Foi a Miste — disparou. — E o Pedro.

Naquele momento, Soraia deu um passo para trás, mas parecia ter se distanciado quilômetros. De relance, Calila viu Danilo caminhar até o loiro encostado na mesa de doces e dar alguns soquinhos no ombro dele; depois pegou um doce, mordeu, pareceu aprovar e colocou o restante na boca de Fred. Não foi impressão sua certa lentidão nos dedos de Danilo enquanto percorriam os lábios de Fred.

— Que Deus tenha misericórdia dos dois — Soraia falou, referindo-se a Miste e Pedro; então ficou ao lado de Calila, olhando na mesma direção que ela. — Quer saber? Prefiro o Fred com você. Ele tem a minha bênção — cochichou, dando uma risada contida e se jogou num abraço com outras pessoas, como se Calila não tivesse lhe contado nada importante.

O DJ engatou *Slowing Down*, do Vintage Culture, e Calila não pensou duas vezes antes de seguir na direção dos dois rapazes. Fred conseguia a proeza de estar ainda mais lindo e, de uma coisa Calila teve certeza, ele preenchia uma calça jeans como poucos. Puxou o loiro pela *tie-dye* e o levou para o centro da pista de dança. Olhou Danilo por sobre um dos ombros e mandou um beijo no ar para ele.

Há tempos não se sentia livre e leve. Permitiu que as mãos do loiro percorressem sua cintura até às coxas. Elas encontrariam músculos tão firmes como os dele, desenhados pelo futebol.

— Você está indeciso ou é impressão minha? — Calila enfiou os indicadores onde deveria estar um cinto e puxou a pelve de Fred para perto da sua. Referia-se à tensão sexual entre ele e Danilo.

— Chamar um cara como eu de indeciso é uma ofensa. — Os olhos dele cintilaram.

— Eu não quis ser bifóbica. — Calila sentiu a barba rala do rapaz encostar em seu pescoço.

— Você gosta de me ofender... Admite, vai. — Fred fechou os olhos, sorrindo de canto.

— Jamais. — Calila aproximou a boca do ouvido dele. — Sou uma apenas uma garota... Uma boa garota.

— E eu sei bem o que eu quero — Fred falou e, com olhar capaz de desbravar a alma, beijou-a como se quisesse desentupir uma pia.

Calila estava pronta para mostrar que não perderia o fôlego facilmente.

Agora Soraia entendia perfeitamente a ausência de Miste. Ela não estava abalada com as mortes de Caetano e Carol. Nem era o tipo de pessoa que demorava mais do que as outras para seguir em frente. Miste não estava na festa por remorso, mas, diante da revelação de Calila, Soraia não acreditava que ela conhecesse esse sentimento. Nada, porém, absolutamente nada poderia estragar aquele momento.

Tirou várias fotos, e precisava postá-las em tempo real, até mesmo para que quem ainda estivesse em dúvida soubesse que dava para chegar antes da última música.

Seguiu regando sorrisos e cumprimentos até o andar superior, subindo apressadamente as escadas. Encontrou seu pai na porta do quarto do casal e mandou um beijo para a mãe, vista pela greta, de relance, antes da porta se fechar.

— Muito barulho, né, *daddy*? A mãe já tomou o remedinho de dormir?

— Não se importe com isso — seu pai respondeu. — Você está feliz, isso é o mais importante.

Soraia deu um beijo estalado na bochecha do pai, agradecida, e seguiu para seu quarto. Notou que o pai vinha atrás dela.

— Desce o zíper pra mim? — Virou de costas. — Preciso respirar um pouco.

O pai acatou o pedido da filha, depois andou pelo quarto como quem procurasse por algo. Soraia o seguia com o olhar, enquanto escolhia as fotos postar nos *stories*.

— Você veio aqui agora há pouco? — ele perguntou.

— Aqui no quarto? Vim... Quero dizer, já faz alguns minutos... ou horas, eu acho.

O pai continuou com o andar vagaroso, acendeu a luz do banheiro e entrou. Ela ouviu quando ele puxou a descarga, então foi puxada como se por um ímã a observar o closet.

Luzes apagadas. Um portal escuro que, combinado com a atitude ressabiada de seu pai, deixou-a intrigada; principalmente porque ela normalmente não apagava as luzes do closet. Era uma espécie de gesto repetitivo.

Naquele dia tão cheio, alguém poderia ter entrado ali e roubado alguma roupa ou, pior, algum perfume.

Ela se levantou e caminhou até o closet. Olhou para o escuro por alguns segundos e acendeu a luz. Deu uma rápida conferida, e tudo parecia no lugar, das roupas aos calçados organizados por cores. Abriu a gaveta de perfumes e todos estavam lá, como havia deixado.

Ouviu o pai desligar o interruptor do banheiro, depois o viu baixar o olhar para baixo da cama. Naquele momento, sentiu um estranho vazio no abdome, enquanto seus olhos alertavam que havia mais uma pessoa no quarto; uma pessoa com uma máscara meio endiabrada, que enfiou algo metálico em um dos olhos do seu pai.

Soraia soltou um grito agudo e viu o pai rolar no chão, com grande quantidade de sangue saindo de onde deveria estar seu olho. Grudou as costas na parede enquanto a pessoa saía de baixo da cama, segurava os cabelos dele e furava seu outro olho.

Tudo foi mais rápido do que ela pôde acompanhar. Seu pai, estirado no chão, o sangue tingindo o porcelanato, mal se mexia. Uma onda de choro e desespero invandiu seu corpo e amoleceu suas pernas. Era seu pai. Seu herói. Aquilo não podia ser real.

Precisava pedir ajuda.

Sua mãe estava no quarto ao lado. Tinha muita gente lá embaixo. Sem sentir as pernas, abriu um *ao vivo* no Instagram e, enquanto seus dedos trêmulos erravam a senha numérica, viu toda a lâmina ser enfiada e depois retirada da barriga do pai, que manifestava alguns tremores.

Fez menção de ir até ele, mas parou no arco da porta, quando viu a pessoa avançar na sua direção. A *live* começou e Soraia enfiou a cara no celular, pedindo ajuda, mas as pessoas não pareciam ouvi-la. Enviavam corações e diziam o quanto era linda.

Caramba! Ela precisava de ajuda, não de elogios.

O celular caiu no chão quando seu pescoço foi apertado por uma mão enluvada e sua barriga, furada continuamente. A dor era tanta que não sentiu as seguintes, pois seu corpo ainda não acreditava na primeira facada.

Havia sangue e alguns órgãos saíam de seu abdome, como se um copo derramando água. Um cheiro forte do que havia comido durante aquele dia se fez sentir. A tontura chegou com força. Seu corpo estava mais leve, ao mesmo tempo em que parecia não ser mais seu.

Pai, levanta, vamos... Nada disso está acontecendo. Vamos, levanta!

Soraia teve os cabelos puxados e se viu arrastada até a janela, enquanto tentava conter as vísceras, que pareciam serpentes. Num flash momentâneo, seu corpo pareceu flutuar e a borda da piscina ficava cada vez mais perto.

Capítulo 32

CALILA

Seu cóccix se chocou com a bancada de mármore com tanta força que Calila teve medo de que o osso estivesse estilhaçado. Antes de reclamar, sua boca foi invadida pela língua macia e desejosa de Fred. A dor foi cauterizada e, quando deu por si, retribuía o encontro dos lábios com leves arranhões nas costas do rapaz, que estava entre suas pernas.

Pessoas entravam e saíam do banheiro e ninguém parecia incomodado. Calila apertava a bunda avantajada e dura de Fred, que movimentava a própria pelve continuamente contra a sua.

Até que a música parou e beijos e movimentos cessaram pouco depois.

Os dois se concentraram para tentar ouvir o que falavam, mas só depois de uma sequência de gritos decidiram, sem uma palavra sequer, sair dali.

As pessoas, em pé, pareciam dominós emparelhados; estáticos, mas sujeitos a cair com o menor dos empurrões. Uma luz azul revelava olhares incrédulos e abraços que buscavam consolo.

Em meio aos burburinhos, havia um fluxo para a piscina e outro para o andar superior. Uma senhora desceu as escadas rapidamente. Sônia Lino. Estava embrulhada num roupão acinzentado. Calila, então, notou Miste indo ao encontro da mãe de Soraia. Parecia tentar contê-la, em vão.

Calila segurou a mão de Fred e o rebocou até a área da piscina, onde viu uma garota de bruços, esparramada no chão como pétalas do que um dia havia sido uma flor. O cabelo ondulado, os adornos e o vestido que parecia fluorescente não deixavam dúvidas de quem ela era.

As palavras que ouvia passaram a fazer sentido. Fred soltou sua mão ao receber o abraço de Glenda, mas foi Danilo, em pé do outro lado do corpo, que chamou a atenção de Calila; ela não sabia o que aquele olhar, fixo como se de uma estátua, significava.

Danilo, então, indicou o cordão no chão, desprendido do pescoço de Soraia; um cordão com pingente de pássaro. Calila semicerrou os olhos, tentando entender o que o colega queria dizer; então leu os lábios dele: "joão-de-barro".

A lenda. O livro.

Foi então que, descrente, encontrou Dado e Pedro entre as dezenas de pessoas que procuravam consolo e entendimento. Os dois foram até ela, Fred e Glenda, anunciando que o empresário Francisco Lino também estava morto, no andar superior; o dono do grupo João-de-Barro.

O fluxo se abriu e deu espaço para Sônia Lino. Ela se abaixou ao lado do corpo da filha e o tomou nos braços, virando o rosto da garota na direção do peito como se fosse um bebê.

Nesse instante, uma expressão conjunta de surpresa e pavor se apossou de todos. Com as vísceras para fora do corpo, Soraia era balançada no colo, e sua pele ganhava uma tonalidade cada vez mais acinzentada.

Calila olhou para cima e avistou uma janela aberta. Havia movimentações no quarto. Constatou que Soraia despencara dali para a morte; uma morte que, pelas lesões no abdome, dificilmente seria evitada.

A dor da mãe perdeu espaço na sua atenção quando alguém vestido de preto e com a máscara de Carranca andou por entre os jovens, que, notando o mascarado, afastavam-se rapidamente.

Calila deu um passo à frente, seus colegas, às suas costas.

O Carranca levou a mão à máscara e a tirou. Para a surpresa de todos, era André.

— Fui eu — ele declarou, encarando o corpo de Soraia. — Eu matei eles.

Capítulo 33
CALILA

Calila parou no corredor para encarar uma foto de Soraia, protegida pelo vidro do mural, cheio de *post-its* com corações partidos e adesivos de saudades. Uma foto de seu pai, Francisco, também estava ali, como um dos ex-alunos mais célebres do instituto. Pai e filha haviam sido velados e enterrados lado a lado, numa cerimônia fúnebre que mobilizara a cidade. Calila observara a despedida de longe, próxima ao túmulo de Licurgo.

Um textão com a logo do Labareda completava a homenagem aos dois. Sem André, fora Miste quem assinara e, aparentemente, o jornal, agora, era comandado por ela. Se André, contudo, não poderia escrever aquelas palavras por ser um assassino confesso, Miste também não tinha as mãos tão limpas.

Como quem invocasse uma entidade, Calila se deu conta de que Miste andava pelo corredor, cada vez mais próxima.

— De certo ponto de vista, você também matou os dois — Calila falou, colocando-se frente a frente com a colega. — Se não fosse por suas armações, Soraia não teria se transferido para a Bonifácio, não teria dado aquela festa e ela e o pai estariam vivos!

— Não enche! — Miste deu um passo para o lado e Calila fez o mesmo, transformando-se numa barreira. — Garota, acorda! Podia ser qualquer um de nós nesse mural. Qual é? Acabou. Hora de recomeçar. O desgraçado do André assumiu ter matado os dois. Ponto final.

— Ele não falou sobre os outros.

— Seria porque nada estava conectado como a sua mente disfuncional acreditava? Marta foi sacrificada. Heitor foi alvo de uma vingança de agiotas e seu pobre tio, bom, ninguém liga pra ele...

— Não pega pesado, Miste — Danilo falou, colocando-se ao lado de Calila.

— Falou aquele que, não fosse por mim, poderia ser companheiro de cela do André.

— Fala baixo, cacete! — Danilo fechou as mãos.

— Nada teria acontecido se você tivesse empurrado o André com mais força — Miste revelou, seus olhos de réptil brilhando e seus lábios esticados para um canto. Calila buscou o olhar de Danilo, que havia se tornado um cão acuado. — Meus pêsames por sua concubina e pelo seu sogro.

Como quem acertasse um alvo, Miste seguiu seu desfile, vagarosamente, sem medo de ser impedida.

— Caetano não havia acertado em tudo... — Calila balançou a cabeça, depois que Miste se afastou. — Você empurrou o André na piscina; e a Miste te acobertou, como fez na casa do Fred. O André ficou grato a você, mas não sabia que o herói era, na verdade, o algoz. Você permitiu que o Caetano fosse corroído por uma mentira, afundado cada vez mais por sua estratégia de poder, Danilo Cáster.

— Que isso... Você não vai acreditar nela, vai?

— Vou — Calila falou e se aproximou do ouvido de Danilo. Sabia que nada era mais afiado do que a língua de uma mulher traída. — A máscara sempre cai.

“Você parecia ser mais zangada do que agora”, Fred enviou para Calila por *WhatsApp*. Em seguida, a garota recebeu uma foto pelo aplicativo. Uma foto antiga da turma, numa visita ao antiquário.

"Tinha gente chata demais roubando meu oxigênio", respondeu, após dar um zoom na foto e se ver com os olhos virados, no canto da porta, de braços cruzados. Localizou Fred com os cabelos loiros longos, um tanto andrógino. Achou-o ainda mais lindo.

"Você me inspira".

"A ser alguém melhor?"

"Não. A melhorar o vocabulário e gostar de Legião Urbana".

Aquela mensagem conseguiu arrancar um sorriso meio bobo na garota, que sentia falta daquele beijo lascivo que exercitava quase trinta músculos. Fred conseguia a proeza de ser divertido sem forçar a barra; ser cuidadoso sem sufocar e ser desconstruído sem ser panfletário. Uma boa companhia e um amante ardente.

Pouco depois, Calila afastou tais pensamentos e enviou um print do *feed* do Instagram, com Fred ao lado de Zélia, que segurava um pires com uma fatia de bolo.

"Você tá esperando o que pra me apresentar a ela?"

Volta e meia Fred comentava sobre Zélia. A cada dia um bolo diferente no café da manhã — milho, cenoura, aipim, caçarola, brevidade...

"Amo caçarola", Calila mentiu e Fred mordeu a isca.

O filho da prefeita pediu que Zélia preparasse o bolo especialmente para ela e, logo mais, ao anoitecer, Calila seria apresentada por ele, como uma amiga, à cozinheira "quase mãe", como ele mesmo se referia. Calila, porém, não estava tão curiosa para conhecer a mãe postiça, mas, sim, a verdadeira.

Cheia de tarefas, como a vida de uma gestora municipal possivelmente era, Sorreila poderia ou não estar lá, mas se não fosse daquela vez seria em outra. Um perfume adocicado e caro, contudo, passos firmes e compassados denunciaram que seria naquela vez. Foi a primeira ocasião em que viu a prefeita em carne e osso.

"Diga para ela não se preocupar. Se depender de mim, ninguém saberá como aquele velho imundo morreu." Recordou-se do que a mãe falou durante a ligação misteriosa.

"E quem disse que foi Sorreila?" Lembrou-se da pergunta de Rosalba, em tom desafiador.

— Mãe, essa é a Calila. — Fred indicou a garota.

Sorreila abriu um sorriso cansado e colocou a bolsa vermelha sobre a mesa. Calila balançou a cabeça, na tentativa de afastar lembranças.

— É um prazer, querida. De qual família você é?

— Sou sobrinha de Licurgo da Silva. Sobrinha-neta, mas quase ninguém fala assim. Sabe quem é? O antigo dono do antiquário, que morreu infartado.

Calila conquistou a atenção da prefeita.

A jovem, antes em pé, puxou uma cadeira e se sentou. Sorreila permaneceu estática, num silêncio longo e enigmático.

Fred olhava da mãe à Calila e Zélia, como quem entendesse que aquele ambiente não lhe cabia, retirou-se sem alarde.

— Seja direta — Sorreila ordenou.

Fred, inquieto, olhava de uma a outra e passava as mãos nos cabelos continuamente.

— Puxa a merda da cadeira e senta, Fred. — Isso não era uma cortesia de Calila.

— Acredite você ou não, eu não tenho nada com isso.

— Eu sei como é... — Calila ergueu uma sobrancelha. — Você posa de boa moça enquanto faz vistas grossas para quem faz o trabalho sujo. Madureira lucra em cima de uma falsa segurança, o que traz benefício para você, então tudo bem se ele acoberta um ou outro crime, ou tem métodos pouco ortodoxos... mas ele não conseguiria ir longe sem uma parceira que também tivesse lucro.

Calila enfiou a mão no bolso do jeans, colocou o *pendrive* sobre a mesa e o fez deslizar até o outro lado. Sorreila encarou o objeto, que parou diante de si.

— Um scan da declaração de óbito de Licurco da Silva... Infarto Agudo do Miocárdio. Assinada e carimbada pela médica Sônia Lino. O grupo João-de-Barro só lucrou com o marketing da cidade segura. "Turismo em primeiro lugar." Quantos crimes foram acobertados por Sônia? Não sei dizer, mas talvez a senhora saiba. Vamos pedir a exumação do corpo do meu tio e Sônia terá grandes problemas.

Calila novamente enfiou a mão no bolso e, ao colocá-la de volta à mesa, o som ouvido foi semelhante ao do *pendrive*; porém o objeto era outro. Ela retirou a mão sutilmente e revelou o projétil, entre o polegar e o indicador.

— Não foi sulfeto de níquel.

Fred arregalou os olhos como se soubesse um pouco mais daquela história. Calila prosseguiu, ignorando-o, já que a presença da mãe dele exigia atenção extrema.

— Por que você está me dando isso? O que quer em troca?

— Os dois destruíram o pouco de estima que eu tinha pela minha mãe. Por conta deles, um crime não foi investigado e, com toda a armação que fizeram, deixaram um assassino à solta, fazendo mais e mais vítimas; alguém que sabia que seus atos seriam ofuscados. Além disso, são esses dois que ameaçam sua reeleição... Acabe com eles, ganhe a eleição e faça diferente. Livre essa cidade de gente como esses dois.

Sorreila pegou o pendrive como se fosse um diamante e seguiu com calma até Calila, erguendo a mão em cuia quando ficou mais próxima.

Calila lhe entregou o projétil.

— Aprenda com ela, querido. — Sorreila pegou nos cabelos de Fred, mas não havia carinho nesse gesto.

Pouco depois, seguiu até o escritório e não se importou que estivesse aberto. Pelo pouco que Calila ouviu, estava tomando providências para expor o delegado e a médica.

Claro que Calila sabia que Sorreila estava longe de ser ilibada, mas, às vezes, é preciso escolher quais inimigos destruir primeiro.

A menina pegou um guardanapo, limpou os cantos da boca e empurrou a fatia intacta da caçarola para o lado.

— Você não comeu nada.

— Não gosto de bolos, Fred.

— Então você me usou pra chegar até minha mãe.

— Pois é... — Calila o encarou. — Agora você sabe como é a sensação de ser usado.

Ela ouviu a voz de Miste em sua mente, contando que fora ideia sua que Fred assistisse ao Pantera Negra para ter assunto e tudo o mais que revelara. A voz de Pedro surgiu em seguida, afirmando que Fred contribuíra para a transferência de Soraia. Por fim, ouviu Caetano relevando que Fred armara para cima de João.

— Isso ficou pra trás… Eu posso ser um cara fodido, mas me sinto bem com você… Olha a minha mãe… Sabe o quanto é difícil alguém impressionar ela?

— Não estou nem um pouco preocupada com sua mãe. Nem preciso impressioná-la em nada, Fred.

— Tá, ok, você queria fazer eu me sentir mal. Conseguiu... — Ele afastou a cadeira com a bunda e se levantou. — Mas só mostrou que não é muito diferente da gente.

Calila sentiu a garganta seca.

Fred saiu batendo portas. O celular da garota vibrou e recebeu uma incomum mensagem de texto, que dizia:

“Não foi o André.”

Capítulo 34

CALILA

André Godoy estava temporariamente detido na delegacia de Alto Cedro e aguardaria julgamento numa instituição para menores infratores, numa futura transferência para Salvador. Havia assumido a autoria dos assassinatos de Soraia e seu pai, Francisco Lino. Por mais estranho que fosse, Calila se sentia como uma mãe descrente de que o filho fosse capaz de cometer atrocidades.

Aquela mensagem, porém, fora o empurrão de que precisava para analisar melhor as probabilidades. Fazia tempo que não conversava com Pablo, mas não havia melhor momento para dar um "oi, sumido" ao nerdzinho do segundo ano.

Após um treino de futebol, que revelou que Miste e Calila formavam uma boa dupla de atacantes, o tempo fechou, e relâmpagos anunciaram uma forte chuva. Calila finalmente ocupara a vaga que havia sido de Soraia e faria de tudo para honrá-la.

Saiu a pé do ILMA e, com um olho na rua e outro no *Maps*, chegou a uma espécie de cortiço, onde Dado morava com uma tia que tinha sofrido um derrame. Chamou por ele, que a recebeu com um sorriso de felicidade pouco visto. André era seu amigo. Talvez o mais próximo. Toda aquela situação o abatera, de certa forma.

— Minha bicicleta furou o pneu a alguns metros daqui — Calila mentiu. — Deixei no ILMA, não quis arrastar. Você me ajuda?

— Claro! — Dado observou o tempo. Um relâmpago mais forte e as pancadas de chuva começaram. — Vamos, rápido!

Os dois seguiram pela rua e o telhado dos prédios do ILMA já podia ser visto de onde estavam. Uma enxurrada tomou conta das ruas e Calila puxou Dado para baixo de um toldo, encolheu-se, mas não pelo frio; estava nervosa e não conseguia tirar os olhos da rua.

— Foi besteira minha ter te perseguido.

— Eu fiquei com medo.

— Não fica mais. — Dado a encarou, com as mãos enfiadas no moletom. — Tá difícil sem o André. Tá difícil sem o Pedro. Tá difícil sem você.

— André... — Calila repetiu. — Ele não brigou pela liderança por uma dívida com Danilo. É o tipo de pessoa que faria muito mais por você.

— Na boa, onde você quer chegar com isso?

— À verdade — ela respondeu.

— A verdade pode causar dor, Calila.

Naquele momento, o SUV de Sorreila estacionou, jogando água barrenta nos dois. Danilo estava ao volante. Torcia para que a polícia não os parasse.

Fred abriu a porta e abraçou Dado pela cintura. Glenda abriu o porta-malas. Dado se debateu, mas, antes que conseguisse se desvencilhar de Fred, Miste quebrou uma garrafa em sua cabeça.

Dado ficou tonto com o golpe e foi o suficiente para que o sequestro fosse bem-sucedido.

No ferro-velho abandonado, onde Calila tivera algumas aulas básicas de tiro, Eduardo foi sentado numa poltrona esburacada, mofada e antiga, e amarrado com cordas de varal. Calila andava de um lado para o outro, relutante, descontente e inconformada. Mesmo com as diferenças, decidiu que a mensagem de texto recebida e sua nova suspeita precisavam ser compartilhadas com Miste, Glenda, Danilo e Fred. Se não havia sido André, o perigo ainda os rondava; e, motivado por uma certeza capaz de convencer os demais, Danilo argumentou que André poderia estar protegendo Dado. Calila foi vencida pela democracia.

— Pronto. — Calila empostou a voz. — Fiz o que combinamos. Agora é sua vez de abrir a boca, Danilo. Por que o Dado?

— Não fala, Dan — Dado implorou e Calila ficou ainda mais abismada.

— Então diga você! — Calila desafiou. Dado abaixou a cabeça e soluçou.

— Eu fui um péssimo amigo pra ele — Danilo começou.

— Por favor, não fala, Dan, não fala — Dado o interrompeu.

Calila pegou um pedaço restante de corda e, rapidamente, amordaçou o colega sequestrado. Danilo teve sua atenção.

— Seu tio estuprou ele — Danilo soltou a bomba, sem preparação. Glenda se desequilibrou e Fred a segurou. Miste balançava a cabeça, inquieta. O chão sumiu sob os pés de Calila. — A gente pegou juntos a atividade extra no antiquário... Estava vaga depois que o João vazou. Era bacana, todo mundo pagava pau pra gente porque aquele lugar era meio bizarro, e a gente não tinha medo. Seu tio sempre deixava uma garrafa de água disponível. Só que, um dia, a gente ficou tonto... O Dado, bem mais que eu, mas eu me lembro do que vi antes de fugir.

O choro de Dado ficou mais alto. De seu nariz, escorria coriza, que se misturava às lágrimas. Calila teve compaixão por ele. Não a perseguira apenas pela bolsa. Ela era sobrinha-neta do homem que o violentara. Havia sido demais para que Dado aceitasse com tranquilidade sua presença.

Ela se abaixou e tocou o rosto do colega. Limpou suas lágrimas, enquanto ele exibia certo descontrole, como se rememorasse tudo.

Meu tio, Licurgo, era um estuprador.

— Eu nunca me perdoei por isso — Danilo continuou. — Por isso me afastei dele. Era demais pra mim, o peso de ter abandonado o cara, de não ter conseguido ajudar.

— Você esteve à frente da campanha que fizemos para conseguir a cirurgia cardíaca do Dado... — Miste comentou e Calila fitou a ponta da cicatriz, abaixo do pescoço do rapaz, próxima à pedra ônix — e ele nunca agradeceu. Sempre achei que fosse por ser um ingrato, por isso eu pouco me importei de passá-lo para trás e fazer com que fosse mais fácil para o Roque realizar seu desejo. Odeio gente ingrata, mas agora... Você se superou, Dan. Não fez por benevolência. Foi por remorso. Não sei como consegue dormir.

Calila apertou forte a mão de Dado — ele salivava tanto que parecia um cachorro com raiva — e passou a entender com certa clareza as nuances da relação de amor e ódio entre Dado e Danilo, o amigo que não conseguira impedir que ele fosse abusado.

— Não se esqueça de que, depois, eu também passei por isso.

— Pelo amor de Deus, Dan! — Miste abriu os braços. — Licurgo e Marta foram dois monstros, mas, na sua vez, você achou divertido. Tanto que filmou tudo, como se fosse um troféu para ser exibido, ter sido iniciado sexualmente por uma professora. Tudo bem que você era jovem demais para ter noção do que era aquilo; e, depois de tudo, fico pensando que queria mesmo que eu denunciasse aquela mulher. Praticamente deixou o celular no ponto para que eu visse. Só que eu não denunciei... A coragem que tenho hoje me faltava naquela época e, no fundo, você queria que todos sentissem pena de você. Estava claro que o Caetano era a maior vítima. Ele parecia um boneco enquanto ela e você faziam o que queriam com ele.

— Isso não me fez colocar uma máscara e sair por aí fazendo justiça — Danilo afirmou e encarou Dado. — Ele era como um irmão pra mim, e me dói muito dizer que não tem ninguém com um motivo maior do que ele pra ter matado o tio da Calila.

Dado balançava a cabeça de um lado para o outro, rápida e continuamente, numa manifestação quase esquizofrênica. Fred o abraçou por trás e Calila se jogou nas suas pernas.

— Eu vou tirar sua mordaça e quero ouvir o que tem pra dizer, ok? — Calila desfez os nós e apoiou as mãos nos joelhos de Dado, encarando-o. Ele demorou para falar e ela segurou o queixo dele, não medindo a força do aperto. — Fala alguma coisa, merda!

— Eu te odiei... Eu te odiei por você ter o sangue dele — ele confessou, com a voz trêmula. — Você roubou meu primeiro lugar e tinha o sangue daquele homem. Você diz que eu te perseguia, mas é o sangue dele que me persegue, como os pesadelos que eu tenho com aquele homem entrando e saindo de dentro de mim...

Calila ouviu Glenda vomitar. Fred abraçou o corpo de Dado por trás da poltrona, ainda mais forte. Calila se afastou, limpou o próprio nariz e pôs-se de pé, entre Danilo e Miste.

— Mas, depois, eu vi que você era uma boa pessoa… que eu não podia te odiar por tabela, que…

— Chega, Eduardo — Calila o interrompeu e, da sua voz, havia desaparecido a compaixão. — Cansei. Cansei das suas mentiras. Eu não acredito em você.

— O que vamos fazer com ele agora? — Danilo perguntou.

— Aperta mais essa corda — Calila ordenou.

Capítulo 35

CALILA

Madureira saiu da delegacia carregando uma caixa de plástico, possivelmente com materiais pessoais. Preso no para-brisas de seu carro, não encontraria uma propaganda de verduras nem de consultório dentário, mas um boneco numa forca. Se fosse sagaz, entenderia que havia um dedo de Calila na abertura daquele processo administrativo.

— Sua mãe já liberou nossa visita? — Calila perguntou, ainda dentro do SUV estacionado próximo à delegacia.

— Ela vai dar uma entrevista daqui a pouco, para tranquilizar a população quanto ao afastamento do delegado e à transferência do André. Enquanto isso, o André é todo nosso.

Fred segurou a mão de Calila, e os dois seguiram por entre curiosos, jornalistas e seguranças. Danilo e Miste iam logo atrás, mas foram barrados. A presença de Fred impediu que Calila fosse barrada e ambos furaram o bloqueio com facilidade. Ela se desvencilhou da mão dele quando entrou na delegacia, onde um dia procurara por justiça da forma que entendia ser correta. De lá para cá, aprendera que os métodos precisavam ser outros.

Um policial, a mando da prefeita, escolta-a até a cela. Calila sabia que não poderiam demorar, já que Glenda havia ficado sozinha com Dado. Tanto Miste quanto Danilo queriam participar do confronto, mas, no fundo, ela sabia que não precisava deles para dar conta do recado.

André foi encontrado cabisbaixo, solitário, emagrecido e envelhecido. Havia um corte no seu lábio superior e seus olhos estavam fundos e roxos. Quando viu os colegas, levantou-se e se aproximou da grade, com os olhos descrentes da presença deles.

— Você vai para a capital para que não te matem aqui — Calila informou, em tom de ameaça. — Se bem que podem te matar lá também. Você tirou a vida de um homem poderoso e da herdeira dele. Sônia não vai deixar isso barato.

Ele olhou para baixo. Parecia não ter surtido efeito.

— Soraia era inteligente, simpática e deslumbrante...

— Para — André pediu, colocando as mãos na cabeça.

— Eu vi seus pais numa entrevista — Calila blefou. — Perseguidos, arrasados. Não pensou neles nem por um minuto?

Vamos, desgraçado... Me convença... Me convença de que não está protegendo o Eduardo.

— Eu tinha que fazer isso... Vocês não entenderiam.

— Tente.

— Era fazer isso ou as próximas vítimas seriam Dado, Pedro, Fred e Danilo — ele confessou. — Eu não matei ninguém, mas a sobrevivência dos quatro estava condicionada à minha culpa.

— Então você assumiu ser um assassino pra me salvar? — Fred parecia descrente.

— Fiz mais pelos outros, pra ser sincero — André respondeu.

Se você soubesse o filho da puta que o Danilo é, não diria isso.

— Dado é meu refém — Calila informou —, e eu quero mais que altruísmo para acreditar na sua inocência e acabar com o Carranca.

André se aproximou da grade e Calila deixou o ouvido bem aberto, como uma parabólica.

— Última gaveta do armário do Labareda. Dentro de uma caixa de sapato.

O ILMA já estava fechado. As únicas janelas acesas eram as da diretoria e da biblioteca. Constaram que Rosalba estava lá e Pedro também.

Miste conduziu os outros três até um acaiacá do lado de fora do muro, cujos galhos pendiam para dentro do instituto. Os quatro pularam e procuraram por alguma janela aberta. Calila pegou uma pedra e atirou contra o vidro, estilhaçando-o. Pedro apareceu na janela, mas todos se esconderam atrás de um arbusto a tempo.

Passaram pela janela quebrada e seguiram pelos corredores escuros até a sala do Labareda. Calila localizou um armário antigo, de madeira, pintado de vermelho. Abriu três portas e, na última, havia quatro gavetas. Abriu a última. Entre máscaras e fantasias, uma caixa de sapato. Dentro dela, um envelope preto e recortes com fotos de Soraia, Sr. Francisco, Pedro, Dado, Fred e Danilo.

"Acredite em quem te avisa. De dois em dois, morrerão, até que você seja o herói de que a cidade precisa. Assuma que foi você e deixe alguém viver."

— O Carranca sabe rimar! — Miste debochou.

— O Carranca se arrependeu da confissão, isso sim — Danilo comentou.

— Ele não estaria passando por tudo isso, sendo preso, com os pais arrasados, se não acreditasse mesmo que isso impediria um massacre maior — Fred defendeu.

— Talvez o André seja melhor do que todos nós... — Calila ficou reticente — e, talvez por isso, não sejamos capazes de entendê-lo.

Na volta, Calila se manteve em silêncio. Sua mente fazia conexões naquele emaranhado de amizades e inimizades, naquele mar de traição, frieza, crueldade e remorso. O carro parou de funcionar e, só então, percebeu que estavam de volta ao ferro-velho.

— Essa não! — Miste gritou, abrindo a porta e saindo correndo.

— Cacete! — Danilo deu um soco no volante e acompanhou a colega.

Fred se manteve ao lado de Calila enquanto ambos viam os dois levantando Glenda, que despertava naquele momento. Com um hematoma e um inchaço acima de um dos olhos, ela dizia, em meio ao delírio:

— Alguém... levou ele.

A vibração do celular de Calila a impediu de caminhar até a loira. Era Pablo. Ele havia enviado uma localização, sem amenidades. O nome do local era sugestivo demais para ser dito em voz alta.

Fred esticou o pescoço na direção do aparelho, mas Calila o impediu. Quando Miste e Danilo se aproximaram, carregando Glenda nos braços, ela encarou o loiro:

— Vamos para a Fazenda Albuquerque.

Capítulo 36

CALILA

No caminho até a fazenda da família de Fred, a mente de Calila não parava um minuto, como se tivesse o vigor de uma dançarina de frevo. Não podia se preocupar com Dado. Ele a odiara pelo sangue, por tabela, antes mesmo de conhecê-la. Havia mentido, omitido... Sofrera traumas absurdos e perdera a noção do certo e do errado. Não superou, não se tratou... e tinha um comparsa; alguém que o livrara das cordas.

No SUV, o aviso de mensagem dos celulares era o único som, além do motor. Com os assassinatos recentes, era normal que os pais se preocupassem, mas estar na casa de Fred era sempre uma senha para a despreocupação e liberdade.

Entre um lamaçal e outro, o carro estacionou numa cabana, na lateral da sede. Fora dali, daquele local, que a mensagem havia sido enviada.

Nenhum carro estacionado. Calila olhou para todos os lados e, antes que Fred enviasse uma mensagem, Danilo lhe tomou o celular.

— Você não vai falar nada mesmo? — Calila deu uma chance e Fred abaixou a cabeça.

Ela abriu a porta e saltou do carro, saltando poças de lama e se embrenhando por entre ervas daninhas.

Ouviu o coaxar que indicava um brejo próximo. Mais ao longe, um cachorro latia. Como estavam num carro conhecido pelos caseiros, tinham conseguido evitar muita atenção.

De repente, Calila ouviu uma porta bater. Instantaneamente, Miste e ela se olharam; então, como flechas, saltaram o cercado de proteção.

Calila sentiu uma leve dor na coluna, mas resolveu deixá-la para depois. Olhou por sobre um dos ombros e viu Danilo segurando Fred, enquanto Glenda afastava o arame para passar por ele. Com Miste à frente, correndo em disparada no meio do matagal escuro, Calila lançou seu corpo em retidão, mal sentindo os pés tocarem o chão e se levantarem para a passada seguinte.

Na frente das duas, uma terceira pessoa corria. Vestia calça e moletom pretos. Miste parecia não se cansar e a pessoa virou de vez, mudando a direção. Calila a acompanhou e enfiou as sapatilhas na lama forrada por um tapete de folhas secas em decomposição. Nem a luz do luar tinha facilidade para chegar ali.

Rastejando num galho baixo, deparou-se com uma surucucu enroscada. Fechou os olhos e conseguiu desviar do bote.

Estava cada vez mais próxima e Glenda conseguia acompanhá-las. Mesmo sem fôlego, desistir não era opção.

Calila apressou os passos e seguiu por uma trilha. Correu por mais alguns metros e a pessoa parou, equilibrando-se. Estavam na beira do cânion.

Miste esbarrou em Calila e Glenda fez o mesmo com Miste. De costas, a pessoa que perseguiam se virou e tirou o capuz do moletom.

Calila, pela primeira vez, viu um fantasma... Um fantasma com cabelos rosa. Quando voltaram ao carro, Carol e Fred ficaram lado a lado. Calila e os outros três permaneceram com os braços cruzados, como quem aguardasse uma boa explicação.

— Como assim? Eu… Eu chorei sua morte! — Glenda iniciou. — E você… seu falso! Você me consolou!

— Foi melhor pra todos nós, galera — Fred tentou justificar sua atitude.

— Eu tinha sacado que era um alvo — Carol se defendeu. — Ia esperar um maluco me caçar? Claro que não. Caetano já estava morto, e a gente tinha sacado que havia um assassino em série na cidade. Ninguém mata quem já morreu. Eu só salvei minha pele e saí de cena para tentar entender melhor todas as conexões.

— E quem estava naquele carro que pegou fogo? — Glenda perguntou.

— Caetano... — Calila deduziu. — O que ainda restava dele.

— Eu tinha que dar um fim naquele corpo — Fred explicou. — Ele não podia apodrecer na minha casa. Foi quando a Carol teve a ideia e eu achei que fazia sentido. O roteiro do casal suicida era mais convincente do que um possível suicida com um corpo nunca encontrado.

— Eu encontrei sua lista — Calila foi direta. — Li o livro e, através dele, entendemos como o Carranca funciona...

— Como funcionam.

— O que você quer dizer com isso?

— Fala sério, Calila, não é uma pessoa só! — Carol encostou no carro e estalou os dedos das mãos. — Rosalba é a pessoa com motivos para matar... e o Dado tem o motivo pra fazer da sua vida um inferno.

— Como você sabia? — Calila se referia ao abuso sofrido por Dado.

— Eu mantinha a Carol informada sobre tudo. — Fred dedilhou a lataria. — A gente achou que o André estivesse sendo chantageado ou, sei lá, acobertando alguém; alguém que o conhecesse o suficiente para saber que ele se jogaria na frente de um trem para salvar uma vida.

— Se ele sabia de mais alguma coisa, nós tínhamos que descobrir; por isso eu enviei aquela mensagem de texto pra você, Calila — Carol falou. — Pra te instigar a pensar comigo, pra fazer o André perceber que não está sozinho. Se eu pudesse, eu mesma teria ido naquela cela.

— Ele pensou proteger o amigo — Glenda comentou, olhando para o chão —, mas protegeu o assassino.

Rosalba, Dado... Calila tentou se lembrar da silhueta de quem a atacara e sua mente lhe enviou a resposta de que, sim, poderia ter sido Dado; mas a imagem do Carranca surgia mais magra e, depois, encorpada; mais alta ou mais baixa. Ela não sabia qual era a real.

A luz da sala da diretoria estava acesa. Um falso álibi. Talvez Rosalba a tivesse deixado acesa para, caso precisasse, o próprio Pedro pudesse afirmar que ela estivera no ILMA a noite toda.

Sobre as fotos no envelope destinado a André, Calila tentou encaixar os fatos que pudesse levar Rosalba a matar os seguintes. Pedro a chantageara. Danilo estivera diretamente envolvido no escândalo de Marta, que só veio à tona pelo vídeo que ele gravou. Fred era a mente por trás da armação contra Soraia e, então, chegou a vez de Dado. *Sua foto estaria ali para despistar seu envolvimento?*

O silêncio foi quebrado quando Danilo ligou o carro. Calila e Fred se acomodaram na poltrona do carona, e as outras três meninas se sentaram no banco de trás. Miste foi deixada em casa. Glenda também. Quando o carro estava perto do antiquário, Calila colocou a mão sobre a de Carol.

— Pelo menos dá pra saber o que falam de você no pós-morte.

— Eu vou assustar um pouco minha madrasta, até ela perceber que voltei em carne e osso.

— Eu não faria diferente. — Calila abriu a porta e saiu. — Dá pra assustar a bruaca depois. A gente precisa cuidar uma da outra primeiro.

Calila buscou o olhar de Fred, que concordou. Danilo e ele ficariam juntos. O mesmo aconteceria com as duas. Fred levantou uma mão e fez um breve aceno, seu semblante um tanto entristecido. Era terrível não conseguir odiá-lo.

Calila viu o carro diminuir de tamanho, até sumir completamente no final da rua. Ficou olhando para o cadeado do portão por um tempo, até que Cora a notou e pôs-se em pé, na porta, amarrando o roupão curto.

O sobrenome de Carol passara a ser Albuquerque e Cora baixou a guarda. Ocorreu um jantar silencioso e as garotas seguiram para o quarto de Calila; deitaram-se na cama e Carol pediu que a janela ficasse fechada, devido ao frio que já fazia àquela hora da noite.

Lado a lado com ela, Calila abriu a conversa com Fred. Não havia muitos registros, mas leu o suficiente para se perguntar o que era real e o que era armação.

— Espera — Carol falou, tomando o aparelho das mãos de Calila e dando zoom na foto antiga. — São os marcados.

Capítulo 37

ROSALBA

Tomar uma decisão, sem pestanejar, é para fortes. Rosalba sabia que estava onde estava porque não dera espaço para a indecisão. Do alto de sua janela, via parte da cidade. Uma cidade grata ao seu instituto, a tudo que fizera pela educação e formação cívica de quem lhe confiara um filho.

No andar de baixo, a luz acesa indicava que Pedro continuava imerso no mundo literário. Havia sido o mais fácil de trazer ali, naquela noite; sem golpes na cabeça, sem uma dose extra de Zolpidem, sem riscos. Bastara lhe pedir que catalogasse uma série de livros do Rubem Fonseca e pronto. Depois da chantagem que ele fizera, aquela havia sido uma bandeira de paz. Foi o que ele entendeu... mas a bandeira seria sangrenta.

Liberou a guarita e, por ela, viu passar o caminhão branco que guinchava um SUV. Os restantes haviam sido pegos. Augusto havia cumprido sua parte no plano.

Passou uma mão pela tela do computador. Viu Cora, Calila e… Carol. Tudo deveria ser perfeito para livrar da maldição aqueles que amava. A maldição das decisões de que não se arrependia, mas que criara um monstro. Um monstro que precisava ser alimentado, mas que também estava disposto a fazer tratos.

Só quem ama entende o que é fazer sacrifícios; e, naquela noite, Cora e Calila estariam salvas, seguras... para sempre.

Capítulo 38

CALILA

Elas decidiram analisar a foto numa tela maior. Rabiscaram, com um xis vermelho, com o cursor em formato de pincel, alguns rostos. Licurgo, sério e carrancudo, debruçado no balcão com uma velha caixa registradora ao lado. Aparentemente, conversava com dois senhores, Heitor e Francisco. Francisco parecia olhar para a máquina fotográfica no exato momento em que a fotografia foi tirada.

Posando para a foto, estavam três mulheres adultas com algumas crianças aos seus pés. Essas mulheres eram Cora, Rosalba e Marta. Calila era a única criança mais afastada, de braços cruzados, externando toda a infelicidade por estar ali. Na primeira passada de olhos, botaram um xis no rosto do velho Licurgo, Marta, Heitor e Francisco.

Calila contou as crianças no chão. A feição da maioria não mudara muito. Danilo continuava pálido, com seus cabelos pretos jogados sobre os olhos azuis que olhavam fixamente para a câmera; Carol posava sorridente, com marias-chiquinhas e botas de paquita; Dado, magrelo e tristonho desde sempre; Roque, zombeiteiro desde novo, colocava um sinal de chifre na cabeça de Fred, que já esboçava o sorriso leve, aberto, seus cabelos longos e escorridos. Ao lado dele estava um rapaz de pele retinta, com a cabeça encostada em seu ombro — João. Na segunda passada de olhos, João recebeu um xis.

As duas se entreolharam e respiraram fundo, em sincronia. Agarrada às pernas de Marta como um carrapato, estava uma garota até então sem lentes azuis e com cabelos cacheados; era Soraia.

De queixo erguido e com as mãos na cintura, estava a miniatura de Cora, Miste. Rosalba mantinha um garoto em pé entre seus braços, como se tentasse impedir que escapasse. Ele vestia um blusão do Bahia, e Calila precisou da ajuda de Carol para identificá-lo — Glenda. Por fim, quase cortado no canto da parede, estava Augusto. Braços de fora, sua tatuagem recém-feita estava coberta por plástico filme. Marcaram um xis em Soraia.

— André não está na foto... nem Caetano.

— André chegou na turma depois. Veio do Cecília, eu acho — Carol divagou. — Caetano devia estar doente nesse dia. Ele quase nunca faltava.

— A não ser que…

— A não ser que...?

— Quem tirou a foto?

As duas saíram do quarto e correram corredor a fora, chamando por Cora.

A mãe de Calila apareceu no final do corredor, com certo pavor no rosto.

— Mãe, é sério... — Calila fechou as mãos. — O que aconteceu no antiquário, quando nós viemos aqui, anos atrás?

Cora pareceu perder o equilíbrio. Segurou-se num móvel e perambulou pela sala até se jogar no sofá.

Calila avançou sobre a mãe e a abraçou. Tomou o celular das mãos de Carol e o colocou na frente de Cora.

— Todos daqui estão morrendo... e nós três estamos na porra dessa foto!

— Vocês tinham só oito anos. Só isso. Não mais que isso. Nem menos, nem mais. Rosalba e Augusto estão cuidando disso. — Cora abraçou os joelhos e balançou o corpo. — Eles estão cuidando disso. Eles vão cuidar de tudo.

— Não dá uma de doida agora! — Carol vociferou.

— Foi um garoto rechonchudo. Ele insistiu para apertar o flash. Um garoto que segurava um gibi da turma da Mônica.

— Pedro — as duas responderam em uníssono.

— Mãe... — Calila ponderou no tom. — Nosso tio abusou de um garoto. O nome dele é Eduardo. Você sabia disso?

— Eduardo? — Cora franziu os olhos. — O rapaz da bicicleta, que te buscou aqui em casa para o festival?

— Sim, mãe. O tio abusou dele... e a gente acha que ele e a Rosalba estão matando as pessoas que estavam no antiquário, nesse dia.

Cora balançou a cabeça em negação. Carol andou de um lado para o outro, inconformada e impaciente. Calila ergueu uma mão, como quem pedisse trégua... ou como quem não admitiria ver alguém gritar com sua mãe. Cora, então, segurou o celular e deu um zoom na tela.

— Foi um pacto de silêncio... Tão absurdo que ninguém jamais esqueceria. O antiquário, o ILMA, nossas famílias, todos carregariam a mancha que apareceu não apenas nas roupas daquele garoto, mas também na nossa alma, na culpa que carregamos. Eu já tinha fugido. Já tinha manchado o nome da nossa família. Já tinha sido motivo de vergonha, mas, olha, Rosalba e Augusto entregarão os que faltam... e nós estaremos salvas.

Cora se levantou e correu até a cozinha como se estivesse possuída.

Calila seguiu a mãe, que desapareceu de seu campo de visão num passe de mágica. Ouviu um barulho atrás de si e, ao virar-se, viu Cora segurando uma panela e Carol caída no chão, com as mãos na cabeça. Cora ainda deu mais duas ou três paneladas na cabeça da garota, até que ela parasse de se mexer.

— Nós estamos salvas, mas ela não. Ela precisa ir embora. Assim, nós duas vamos viver, você não entende?

— Mãe, eu nunca te pedi nada como vou pedir agora... — Calila avançou sobre a mãe e a abraçou com força.

— Essa garota já está morta. Não tem como salvar ela.

— Eduardo me odeia por tudo o que ele passou. — Calila ignorou o que Cora dizia sobre Carol. — Se você sabia que o Licurgo fazia essas coisas, por que não o parou?

— Augusto me contou o que aconteceu com o Eduardo — uma Cora gélida respondeu —, mas isso foi bem depois. Essa foto, e o que aconteceu no dia em que ela foi tirada, foi bem antes. Anos antes.

— Se não foi o Eduardo, então quem foi? — Calila entregou o celular para a mãe e Cora deu zoom no rosto do garoto.

Calila ligou para Pedro. Ele estava demorando para atender. Cada segundo se tornava longo demais. — Vamos Pedro, atende... Atende. — Calila viu a mãe preparando um chá com o olhar distante, como se nada tivesse acontecido. Carol permanecia no chão, desmaiada.

— Alô?! Alô?! Graças a Deus! Alô? Mãe? — Pedro atendeu.

— Pedro, calma... — Calila entendeu que o rapaz estava ofegante e correndo. — Você está no ILMA ainda?

— Chama a polícia! Tem um maluco com uma tatuagem de cobra atrás de mim!

A ligação caiu.

Augusto.

Calila ouvia, ao fundo, Cora contar uma história desconexa de quando conhecera seu pai. Sem se despedir, abriu a porta, pegou a bike e passou pelo portão, decidida a ir para o ILMA.

Capítulo 39
CALILA

Calila saltou da bike e se jogou no tronco da árvore que despejava seus galhos sobre o muro do ILMA. Pulou de um galho baixo para as dependências do instituto e quase torceu um dos pés no impacto com o chão. Entrou pela janela quebrada e correu até a biblioteca, não se importando em ligar interruptores.

Abriu a porta da biblioteca de supetão e se deparou com Pedro sentado na cadeira, seu corpo inclinado sobre os livros abertos na mesa. O sangue manchava as páginas amareladas que jaziam sob ele. Com uma mão na garganta, Calila levou a outra à boca e mordeu com força.

Aproximando-se de Pedro, culpou-se por ter chegado tarde demais. Ao lado do corpo do garoto, o celular vibrava. Era a mãe dele.

Calila impedira a chamada ao ligar para ele; a única que poderia ter dado certo, que poderia tê-lo salvado; salvado o fantasma da biblioteca. Uma lenda dizia que os espíritos de vários escritores faziam morada em locais como aquele.

Um vento gelado anunciou a presença de alguém.

Por sobre os ombros, Calila viu um vulto. Teve medo. Seu coração bateu tão forte que parecia um tambor. Ao se virar, deparou-se com Augusto. Ele segurava Danilo contra o peito e apontava uma arma para a têmpora dele.

Danilo tremia, rolava os olhos para arma e tentava, em vão, desvencilhar-se. Também tinha um olho roxo e alguns hematomas no braço. Possivelmente havia levado uma surra quando Augusto o sequestrara.

"Rosalba e Augusto entregarão os que faltam."

— Você não devia estar aqui, minha prenda. Volte e fique com sua mãe. Tudo isso acaba hoje.

— Essa é a forma de tentarem se desculpar pelo crime horrível que acobertaram?

Augusto abriu a boca, mas dela não saiu nenhum som. A arma caiu da sua mão e disparou na perna de Danilo, que despencou como uma jaca madura em meio às cadeiras. Augusto se ajoelhou e não desviou o olhar de Calila. Nas costas dele, viu um machado de emergência completamente fincado... e uma pessoa de calças e casaco de moletom pretos, com a máscara de carranca.

Frente a frente, mais uma vez.

Na cintura do Carranca estava o item desaparecido do antiquário; algo roubado quando Licurgo foi morto e que tinha sido usado para estourar uma garrafa de champagne quando ela nasceu — o sabre.

O estômago de Calila quis jogar para fora tudo o que carregava. Ela foi até Danilo e segurou a mão dele; abraçou-o pela cintura e o arrastou por entre as estantes.

Livros eram jogados no chão enquanto o Carranca os perseguia sem pressa, como se não tivessem escapatória. Foi então que Calila viu, sobre suas cabeças, perto de uma estante, uma saída de ar.

— Vai! — ele pediu.

Trêmula e sem saber se fazia o certo ao subir antes dele, Calila escalou a estante. Danilo atirava livros na direção do Carranca enquanto ela liberava o alçapão, impulsionando o corpo para cima e deixando as pernas pendularem; então se sentiu segurada por um dos pés e, ao chutá-los no ar, perdeu uma sapatilha. Felizmente, contudo, já estava dentro; dentro daquele tubo estreito que mal comportava seu corpo.

Tentou avistar Danilo, mas não conseguiu; nem ele, nem o Carranca. Seguiu de quatro o mais rápido que pôde, passando por teias de aranha, baratas e pequenos roedores. Havia de tudo ali. Continuava pensando se Danilo havia escapado. Pensava em Pedro e em Augusto. Como ele havia sido capaz de negociar com alguém que o queria morto? Talvez, por ser um homem de palavra, esperasse o mesmo... ou, talvez, por se culpar por ter acobertado o abuso, tivesse achado melhor alimentar a sede de vingança da vítima.

Vítima. Cobra Grande.

Calila ouviu uma música. Um batuque do Olodum. Seguiu a música e se lembrou da trilha sonora que Rosalba ouvia na sala da diretoria. *É isso!* Era só seguir o som.

A música ficava cada vez mais alta e Calila, cada vez mais perto. A letra, então, foi ouvida com mais nitidez:

“Sou menino da Lua [...] Sou dourado [...] Sou menino Faraó.”

Menino dourado... Fred!

À medida que a música aumentava Calila ficava mais próxima da diretoria, e segurava o choro. Não tinha culpa de nada daquilo. Era muito injusto ser odiada por tabela, pelo sangue que corria em suas veias. Se soubesse da podridão que rondava seu tio, ela mesma o teria denunciado; e sua mãe, por mais errada que fosse, era sua mãe. Ela amava Cora e esse amor ficara nítido quando Carol quase partiu para cima dela. Não que Carol não tivesse razão ou motivos, mas o sentimento entre uma filha e uma mãe era algo difícil de mensurar. Mesmo que Calila soubesse que Cora estava longe de ser um modelo a ser seguido, não queria vê-la sofrer, não queria vê-la perseguida e morta; mas Cora estava naquela foto. Sua mãe.

O feixe de luz ficou mais próximo. Calila mordeu os lábios inferiores e buscou forças para seguir em frente.

Rastejou, até que chegou ao destino. Através da tampa gradeada, viu Rosalba sentada na poltrona reclinável, confortavelmente; as mãos fechadas com força tal, como se a pretensão pudesse vazar pelos dedos.

Os olhos de Calila rolaram para a tela do computador que Rosalba encarava. Mesmo com o brilho, conseguiu visualizar sua mãe, tomando um chá, sentada no sofá; o olhar distante como se estivesse hipnotizada.

Sentados nas poltronas do outro lado da mesa de Rosalba, estavam Miste e Fred; amarrados, amordaçados, acuados. A música se repetia, e os batimentos cardíacos de Calila seguiam o batuque.

Rosalba podia pensar que estava segura, assim como Augusto pensara, mas não receberia piedade, já que ele também não recebeu... e Calila precisava salvá-los.

Ela gritou.

Empurrou a grade da saída de ar, que não se mexeu, mas cujo som chamou a atenção dos três.

A porta se abriu e o Carranca surgiu na sala.

Rosalba ficou em pé, indicando Fred e Miste com uma mão como se eles fossem uma refeição.

O Carranca passou por eles, fincando o sabre na barriga da diretora.

Calila balançou a grade com mais força, deu socos no metal e, de sua garganta, saíram gritos, lamentos e sons quase sobre-humanos.

Fred se debatia e forçava uma emissão de sons, abafados pela corda que feria sua boca. Ele olhava na direção da saída de ar com olhos de dor. Tremia. Estava com medo.

Naquele momento, Calila desejou que Miste tivesse uma carta na manga. A colega era boa nisso. Não imaginara que veria a imbatível Miste Tardanape tão cabisbaixa e entregue.

Rosalba encostou-se na parede e o Carranca atirou o monitor contra sua cabeça. No chão, logo abaixo da saída de ar, Rosalba saiu do campo de visão de Calila, mas dava para saber que o Carranca ainda agredia seu corpo.

Calila gritou tão alto e tão forte que sentiu as cordas vocais sangrarem.

Fred continuava olhando em sua direção como quem suplicava por ajuda. Calila golpeou repetidas vezes, mas a barreira não se desprendia. Tentou desenroscar os parafusos com a unha, que quebrou na primeira tentativa. Suas mãos, ensanguentadas e suadas, não ajudavam.

Rosalba soltou outro gemido, ainda mais aterrador, e Fred se debateu com um retesar de músculos.

Naquele momento, Calila viu Danilo entrar. Puxando de uma perna, ele se abaixou e desamarrou as mãos e os pés de Fred. Pouco depois, tirou a mordaça do loiro e eles saíram juntos. Danilo segurou a mão dele e ambos correram pela porta.

Calila continuou gritando, clamando por misericórdia, e não ouviu mais nenhum gemido de Rosalba. Deu cabeçadas contra a grade. Seu machucado, já curado, pareceu ter aberto novamente. Continuou usando a cabeça com força contra a barreira e parte de seu couro cabeludo se rompeu, rasgado como um pedaço de papel.

O Carranca notou a fuga de Fred e seguiu até a porta. Não esboçou irritação.

A barreira de proteção foi ao chão e Calila foi atirada para dentro da diretoria como um projétil. Caiu pesada e machucada sobre a mesa. Viu Rosalba com o abdome nu e ensanguentado. O Carranca atuara sobre ela como se sua barriga fosse um artesanato, escrevendo, com o sabre, o nome "Icamiaba".

Calila segurou a mão da mulher, que conseguiu retribuir o aperto com certo grau de força.

— Eu amo vocês duas — Rosalba sussurrou. — Você não tem culpa de nada.

Naquele instante, Calila percebeu que o Carranca avançava em sua direção. Desviou de um golpe do sabre, por segundos. No chão, rastejou de costas enquanto o Carranca passava o gume do sabre em seu pé descalço.

Passou por baixo da mesa, levantou-se e pegou um jarro na estante, quebrando-o na cabeça do Carranca; ele cambaleou, e Calila sentiu que seu corpo estava cansado, sua cabeça latejava e, só então, o ferimento em seu pé ardeu.

O Carranca balançou o sabre em riste. Os olhos de Calila seguiram para Miste, que ergueu a cabeça. Naquele instante, os cabelos alisados deixaram de esconder o rosto completamente ferido. *Esfolado*. Seu choro, alto e abafado, fez Calila querer lembrá-la de que era Miste Tardanape; e, se existia alguém capaz de sair ilesa de tudo aquilo, esse alguém era ela.

Deu um passo à frente, contudo, e viu a lâmina ser fincada na barriga da colega. Sangue saiu da barriga dela e o Carranca movimentou a lâmina em hélice, subindo sem pressa da barriga ao tórax.

Não dava. Não dava mais. Calila encontrou forças e correu até a porta.

Saiu da sala como um zumbi. Olhou para o chão e viu uma trilha de sangue. *Danilo. Fred.* Tomou fôlego e correu pelo corredor, com o Carranca atrás de si. Foi quando teve seu braço puxado para dentro de um depósito.

— Quem mais está aqui? — Danilo perguntou.

— Eu... não sei.

— Tem uma arma na biblioteca. Eu ajudo o Fred. Você tem que pegar a arma — Danilo deu a ideia.

Golpes secos e contínuos na porta. O cabo do sabre. Calila e Danilo sentaram-se no chão, costas na parede e pés segurando a porta. A maçaneta rodava. As batidas não paravam. Uma voz. Um chamado. Fred.

Calila olhou para Danilo com descrença. As batidas pararam.

Segundos depois, ela girou a maçaneta e saiu, mesmo com Danilo tentando impedí-la. No final do corredor, viu Fred com os braços abertos. Ele chamava pelo Carranca.

Seu maluco!

O Carranca começou a andar mais rápido na direção dele, que pareceu se desesperar quando nenhuma porta no final do corredor abriu.

Vidros se estilhaçaram. Fred se jogou do alto daquele andar através da janela. Seria uma queda feia.

Com o coração apertado, Calila viu que o Carranca voltou seu foco para ela. Não havia espaço nem tempo para lágrimas.

O Carranca correu atrás dela, e Calila abraçou Danilo de lado, seguindo com ele enquanto ouvia o ruído do sabre riscando as paredes do ILMA. Desceram as escadas e chegaram à biblioteca novamente. Sob o corpo de Augusto, Calila pegou o revólver. Aquilo teria que acabar ali. Ninguém mais morreria naquela noite.

Ela voltou pela porta e apontou a arma. Encontrou o Carranca no corredor, com o sabre em riste. Sem se intimidar, deu passos à frente e virou o pescoço para os lados. Sem aviso nem misericórdia, apertou o gatilho.

Apertou uma, duas, três vezes. Certificara-se de que o revólver estava destravado, mas não ouviu nenhum barulho de tiro. Olhou para a arma, descrente e apavorada. Enraivecida, atirou o resolver na direção do Carranca, enquanto todas as balas caíam das mãos do mascarado.

Calila se encostou na parede e falou:

— Termine, Glenda.

Calila ouviu sua gargalhada, e o Carranca tirou a máscara — seus cabelos loiros amarrados num coque, os olhos verdes incendiados e um sorriso diabólico.

Cora indicara o garoto na foto, até então chamado Gláuber. Após aquele zoom, Cora lhe contara o que tinha acontecido naquele dia. Licurgo havia infartado, o que a fez visitá-lo. Como ele demonstrava muita estima por Calila, sua mãe a levara junto, mesmo contra a vontade da garota. Augusto, por sua vez, avisara a Rosalba da chegada de Cora e ela mobilizou uma excussão, de uma turma qualquer, ao antiquário. O fato de Marta lecionar matemática, e não história, por exemplo, era prova de que a escolha havia sido aleatória; apenas desculpa para visitar um amor platônico.

Durante a visitação, as crianças ficaram livres, da entrada aos corredores frios e cheios de esculturas e móveis antigos. Encontrado por Licurgo desmaiado e com o short embebido em sangue, Gláuber foi violentado.

O velho nunca assumiu que fora ele, mas abafar aquele crime se tornou o objetivo em comum de Rosalba e Cora. Eram o ILMA e o Vitória-Régia, o legado e a família das duas mulheres, que fizeram um pacto para não manchar seus nomes.

Alguns, como Heitor, precisaram de grana para se manterem calados. Outros, como Marta, revelaram-se igualmente asquerosos e não perderam qualquer chance de chantagem. Depois, tudo o que restou para Rosalba, Augusto e Cora foi o desejo de redenção.

Anos depois, o Vitória-Régia voltou a receber alunos do ILMA, inclusive para atividades extracurriculares. Augusto prometeu ficar de olho, para que nenhum novo evento indesejado acontecesse, e todos pensaram que Licurgo havia reprimido seus impulsos... Até que uma nova vítima fosse feita — Dado.

— Hora de ir para o colo da mamãe. — Glenda apertou o pescoço de Calila com uma força surpreendente.

Calila fez o mesmo, sem baixar a guarda, mas, naquela batalha, Glenda venceu. Calila só viu a loira mandar um beijo no ar, antes da escuridão tomar seus olhos.

Capítulo 40

CALILA

Calila acordou em sua cama. Deitada, viu Carol ao seu lado. Esticada. Pálida demais. Seu rosto, cheio de hematomas. A Iara estava morta, desta vez, para sempre.

Sobre sua barriga, estava a máscara de carranca e o livro de lendas do fundador do ILMA. Calila tirou a máscara de cima das páginas e leu o título — Mandi e Mara. Filha e mãe.

Selando a porta, estavam Glenda e Cora. A assassina segurava o sabre próximo ao pescoço de sua mãe.

Calila se levantou, mas se conteve quando Glenda fez um corte pequeno na pele de Cora. Viu o filete de sangue surgir e sua mãe encarando-a com temor, medo, desespero, talvez dúvida.

— Sua mãe me deu a Carol de presente — Glenda informou, com ar de vitória. — Não tive o prazer de matá-la.

— Não adianta dizer que eu sinto muito, não é? — Calila sentiu as palavras romperem a dor de garganta.

— Não. Não adianta — Glenda respondeu.

— A gente não teve culpa.

— Sua mãe acobertou meu estupro. Ela teve culpa, sim.

— E Soraia? Fred, Carol e os outros, que eram apenas crianças, assim como eu, quando tudo aconteceu.

— Eu cresci sabendo que a vítima poderia ter sido qualquer um de vocês, mas fui eu. Eu fui a escolhida — Glenda disse a última frase mais alto e com uma explosão de rancor que escorreu em forma de saliva pelos cantos de sua boca. — Você não sabe quantas vezes eu olhei para cada um deles e pensei "por que não foram eles?", "por que tive de ser eu?".

— Tudo bem... — Calila sentia a garganta quase fechando, uma angústia imensurável que a fazia se sentir vazia e indigna. — Me mata, então, mas deixa a minha mãe ir.

— Sua mãe? Essa puta? — Glenda apertou a lâmina ainda mais contra o pescoço de Cora. — Uma puta, que, antes dos quinze, já cobrava por certos serviços. Você sabia disso? Hein? Sabia que essa puta foi ameaçada pelo seu tio, que queria a sua guarda, já que ela nem sabia direito quem era seu pai?

Cora fechou os olhos e algumas lágrimas desceram por sua face. Ela mordia os próprios lábios, negando que aquilo fosse verdade com movimentos de cabeça que só faziam o sabre machucá-la ainda mais. Havia um gemido de dor, de angústia; um gemido de quem não era capaz de ouvir a verdade.

— Li cada carta dele que sua mãe devolvia e as poucas que ela teve a coragem de escrever. O filho da puta seguia negando o óbvio, como aqueles criminosos que nunca confessam.

— O que você prometeu para o Augusto e para a Rosalba... Não vai cumprir?

— Eles se culpavam tanto, tanto, que acreditaram que, se me ajudassem com os últimos marcados, seriam eles próprios perdoados. Sabe como é... A gente, às vezes, mente.

— O Dado — Calila se lembrou. — O que você fez com ele?

— Jogado no fundo do caminhão. Vai levar a culpa por tudo. Eu vou matá-lo em legítima defesa, já que serei a única a sobreviver... porque até o Roque terá o que merece, na hora certa.

Glenda manipulara cada um; Rosalba, Augusto, Cora... e estava sempre perto o suficiente para saber o que todos pensavam. Poderia ter acabado com todos de uma vez só, mas preferiu se deliciar com o pavor, o sofrimento, a angústia com as pistas verdadeiras e falsas. Não bastava terminar com o sofrimento de vez, ela precisava se deleitar, vivenciar. Usara

André para ter seu último ato sem o pavor de uma cidade ao saber que um assassino estava a solta. Usara Rosalba e Augusto para completar sua coleção de mortes, de que eles mesmos faziam parte.

— Ele tinha você, Calila. — Glenda pareceu segurar o choro. — Tinha você. Por que não foi você?

— Me desculpa — foi o máximo que conseguiu dizer. Não sabia por que não tinha sido ela. Não sabia... e, num ato impensado, talvez de compaixão, Calila deu um passo à frente. Não queria atacar Glenda, mas a aproximação foi o suficiente para que a assassina enfiasse a lâmina na barriga de Cora.

Depois de ver a mãe urrar de dor, irreconhecível naquela veste de completude de culpa, Calila avançou sobre Glenda, agora para valer. Segurou os cabelos da loira, esticando-os e batendo a cabeça dela contra a parede.

Cora mordeu a mão de Glenda com tanta força que arrancou um pedaço de seu dedo. Sangue assassino escorreu por seus lábios, manchando seus dentes.

Calila aproximou-se das duas, e Glenda enfiou o sabre em sua barriga. Foi parada pela lâmina que a transpassara. Seu corpo quente estremeceu com o gelado do metal conhecendo seu interior. Sem pensar, segurou a lâmina com as duas mãos. Glenda puxou-a de volta e Calila tombou para trás quando os dedos se separaram de seu corpo.

A ferida na barriga doía menos do que ver alguns de seus dedos presos apenas por um pedaço de pele.

Cora saltou nas costas de Glenda e mordeu sua orelha, arrancando-lhe um pedaço.

Calila se levantou e segurou o pescoço de Glenda com força, os ossos de seus dedos fincados até a traqueia da assassina. Dessa vez, ela não estava disposta a perder.

Glenda enfiou o sabre mais algumas vezes em Calila, enquanto seu rosto era tomado pelo sangue que esguichava de sua orelha e pescoço. Nesse exato momento, ouviram um tiro. Burburinhos mais ao fundo. Havia alguém na sala.

Mãe e filha se aproveitaram do milésimo de desatenção de Glenda e tomaram, juntas, o sabre de sua mão, embora Calila percebesse que não dispunha de tato suficiente para segurar a arma sozinha. Havia sido sua mãe a maior responsável por desarmar a assassina.

— Ninguém, nunca mais, vai machucar minha garotinha — Cora falou, enfiando o sabre na barriga de Glenda e empurrando-a até pressioná-la contra a parede.

Uma Glenda cambaleante buscou equilíbrio no guarda-roupas.

Calila foi ao chão, numa súbita queda de pressão.

Cora, então, retirou e enfiou o sabre no tórax de Glenda duas, três vezes. Já no chão, montou em cima dela e, continuamente, golpeou-a, enquanto esguichos cor de marsala pigmentavam toda a sua face.

Tudo parecia mais lento que o normal. Cora olhou para o teto e urrou, mas seu grito parecia muito distante... O que era estranho, já que estavam no mesmo cômodo. Calila quase teve certeza de ter escutado um novo tiro; a fotografia, registro do dia em que Glenda sofrera o abuso, surgindo em sua mente.

Marcados. Todos estavam marcados.

Calila deu uma risada histérica, depois ficou séria. Parecia treinar caretas em frente ao espelho. Os ferimentos em suas mãos começaram a arder, e algo se retorcia dentro de sua barriga esfaqueada.

Cora, enfim, parou. Encostada na parede, a mãe de Calila tremia, em choque. Jogou o sabre para longe. O sabre da sabragem. Do nascimento de Calila.

Cambaleantes, feridas, trêmulas, vazias, chorosas, agonizantes. A dor física era a menos preocupante e nada cáustica se comparada ao peso que Calila tinha na cabeça; e não era porque seu couro cabeludo estava parcialmente rompido. Nem sabia ao certo se queria cuidar dos ferimentos. Sangraria até a última gota.

Sua mãe, porém, estava ali. Ela precisava da filha. Então Calila se levantou e estendeu-lhe os dedos desprendidos.

Cora segurou seu punho e ambas cambalearam pelo corredor estreito. Calila quase vomitou algumas vezes no trajeto.

Quando chegaram à sala, o ponto final daquele corredor que parecia eterno, depararam-se com Danilo no chão, Dado em seu colo. Danilo abriu a boca, em prantos, mas tudo estava no mudo.

Calila caminhou até os dois, agachou-se e abraçou Dado. Só então se deu conta de que ele não a abraçaria de volta.

— Ele se foi — Danilo sussurrou. O som havia voltado, bem ao fundo. — Ele se foi... — Danilo repetiu algumas vezes, até que Calila assentiu, sinalizando que havia entendido.

Ouviu passos vindos do corredor. *Não pode ser... Ninguém sobreviveria.*

Levantou-se e encarou o início do corredor. Surgiu uma mão. A mão de Carol.

— Sua mãe é o Carranca — ela falou baixinho e desmaiou.

Carol era boa em sobreviver.

Calila olhou para o resto da sala. Perto do sofá, viu Fred estirado, os olhos fixos no teto. Fez menção de ir até ele, mas Danilo a puxou pelo braço.

— O Fred matou o Dado... Eu vi. Então, não tive outra escolha, tive que matá-lo. Era ele ou eu.

Calila apenas seguiu até a porta, passou pelo portão e andou pela rua.

Capítulo 41

CALILA

Os corpos de Glenda e Fred foram cremados. A população de Alto Cedro fez um movimento para que nenhum dos dois fosse enterrado no cemitério da cidade, junto com aqueles que tinham sido suas vítimas. Sorreila recusara-se a ficar com as cinzas do filho.

Um velório coletivo ocorreu no campo de futebol do ILMA, para Rosalba, Augusto, Dado, Miste e Pedro. Tanto Calila quando Cora receberam cuidados hospitalares e passaram por cirurgias de emergência. Calila acabou perdendo uma porção do delgado, e tiveram que raspar sua cabeça para suturar seu couro cabeludo. Em sua mão direita, restavam apenas dois dedos.

Mãe e filha seguiam monossilábicas. Cora, ainda pior, às vezes entrava em estado catatônico, precisando de ajuda para se vestir, tomar banho e comer.

André foi libertado e inocentado. Não estava marcado por Glenda, por mais envolvido que estivesse na morte de Caetano e nas investigações.

Roque continuava sob cuidados intensivos, protegido dentro de uma UTI. Não seria fácil tirá-lo de lá para matá-lo. Calila pensou que ele teria seu encontro com Glenda quando menos esperasse. Seria vítima em uma espécie de cena pós-créditos.

Numa versão alternativa, na qual o plano de Glenda tivesse dado certo, ela seria a única sobrevivente e Dado levaria a culpa. Seria o corpo dele a ser cremado e jogado sabia-se lá onde.

Calila foi trazida de volta desses pensamentos ao ter o braço entrelaçado ao de Carol. Do quarto do hospital, elas assistiram ao velório, que estava sendo transmitido pela emissora local. Todos estavam de preto. Na primeira fileira do velório, estavam Sorreila e Danilo; este último se levantou e seguiu até o púlpito, onde proferiu algumas palavras em respeito e homenagem aos mortos.

Danilo era o novo estagiário da prefeitura. Sem Fred, aparentemente ele havia se tornado uma espécie de filho para Sorreila, que, na TV, abraçava-o.

O outro braço de Calila foi puxado. Era André. Ela queria poder apertar a mão dele, mas as suas estavam enluvadas com curativos; então olhou para o colega e apenas esboçou um sorriso, uma ruguinha microscópica. Depois que a cerimônia se encerrou, uma enfermeira entrou no quarto e falou:

— O Roque acordou... e pediu pra falar com você.

Calila estava de volta àquele terreno de sangue e de dor — seu lar.

Uma fuga do hospital não seria nada diante dos crimes que já cometera.

Calila desbloqueou os antigos amigos de Orvalho, quando lembrada por uma ligação de Fátima para Cora, mas nutriu um estranho sentimento de repulsa; como se não quisesse mais a amizade. Talvez apenas não quisesse perder mais ninguém com quem se importasse... e talvez tenha sido por isso que usara pouco seu violão. Os antigos amigos e o Casco faziam parte da vida de uma Calila que parecia distante. Sua cabeça estava fora dos eixos, por mais que as tomografias não apontassem nenhuma alteração.

Em casa, em meio às fitas amarelas de isolamento, ela se lembrou das poucas palavras de Roque. Claro, nem Fred, nem Glenda poderiam tê-lo atacado; ambos estavam com ela quando ele sofreu o atentado.

Calila se sentou no sofá, de frente para a estante. *Qual era mesmo a posição da mamãe no vídeo que a Rosalba assistia?*

Não se assustou que a equipe da polícia não tivesse descoberto aquilo antes. Deu alguns passos até a estante e, então, um soco com a mão esquerda. Sentiu uma dor leve e o curativo sangrou, mas o fundo falso saiu. Atrás dele, havia uma pequena câmera. Calila a pegou.

No ILMA, todos ficaram surpresos quando uma Calila debilitada, andando como um corcunda devido aos ferimentos no estômago, perambulou até se sentar na primeira fila. Pouco antes, a polícia se reunira com a prefeita, após ela apresentar sua prova. André e Carol se sentaram ao seu lado.

Danilo seguia com o dia de homenagens. Após o cemitério, seguiu com a população, que acompanhava o roteiro de despedida; foram ao auditório do ILMA e, novamente, ele fez um discurso visceral, no qual falou sobre Deus, os laços construídos e a história de vida de cada vítima. Foi ovacionado. Havia se tornado um herói de cidade pequena.

Com um sinal, o telão foi ligado. Todos esperavam uma sequência de fotos das vítimas, mas o que viram era uma sala de estar. Pouco depois, Danilo aparecia puxando a perna, ajudando Dado, também machucado, a se sentar no chão. Fred surgiu pouco depois, com a arma apontada.

Capítulo 42
FRED

Dois dias antes...

O quarentão que parou o caminhão e ofereceu ajuda para trocar o pneu do SUV era, na verdade, um sequestrador. Fred viu Danilo receber um pé-de-cabra na cabeça para, depois, sentir ele mesmo o peso do objeto. Não demorou para entender que fora o próprio quarentão que provocara aquele rasgo no pneu de seu carro. Tudo armado.

Após despencar do terceiro andar do ILMA e cair sobre alguns arbustos, ele despertou. Não sabia quanto tempo ficara desacordado, mas estava contente por não ter quebrado as pernas — embora não pudesse dizer o mesmo das costelas e do braço esquerdo; sentia certa falta de ar e cada vez que os pulmões se expandiam era dolorosa.

Cacos de vidros estavam enfincados na sua pele. Ainda retirando-os, escondeu-se atrás de um acaiacá. Foi quando viu Glenda saindo do ILMA, puxando Calila pelos braços e jogando a garota no fundo do caminhão.

Era Glenda! Era ela o tempo todo...

Fred sabia que teria de segui-la. Essa era a única chance de Calila.

Enfrentou a dor que sentia no tórax a cada passada e seguiu até o SUV. Viu Danilo se arrastando pela porta de entrada, depois tombando na escadaria e rolando até o chão. Seguiu até o amigo e viu a arma caída perto dele. Pegou-a, abriu o tambor e viu que estava cheio de munições.

— É a Glenda — Danilo informou.

— Eu sei, *man*... Eu já sei. Ela pegou a Calila.

— Ela falou algo sobre levar a Calila até a mãe.

— Então a gente já sabe pra onde ir.

Os dois rapazes entraram no carro, Fred preocupando-se se Danilo estava em condições de dirigir; mas, mesmo que não estivesse, ele nunca daria o braço a torcer. Filho de um mecânico, aprendera a dirigir assim que seu pé alcançara a embreagem. Então, durante o trajeto, Fred abriu o celular, decidido a avisar sua mãe, porém viu a conversa com Calila. Abriu a conversa e localizou a foto. Como quem fizesse um cálculo rápido, puxou o freio de mão e o SUV deu uma virada na avenida, cantando pneu e quase capotando.

— Cê tá maluco, *man*?! — Danilo vociferou.

— Me diz o que você vê nessa foto.

Danilo pegou o celular, meio contra a vontade. Pouco depois, encarou o amigo, não aparentando muita surpresa.

— Coincidência ter toda essa gente aí — Danilo esnobou.

— Os marcados, você quer dizer.

— A Calila precisa da gente, cara.

— Quem não está aí e também morreu, Danilo?

— Cara, você deve ter batido a cabeça... Olha, quer deixar as meninas se matarem pra lá e a gente vai pro hospital, cuidar de nós?

Fred apontou a arma para Danilo e destravou o gatilho. Mesmo com o braço esquerdo fraturado, suportou a dor e o usou como apoio. O ruído do engatilhar faria Danilo entender que ele não estava brincando.

— Não vou perguntar de novo.

— Tá de brincadeira, né?

— Danilo...

— Sério que você tá zangadinho pelo Caetano? Então, fui eu sim... Terminei o serviço que comecei; e você devia me agradecer. O cara te expôs. Ele nunca ia deixar a gente em paz. No fundo, no fundo, aquele cara me amava. Agora ninguém pode ficar entre nós, Fred.

— Não enche.

— Somos muito parecidos e você sabe disso.

— Eu nunca matei um amigo.

— E o que você fez com o João, se não foi matá-lo em vida? Você destruiu o futuro do cara... e a Soraia gostava muito de você. Confessa que entrou na armação contra ela porque ficou com ciúmes. Só porque eu estava fodendo com ela! Qual é, olha pra gente... Somos imbatíveis juntos.

— Por isso você e Miste se davam tão bem... Ela articulava os planos, fazia o trabalho sujo e te protegia.

— A gente precisa de alguém que assuma a culpa por nós.

— Culpa... — Fred refletiu. — Não foi a Miste que divulgou o vídeo da Marta com vocês, né?

— Quando se tem uma namorada como ela, é fácil escapar até mesmo do óbvio.

— Porra, cara! Você divulgou o vídeo que fudeu com a mente do Caetano.

— A gente foi abusado. Marta tinha que pagar por isso.

— Enviasse do seu e-mail, então, não do dele! Caramba, Dan...

— Ei, não fica zangado... Isso é passado. Agora diz que meu beijo foi ruim. — Danilo apertou a coxa de Fred e ele atirou no vidro da janela do motorista. O barulho quase o deixou surdo. — Porra!

— Você matou o Caetano... e, depois que participou de toda aquela conversa sobre o Carranca deixar como assinatura uma lenda, foi lá e pichou a cadeira dele, só pra disfarçar. — Fred sorriu de si mesmo, da própria ingenuidade; depois, seus neurônios lhe deram um novo alerta: — Você atacou o Roque!

— Você está maluco!

— A Glenda estava comigo quando o Roque foi atacado. Ou você está com ela nessa, ou é tão ou mais perigoso que ela. Ela, pelo menos, usa uma máscara... e você? Que máscara invisível é essa, que vendou meus olhos durante todo esse tempo? Fala sério! Mesmo e-mail, tanto do vídeo com a Marta quanto da sua montagem com o Roque. O que você ganhou brincando com isso?

Danilo se calou. Concertou a postura na poltrona e segurou com as duas mãos o volante. Olhou para o para-brisas e manteve o peito cheio e o queixo reto.

— Caetano era seu amigo — Fred continuou — e você o expôs, incriminou e, por fim, assassinou. Roque era seu amigo e você fez quase a mesma coisa. Atacou e quase matou! Quem mais você feriu nessa história, cara?

— Meu amigo agora é você. Só existe a gente. Não entende? O viado do Roque estava entre nós. Ele tinha que sair do meu pé.

— Não tem medo dele acordar e contar que você quase o matou?

— A gente tá no Brasil, Fred... Olha pra mim e olha pro Roque. Em quem vão acreditar? — Danilo esboçou um sorriso sarcástico e Fred entendeu o que ele queria dizer. Sentiu ainda mais nojo. — Eu tinha amizades erradas... A gente vai trocando, afastando as erradas até encontrar uma que seja a certa, pra vida toda.

— Toca pra casa da Calila — Fred deu o comando com a arma pronta para o disparo.

Quando chegaram à casa de Calila, o caminhão estava estacionado na calçada. Fred seguiu com a arma apontada para a cabeça de Danilo, até que ambos ouviram um pedido de ajuda vindo do baú. Fred ordenou que Danilo abrisse o fundo do caminhão. Lá dentro, viram Dado. Um osso de sua perna furava a calça jeans.

Sem saber em quem confiar, Fred ordenou que Danilo ajudasse o colega e o levasse consigo para dentro.

Capítulo 43

CALILA

Um clima de tensão surgiu no auditório.

Muitos encararam Sorreila, mas ela se manteve firme e impassível.

Danilo quis descer do palco, mas policiais se mantiveram de pé, encarando-o.

No vídeo, enquanto Dado era colocado no chão, Fred seguia com a arma apontada para Danilo.

Danilo se jogou do palco na direção de Calila, mas os policiais o contiveram. Calila, por sua vez, não recuou um milímetro nem saiu de sua pose. Apenas o olhou com o mais profundo desprezo e voltou sua atenção ao vídeo:

— Nós três podemos sair vivos daqui, Fred... Nós três! Quem decide isso é você — Danilo declarou.

— Você matou o Caetano... Esmagou o rosto dele e, depois… ainda viu o que fizemos pra te proteger. A gente foi muito burro!

— Fred, você não tá legal... A gente se conhece há muito tempo... e, agora, a gente tá tendo a chance de se conhecer melhor.

— Se afasta, *man*! Se afasta… tô avisando.

Tateando e de braços abertos, um Danilo manco se aproximava.

Fred apontou a arma para o pé dele e atirou no piso.

Dado se encolheu ainda mais no chão.

— Eu nunca faria nada contra você. Nunca te machucaria. Olha pra mim! — Danilo conseguiu segurar o queixo de Fred. — Pra mim...

Isso! Sou eu, seu parceiro, seu amigo. A gente pode conquistar o mundo juntos, cara — e, num gesto rápido, Danilo abraçou Fred. Pouco depois, segurou o queixo do amigo e selou seus lábios nos dele; um beijo de sangue, de cacos de vidro; um beijo que baixou a guarda de Fred, que se deixou conduzir. Então, houve o segundo tiro... e o beijo parou.

— Matei o Caetano porque ele já tinha sacado a minha... e matei você porque *eu* sou o mocinho dessa história.

Danilo limpou os lábios e jogou o corpo de Fred no chão. Voltou-se para Dado, encostado na parede. Espancado, ferido e faminto, ele havia presenciado um assassinato e ouvido declarações que ainda não conseguia digerir. Danilo se sentou ao lado dele e o abraçou, deixando a arma num canto, perto de si.

— A arma disparou sem querer. Aconteceu. Sabe como é... Você viu o Fred todo descontrolado, me ameaçando, me julgando... Você sabe. Ele era um filhinho de mamãe, um mimado! — Danilo deu um beijo na cabeça de Dado. — Eu gosto de você, Dadinho, mas, se gritar, você morre... Então vem aqui, me dá um abraço... Dá um abraço no seu *brother*.

— V-você... — Dado não conseguia dizer uma palavra com nexo. Seu olhar era de pavor intenso.

Danilo, então, sentou-se atrás dele, prendendo-o em suas pernas. Abraçou-o e acariciou seu rosto. Mordiscou sua orelha enquanto Dado tremia.

— *Shh*... Tá ouvindo? A Glenda tá matando mais gente. Ela acha que o velhote, tio da Calila, abusou dela, mas, olha, vou te contar um segredo... Eu era muito amigo da Glenda, lembra? No tempo em que ela ainda era Gláuber. A gente não desgrudava. Não gostei muito de descobrir que o meu melhor amigo era uma *bicha*... e das mais esquisitas; então vi que ela estava, tipo, hipnotizada pelas carrancas e bati forte na cabeça dela com a primeira coisa pesada que achei... Quer saber o que fiz depois? A gente era bem novo, então calma... Eu coloquei, você sabe onde, o cabo de um sabre que achei num canto...

Até mesmo Calila, que havia assistido àquele vídeo algumas vezes, prendeu a respiração. O pavor se misturava com lamentação e descrença.

— Depois foi só culpar o velho — Danilo prosseguiu, no vídeo. — Sabe como é, crianças nunca mentem... Ver a Glenda sofrer foi muito bom, mas eu precisava de um novo amigo; aí escolhi o Caetano, e você sabe tudo o que rolou... Aquela professora era doente. Foi divertido brincar com ele, mas, olha a gente, nós dois também nos tornamos amigos... Você e eu, Dadinho. Eu te achava o máximo, *man*, mas precisava voltar a ter a sensação de ver alguém que gostava de mim sofrendo; por isso insisti tanto pra você fazer aquele extra aqui do lado, no antiquário, comigo.

Dado arregalou os olhos e impulsionou o corpo para a frente. Danilo o segurou com mais força.

— Eu nunca senti um prazer como aquele, quando estava dentro de você — confidenciou e, segundos depois, virou o pescoço de Dado num movimento único.

Após quebrar o pescoço do colega, Danilo iniciou o choro, abraçando o corpo num desespero tão real que, mesmo depois de assistir à confissão, alguém talvez ainda fosse capaz de duvidar.

Não demorou para que Calila chegasse à cena e se jogasse sobre o corpo de Dado.

No ILMA, ela deu o sinal e o vídeo foi pausado. Danilo foi conduzido para a delegacia e o vídeo, somado ao depoimento de Roque, seria fundamental para que ele não rondasse solto por aí tão cedo... mas era claro que ele iria voltar. Gente como ele sempre volta.

Ao longe, Calila notou que Sorreila a encarava. A prefeita apenas assentiu; um gesto que a garota interpretou como gratidão.

Infelizmente, assim como ela, Calila não sabia onde haviam sido jogadas as cinzas de Fred. Talvez por isso, sentia-o em qualquer lugar onde estivesse.

Rosalba, aparentemente, não havia deixado herdeiros. A surpresa ocorreu quando Calila foi convocada pelo responsável pelo inventário e soube que a diretora a havia adotado oficialmente.

Cora não estava muito capaz de responder qualquer coisa com coerência, mas aquele parecia mais um item do acordo feito entre elas. Com o tempo, Calila questionaria quem seria seu pai biológico, embora não desse importância para um doador de esperma. Evaristo a criara. Ele era seu pai. Com isso, o ILMA passou a ser dela.

Sua avó Celina e seu tio Plínio chegaram à cidade na manhã seguinte ao massacre e tentaram, sem êxito, levar Cora e ela para a capital, mas Calila decidiu que era o momento de puxar o freio de mão. Ficaria em Alto Cedro.

Naturalmente, Danilo tentou levar Roque, André, Carol e a própria Calila para a fossa com ele. Todos responderam pelo que tinham feito com Caetano e seus restos mortais. No final das contas, os últimos quatro acabaram absolvidos, como se os frutos de suas ações tivessem se dado pela influência da mente perversa de Danilo.

Com dezessete anos, nada do que Danilo havia feito foi considerado crime. Aos oito, ele abusara de Glenda com o cabo do sabre; *a roupa tingida de vermelho que Calila viu a mãe lavar*; aos onze, ele foi abusado por Marta e se divertiu com o desespero de Caetano; com quatorze anos, estuprara Dado e culpara Licurgo novamente. Havia dado certo uma vez, então daria certo de novo. Aos dezessete, matara três colegas e tentara assassinar outros dois. Um estranho ritual que atingia seu pico de maldade a cada três anos; e, o pior, ele estava lúcido. Consciente. De tudo.

Mesmo assim, os crimes não eram crimes. Eram "atos infracionais". Havia uma grande possibilidade de que Danilo fosse colocado em liberdade quando completasse dezoito, e Calila estava decidida a lutar com todas as armas para que fosse declarada a incapacidade civil do assassino, já que seu convívio em sociedade era perigoso.

Os assassinatos cometidos por Glenda fizeram todo o cenário político, que havia sido essencial para que ela se sentisse acima da lei, com expectativa de impunidade, ser questionado. Madureira se afundara ainda mais.

Com a repercussão dos assassinatos em série e de sua completa omissão, o ex-delegado perderia o concurso e, até mesmo, o direito de advogar.

Sônia Lino também caiu. Seu registro no conselho de medicina estava suspenso. Não demoraria até que os dois jogassem as cartas na mesa e levassem Sorreila com eles.

Finalmente, Calila pediu para Cibele colocá-la de novo no grupo da trupe.

"Foi mal, galera", enviou. "Não é todo dia que se lida com psicopatas, assassinatos em série, um monte de figurões corruptos e ainda encontra, tempo pra ser uma boa amiga."

Tá, Calila... Dava pra ter encontrado tempo sim, mas você fez o que deu.

"Prometo não sumir", insistiu.

"Ninguém assistiu ao novo filme dos Vingadores ainda. Falta você", Cibele respondeu e, logo, todos os demais confirmaram.

Os amigos que deixei para trás... mas, ainda sim, meus amigos. Talvez, de um jeito torto, eu os tenha mantido distantes pra que nenhum mal os atingisse.

Em frente ao ILMA, no retorno às aulas, Calila chegou a duvidar do caminho que queria seguir. A caminhada de casa ao instituto se tornou uma jornada de autoconhecimento. Sem a bike e o ônibus, ela ainda tinha medo do próprio reflexo... da escuridão que havia tomado conta de si.

O conselho indicara o professor de história como novo diretor, e Calila ainda não havia se acostumado à disposição e insistência daqueles que agora lhe acenavam como se estivessem na primeira fila de um show da Pitty. Sentia-se como um animal numa jaula... ou como uma blusa numa vitrine.

Numa fração de segundos, pensou ter visto Fred e Dado no 4040, quando ele estacionou e despejou mais uma dezena de jovens na calçada.

Todos seguiram para a guarita.

— Que bom que você ficou — André disse, acompanhando os passos de Calila com uma mochila nas costas. Levava pendurada no pescoço a pedra ônix de Dado.

Calila guardou o sorriso entristecido e nostálgico, como se uma balançada na cabeça pudesse resolver tudo.

— Não posso me mudar sempre que tiver que enfrentar um problema — respondeu.

— Ei! — Alguém a chamou e ela se virou, vendo que era Roque. Absurdamente magro, ele cumprimentou André com um gesto rápido. — Eu te devo desculpas... e valeu por ter acreditado em mim.

— Ok — Calila respondeu, sem emoção.

— É, ok. — André jogou os ombros para trás.

— Será que eu poderia, sei lá, passar um tempo com vocês?

Roque.

Há pouco tempo, ele fazia parte de um grupo. Quase fora morto por um e certamente teria sido assassinado por outra, se ela tivesse tido a oportunidade. A maioria estava morta, e quem sobrou, o verme do Danilo, tivera a cara de pau de dizer que havia sido obrigado a bater em Roque porque havia sido molestado por ele. Calila tinha certeza de que algumas pessoas preferiam acreditar nisso.

Agora, Roque estava só. Uma solidão de que apenas eles entendiam. Os marcados.

— Anda, grandão. — Calila movimentou a cabeça, indicando o caminho. — A gente ainda tem uma luta pra finalizar.

Roque não parecia mais tão repulsivo.

— Vou começar o estágio na prefeitura, acredita? — Carol se aproximou, apertando os livros contra os seios. — E já fiz minhas fotos para o outdoor.

— Eu meio que sou informada disso, porque, sabe, sou a dona disso aqui. — Calila sorriu. — Esse estágio tinha que ser seu, Carol. Não tem melhor lugar pra você.

— Tá sendo irônica, né?

— Imagina! — elas riram. — Eu acredito que você vai sobreviver... De novo!

— É... Quem sobrevive ao ILMA, tem grandes chances de sobreviver a quase tudo.

— Fica de olho na mãe do Fred... Numa mão, a empatia; mas na outra, justiça.

— Pode deixar, senhora.

Calila olhou ao redor. Carol, André e Roque fizeram o mesmo.

Pessoas entravam, pessoas saíam. Idas e vindas, chegadas e partidas. Quantos ali tinham máscaras invisíveis aos olhos? E o que era preciso para que esses olhos pudessem enxergar a perversidade?

Calila levaria consigo não só as dores no corpo e as cicatrizes terríveis; nem o fato de ter que aprender a escrever com a mão esquerda. Levaria consigo cada pessoa, cada gesto, pois ela era o resultado.

No fundo, cada um é apenas isso, a miscelânia do contato, da observação, dos sentidos. Depois de tudo, só restava parar de procurar motivos e encontrar a intenção; aproveitar as histórias que sua avó tinha para contar e apertar as bochechas de alguém querido, mesmo que isso o irritasse; abraçar sua mãe e lhe dizer o quanto a amava, porque nunca dá para saber quando será a última vez... e, além disso, saber que algumas pessoas são doentes, traumatizadas, mas outras... outras simplesmente são más.

Calila puxou a camisa pela gola e cobriu o rosto até o nariz. Poeira tomava a rua e o barulho do trator não era nada agradável. Aquele som podia não ser dos melhores, mas seu efeito era tranquilizante; como se uma onda de conforto e finalização de ciclo se impusesse.

A casa estreita estava no chão. O Vitória-Régia, legado de Licurgo, seria ampliado.

Silêncio.

Mãe e filha se entreolharam. Olhar de concordância, olhar de aconchego.

— Tem certeza de que vai ficar só na soda mesmo? — Cora perguntou e enfiou uma colher cheia de bolo de banana com canela na boca, fechando os olhos minimamente e sorrindo com os lábios selados em meio às mastigadas suaves.

A provocação não fora tão eficaz, por mais que o bolo tivesse sido feito num café cinco estrelas à beira do cânion; um local pequeno o suficiente para atender bem e ser aconchegante.

— Nem vou responder. — Calila levou a mão direita até o lacre da lata e tentou uma, duas vezes abrí-la com os dedos restantes.

Cora levou a mão à lata, mas Calila a afastou com o cotovelo; encarou a mãe com certo desafio e liberou o lacre com a mão esquerda, com a destreza de quem nascera canhota. Ao ruído de abertura da lata, seguiu-se um ar gelado que denunciava que o refrigerante estava do jeito que Calila gostava.

— Uau! — Cora vibrou. — A fisioterapia tem dado resultados.

— A senhora nem imagina o quanto... — Calila levou a soda à boca com a mão esquerda e tomou um gole. Nos últimos seis meses, dedicara-se ao máximo para se adequar. Sua letra ainda estava horrível, mas com a mão direita também nunca fora grande coisa, então tudo certo. — Já consigo me virar bem... Melhor do que você com a *psico*, aposto.

— Ah, filha... Ela acha que eu estou bem, mas, quanto a ela mesma, sei lá; parece que a deixei meio traumatizada.

— Sério?! Nem imagino o motivo...

Houve certo silêncio confortável. Mesmo depois de tudo; e a onda fascista não contribuía em nada para se ter um pouco mais de esperança.

Após puxar o ar pesarosamente pelo nariz e, em seguida, expulsá-lo dos pulmões, Calila tocou na tela do *smartphone* e abriu o *WhatsApp*. Seguia o mesmo ritual desde aquela noite terrível; digitava o nome de Fred só para ver sua foto com o sorriso de trezentos dentes e o casaco de arco-íris. A foto, contudo, dera lugar a uma imagem vazia, cinzenta. Nada.

O número não é mais dele...

Era a forma sutil da modernidade lembrar a quem tinha ficado quem tinha morrido.

— E a facul? Já decidiu o que vai fazer? — sua mãe puxou assunto.

— Vai depender do ENEM... e nem me venha com esse papo de medicina, ouviu, dona Cora? — Calila fingiu estar zangada e sorriu em seguida, encontrando certo amparo num ponto isolado do chão. Às vezes, simplesmente ficava assim, meio perdida.

— Lila?

— Desembucha, dona Cora... Esse não é só um café da tarde entre mãe e filha tentando se reconectar, né?

— Filha... foi incrível o que você fez pra proteger seus amigos... pra me proteger. O que você e todas aquelas crianças viveram foi doloroso demais; mas não somos as únicas pessoas afetadas por más decisões, cruzamentos infelizes e menos alguém morando na casa... — Cora divagou e tamborilou com as pontas dos dedos na mesa.

Calila recostou na cadeira e buscou equilibrar a coluna num ponto com menos desajuste.

— Você também perdeu os melhores amigos. *Rosalba, Augusto...* Ficou meio surtada por um tempo, mas isso a senhora meio que já era, né? — brincou. — Eu te amo, mãe.

— Tem o quê nesse refri?!

— Esquece... — Calila ergueu a mão como se levantasse uma placa de *pare*. — Eu acho que preciso voltar pro prumo.

— E eu acho que você daria uma ótima irmã mais velha — Cora disse, e Calila notou que ela parecia à espreita, no anseio pela sua reação.

— Ahn? O que você andou aprontando, dona Cora? Mano, o Augusto morreu há meses... Cadê essa barriga, então? Escondeu esse tempo todo?

— Vou adotar um garoto. — Cora parecia leve, certa do que estava fazendo. Calila ergueu as sobrancelhas e tomou mais um gole do refri. Sua mãe prosseguiu: — A Sorreila meio que está dando aquele empurrãozinho que só ela consegue, sabe? Mas eu preciso saber se você está comigo nessa.

— É, você vai precisar mesmo de companhia quando eu for pra facul... — Calila ainda estava pasma, mas logo constatou: Cora queria uma segunda chance; uma redenção. Com certeza já havia levado aquela história para a terapia. — E aí, o que dá pra saber sobre o moleque?

Com sutileza, Cora deu alguns toques no celular sobre a mesa e entregou para Calila, que deu um zoom na tela. Um garoto com bochechas rosadas, olhos azuis como o céu das dez e um boné de super-herói.

Calila semicerrou os olhos e fitou a mãe como quem montava um quebra-cabeças. *Ele se parece tanto com o...*

Cora apertou a mão dela como uma ostra:

— A gente precisa cuidar desse menino. O nome dele é Gustavo, mas ele gosta de ser chamado de Guga.

AVEC
ROCKET